Sharna Jackson

High-Rise Mystery

SHARNA JACKSON

HIGH RISE MYSTERY

EIN TÖDLICHER SOMMER

Aus dem Englischen
von Henriette Zeltner

KNESEBECK

Für Joseph
Freddy I Yore

Screenshot von Silvertöes Plan

Beschriftung: Nik Alexander

Datum: 15. Januar

Grund: Klarheit

Quelle: Webseite der Verwaltung

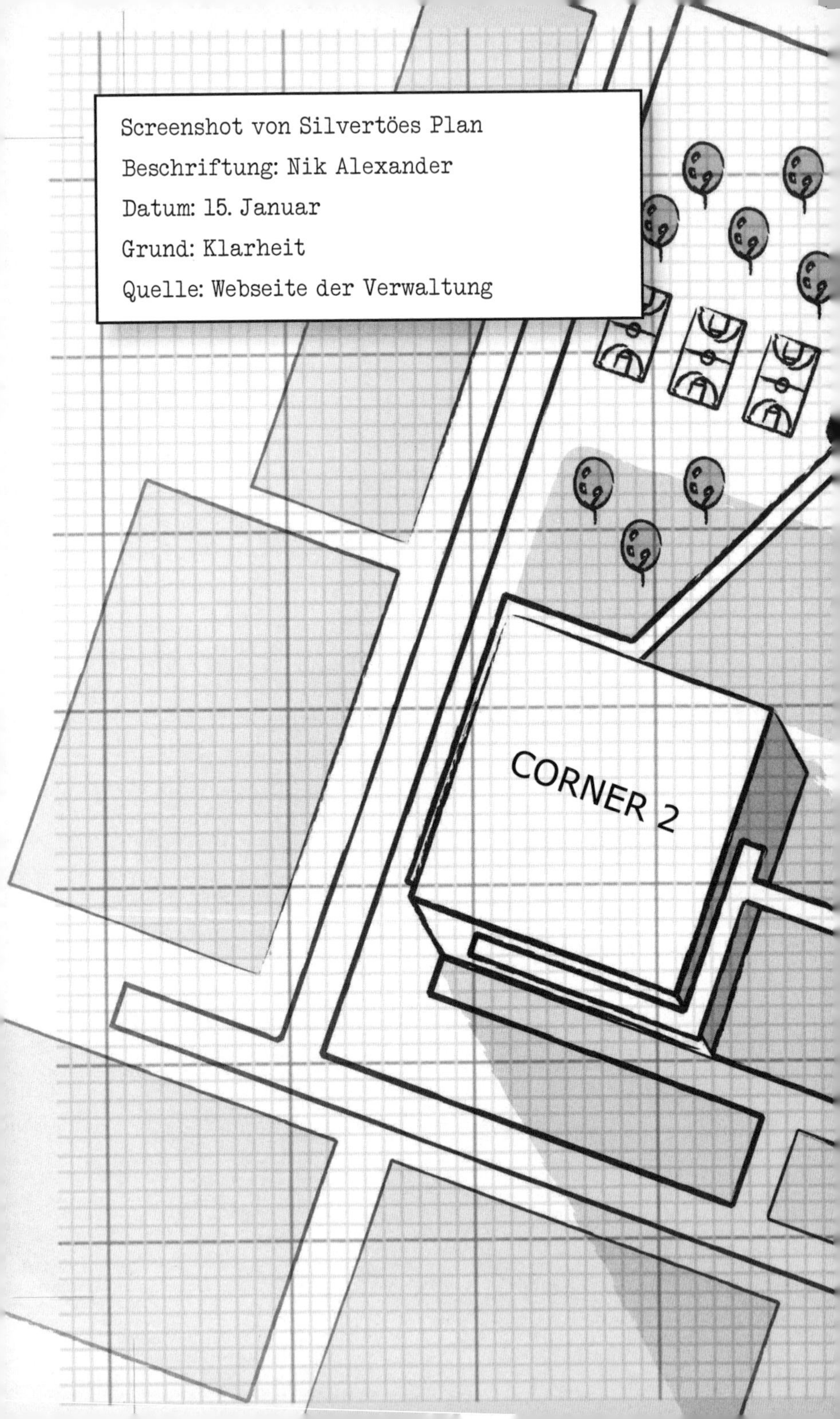

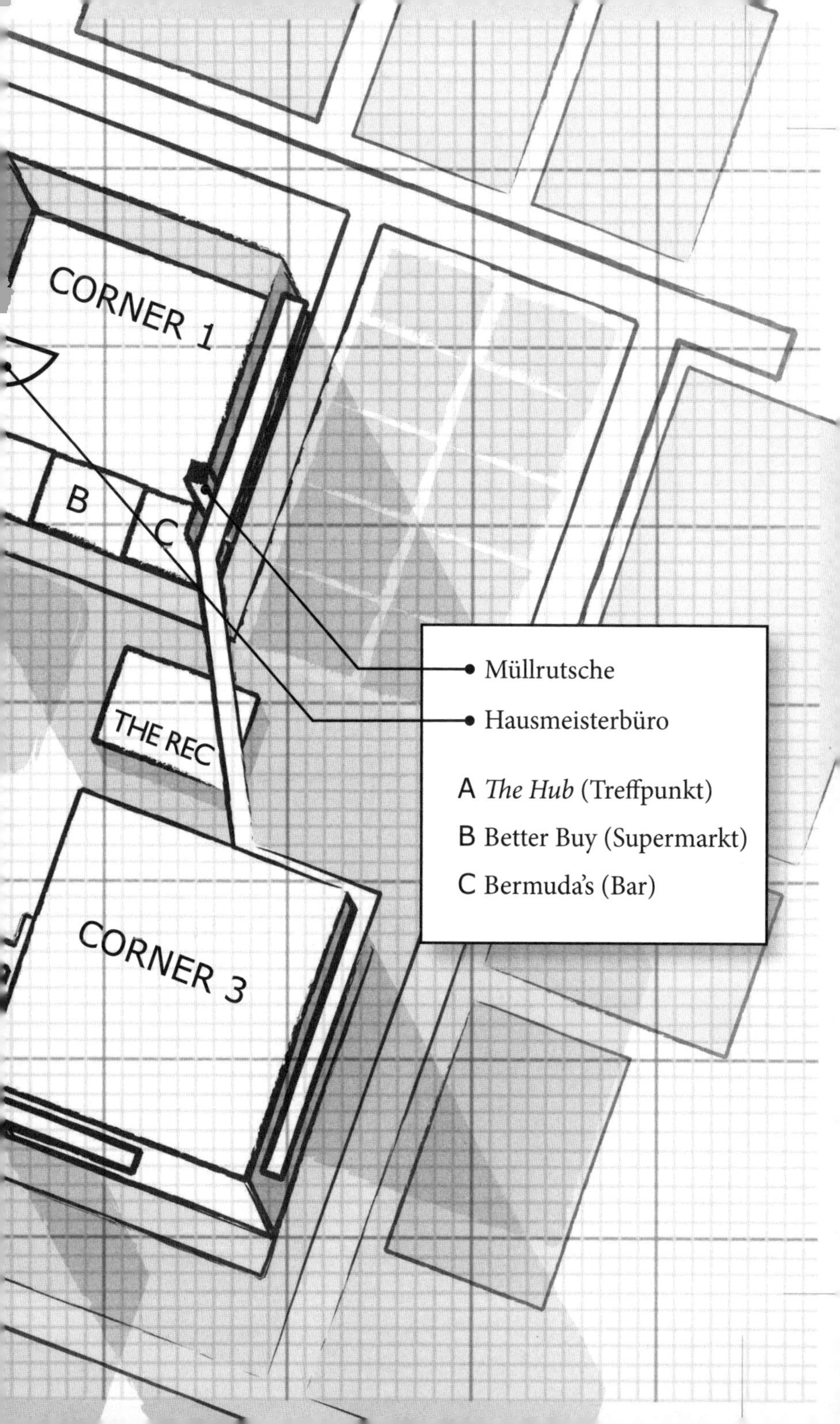
CORNER 1
B
C
THE REC
CORNER 3
Müllrutsche
Hausmeisterbüro
A *The Hub* (Treffpunkt)
B Better Buy (Supermarkt)
C Bermuda's (Bar)

1

Falls ihr glaubt, eine Leiche zu finden, wäre ein spaßiges Abenteuer, liegt ihr zu 33 Prozent richtig.

Hugo Knightley-Webb, 45 Jahre. Antiquitätenhändler und gelegentlich Kunstlehrer. Lockige weiße Haare. Mausetot.

Das war eine Tatsache. Eine, die ich persönlich bestätigen konnte, weil wir – Norva und ich – gerade seine Leiche entdeckt hatten. Um 14.27 Uhr am 23. Juli. Dem bisher heißesten Tag des Jahres. Bei 35 Grad, Tendenz steigend.

Wir wussten, dass wir ihn finden würden. Es war kein Zufall. Nein. Wir wussten es. Aber vorher Bescheid zu wissen, das machte so einen Fund auch nicht weniger schockierend oder schmerzhaft.

Oder weniger stinkig.

Wir lokalisierten den Körper, indem wir etwas benutzten, das ich mein Dreieck der Wahrheit nenne. Logischerweise hat es drei Eckpunkte:

- Tatsachen
- Beweise
- Schlussfolgerungen

So arbeite ich nämlich. Ich: Anika »Nik« Alexander, 11 Jahre. Auf die Wissenschaft vertrauend und mit rasiertem Kopf.

Norva Alexander, 13. Meine Schwester. Lange Braids, kurzer Geduldsfaden. Meine Komplizin (beim Aufklären von Verbrechen). Sie hat ihr eigenes System. Sie spürt Dinge:

- im Bauch
- in den Knochen
- in den Körperflüssigkeiten

Was für Flüssigkeiten das auch immer sein sollen. Ich versuche, nicht zu viel über Norvas Körperflüssigkeiten nachzudenken.

Das bringt unsere Zusammenarbeit eigentlich genau auf den Punkt. Norva schreit Theorien raus und redet scheinbar dummes Zeug. Ich sortiere diese Äußerungen dann und denke kritisch darüber nach. Norva nennt das Teamwork. In ihren Augen ist sie die mit dem gesunden Menschenverstand und ich bin die Irre. Eigentlich sollte ich deshalb sauer sein, bin ich aber nicht. Ich bin's gewöhnt.

Eines muss ich Norva lassen – wir hatten beide schon die starke Vermutung, dass da was faul war. Allein schon wegen des Geruchs. Seit Samstag stank etwas in *The Tri* zum Himmel. Ein tödlicher Gestank.

The Tri ist, wie ihr euch wahrscheinlich schon denken könnt, eine ganz besondere Wohnanlage. Auch wenn das vielen von uns gar nicht so vorkommt. Im Kunstkurs haben wir mal Modelle davon gebaut. Aus Strohhalmen und Pappmaché, Klebstoff und Kieselsteinen. Hugo meinte, *The Tri* sei »ein bahnbrechendes Beispiel des Brutalismus«. Aber Hugo meinte ja viel, wenn der Tag lang war.

Jetzt wird er leider nicht mehr so viel sagen. Ach, diese Situation ist furchtbar. Ich habe mir vorgenommen, nicht zu weinen. Nicht schon wieder. Ich werde mich zusammenreißen.

Ja, *The Tri*.

Norva sagt: »In diesen Ecken werden ohne Ende Geschichten ausgebrütet.«

Da liegt sie nicht ganz falsch. Wir haben »Die Graffiti-Games«, »Wohin mit dem Ball?« und »Die Katzenfarm-Chroniken« schon längst gelöst.

Aber das hier ist was anderes. Größer. Unheimlicher. Gefährlicher. Es steht einfach so viel mehr auf dem Spiel.

Eines Tages werden wir ein echtes Detektivbüro aufmachen. Eine Firma von hier für die Leute von hier. Um den Menschen aus der Wohnanlage etwas zurückzugeben. Unser Motto soll dann lauten: »Wenn in *The Tri* was schiefläuft, biegen wir es wieder gerade!«

Norva rief, kaum dass ich diesen Satz zu Ende gesprochen hatte: »Daraus machen wir eine Marke!« Gleichzeitig schleuderte sie mir ihre Zöpfchen ins Auge.

Deshalb machen wir – also ich – Aufzeichnungen. `The Tri-Files`. Diese Akten sind ein Topsecret-Ordner. Der besteht unter anderem aus:

- Protokollen
- Checklisten
- Tabellen
- Fotos
- Screenshots
- Ton- und Videoaufnahmen

Was wir damit tun:

- Bewegungen verfolgen
- Ereignisse dokumentieren
- Protokolle führen
- Spuren verfolgen
- Schuldige finden
- für Gerechtigkeit sorgen

Ich speichere die Dokumente in der Cloud, damit wir über unsere Handys Zugriff darauf haben und sie auch aktualisieren können. Außerdem sind sie auf unserem Computer, den wir aber kaum noch benutzen.

Wo wir sind, sind also auch unsere Files. Wenn wir was erfahren, wird es notiert. In dieser Form und dieser Ordnung existieren die Files seit elf Monaten.

Ich werde nicht aufhören, sie zu aktualisieren. Jetzt schon gar nicht, wo wir einen echten Fall und eine sehr echte Leiche haben. Eine Leiche von jemandem, der mir was bedeutet hat.

Nicht jetzt, wo sie richtig wichtig sind. Wo wir rauskriegen müssen, wer Hugo das angetan hat.

Und warum.

2

Ich gab Hugo fünfzehn Minuten. Wenn er nicht bis Viertel nach zwei zum Kunstkurs ins *Hub* käme, würde sich unser Verdacht erhärten.

Tot. Seit Samstagmorgen.

Hugo war ein Pünktlichkeitsfanatiker und nur ein einziges Mal zu spät gekommen – an Weihnachten.

Es war erst zwei Minuten nach, aber er stürmte um 14.02 Uhr mit knallrotem Gesicht, weißem Vollbart und trotz Schnee schwitzend ins *Hub*. Ein unpünktlicher, sehr künstlerischer Weihnachtsmann. Er entschuldigte sich mehrfach und war unglaublich enttäuscht von sich selbst. Ich könnte schwören, dass er leise vor sich hin fluchte. Hugo erklärte uns (also, eigentlich nur mir – alle anderen kamen noch später), dass »Zuspätkommen eine Respektlosigkeit gegenüber der

Zeit von allen anderen ist – wobei Zeit doch die kostbarste aller Ressourcen ist«.

Absolut richtig. Verspätung ist unhöflich.

Inzwischen war ich am Ende. Und meine Nerven? Zum Zerreißen gespannt.

Bitte verspäte dich nicht, Hugo. Bitte. Nicht heute. Willkommen zu den angespanntesten fünfzehn Minuten meines Lebens.

***

Norva und ich trafen um 13.50 Uhr im *Hub* ein. Der Kurs sollte um Punkt zwei beginnen.

»Was machen wir heute noch mal?«, fragte Norva. »An der Tür hängt gar kein Plakat.«

Ich griff nach meinem Handy und scrollte zu einem Foto, das ich letzte Woche gemacht hatte.

Dann hielt ich den Atem an.

»Das heutige Thema ist ›Altägyptische Totenmasken‹, Norva«, sagte ich zögernd.

Ich hoffte, das war kein böses Omen.

Ich hoffte, dass wir später alle bei großen Gläsern mit Saft und grünem Salat wie verrückt lachen würden.

Norva kicherte. »Wenn das kein böses Omen ist, dann weiß ich auch nicht!«

Ich fand es überhaupt nicht witzig. Deshalb rollte ich auch mit den Augen, während mein Herz sich zusammenzog.

Altägyptische Totenmasken. Echt jetzt, Hugo?

Eigentlich stand ich definitiv mehr auf Naturwissenschaften. Aber die Kunstkurse bei Hugo waren immer:

- lustig
- interessant
- verwirrend

Ich verstand, grob geschätzt, ungefähr 60 Prozent davon. Was Hugo über Kunst erzählt, ergibt für mich keinen Sinn. Warum ist ein unordentliches, ungemachtes Bett Kunst? Oder Reihen von Ziegelsteinen? Extrem verwirrend.

Aber mir gefiel, wie er darüber sprach und wie es ihn interessierte. Das liebte ich.

Um 13.51 Uhr kam Norva schwungvoll durch die Doppeltür.

»O mein Gott«, keuchte sie. »Das ist ja, als ob du den Backofen aufmachst. Wahnsinns-Glutofen-Temperatur hier drin.«

Sie fächelte sich theatralisch Luft ins Gesicht und ließ sich an der Wand zu Boden sinken.

The Hub ist ein großer, ehrlich gesagt etwas heruntergekommener Raum, wo die Bewohner von *The Tri*:

- Treffen abhalten
- Kurse absolvieren
- Geburtstage, Trauerfälle und Hochzeiten feiern

Es gibt hier eine Reihe besonderer Merkmale. Die wichtigsten sind:

- Sohlenspuren

Kids sind hier schon seit Jahrzehnten mit schwarzen Schuhen über den Boden geschlittert.

- ein großer Rußfleck an der südlichen Wand

Erstmals gesichtet am: 18. August.

Letzten Sommer kam jemand auf die irrsinnig schlechte Idee, hier drin zu grillen, was, offensichtlich, etwas außer Kontrolle geriet. (Hauptverdächtiger: Barry West. 62. Grauhaarig. Violettes Gesicht. Gelbe Zähne. Vermieter der direkt benachbarten Bar Bermuda's.)

Die `Tri-Files` wurden genau an dem Tag begonnen.

Mir tat unser Dad leid. Auch Pap genannt. 39 Jahre. Auch Joseph Alexander genannt. Alleinerziehender Vater, leider. Und ein richtig schlechter Tänzer.

Als Chefhausmeister von *The Tri* hat er dreimal versucht, den Fleck zu übertünchen (mit Tri-Gelb – der kranken Farbe, die das Markenzeichen der Anlage ist). Aber das Ding kommt zuverlässig jedes Mal wieder durch.

Norva sagt, der Brandfleck sei ein Symbol. Und sie behauptet, er würde sie an »Jesus zu Ostern« erinnern, weil »er immer wiederkommt«.

- Hugos Lehrerpult mit dazu passendem Sessel

Beide Möbelstücke sind aus dunklem Mahagoniholz und rissigem dunkelgrünem Leder. Sie sehen aus – und riechen –, als wären sie alt und wertvoll.

Ich habe Hugo und Pap »geholfen«, sie hierher zu transportieren, als ich acht war. Hugo wusste meine »Anweisungen« damals echt zu schätzen und lächelte über meine »Führung«.

Bei der Erinnerung daran muss ich grinsen. Ich half Hugo gern. Normalerweise arrangiert er Tische, Stühle und das

Material für seinen Kunstunterricht morgens vor dem Kurs um seinen Schreibtisch. War ich früh dran – und das war ich normalerweise –, half ich ihm dabei.

Heute waren die Tische und Stühle noch an der Ostseite des Raums gestapelt, direkt neben der Abstellkammer.

Von Materialien keine Spur.

Um 13.52 Uhr bemerkten wir ein Plakat (handgeschrieben, schwarzer Kuli, schlecht fotokopiert) an der Westwand. Darauf war das Treffen von Tri-Angel am letzten Freitag angekündigt. Das ist die für Fundraising und Freiwilligendienst zuständige Gruppe der Wohnanlage.

Ich kannte die Künstlerin. Chef-Tri-Angel und Chefin von *The Hub*. Jane »Charity« Cooper. 42 Jahre. Total süß. Nie sauer.

Ich schüttelte den Kopf. Wir hätten bei dem Treffen anwesend sein sollen. Ganz eindeutig.

Aber nein, stattdessen waren wir zu Hause. Haben uns *Death in Paradise* (kurz: DiP) angeschaut.

Das ist Norvas Lieblingssendung – eine Krimiserie auf BBC. Sie hat – ungeduldig, wie sie nun mal ist – acht Monate und zwölf Tage auf die neue Staffel gewartet. Anscheinend ist sie zu gut, um sie aufzunehmen und später anzusehen.

»DiP in der Mediathek gucken?«, fauchte sie letzten Freitagabend. »Wie kannst du es wagen, das auch nur vorzuschlagen?«, sagte sie und musterte mich von oben bis unten.

So viel dazu. Sie musste es bei der Erstausstrahlung sehen und ich hatte dabei zu sein, um ihre Reaktionen mitzukriegen.

Dass wir dieses Treffen verpasst hatten, warf uns – möglicherweise – zurück.

Wir hatten Wissenslücken.

Lücken, die wir dringend füllen mussten – wenn wir mit Hugo richtiglagen.

Um 13.53 Uhr öffneten wir die Fenster. Wir stellten fünf Tische und zehn Stühle rund um Hugos Schreibtisch. Von meinem Kopf und meiner Oberlippe tropfte der Schweiß, aber wer würde bei der Hitze nicht ins Schwitzen geraten?

Pap, schätzungsweise.

Er ist ziemlich fit.

Ich dachte über unsere Nachbarn nach. Wer war sonst noch fit?

Mrs Kowalski. Definitiv. Sie ist sogar erstaunlich fit. Wohnung Nr. 222. Direkt neben unserer. Sieht aus wie irgendwas zwischen sechzig und hundertfünfzig. Kommt ganz auf die Beleuchtung an. 1 Meter 52.

So stark für eine alte Dame. Ständig schleppt sie irgendwelche Einkaufstüten.

Ich musste lachen, als ich sie mir bildlich vorstellte.

Angezogen wie ein viktorianischer Gewichtheber. Hundert Tüten von Tesco an jedem Ende einer Langhantel.

Ich lenkte mich selbst mit albernen Gedanken ab.

»Pass auf, Nik! Konzentration!«, sagte ich zu mir.

»Was?«, fragte Norva.

»Nichts.«

Wir saßen da und warteten.

3

Schritte um 13.56 Uhr! Die Tür ging auf. Wir zuckten auf unseren Stühlen zusammen. Ich blickte zu Norva rüber. Ihre Augen waren feucht und weit aufgerissen.

Aber es war nicht Hugo. Ich war enttäuscht.

Es war George Shah. 13 Jahre. Groß. Dünn. Musik ist sein Leben.

Er schlenderte herein. »Hey, hey, n-Quadrat, was geht?«

N-Quadrat ist laut George unsere »Paarbezeichnung«. Ich hasste es, das zuzugeben, aber irgendwie gefiel mir der Spitzname. Mathematisch und logisch.

Ich nickte George zu, während Norva ihm High-Five gab. Er blickte sich im *Hub* um.

»Yo, ist aber heute ganz schön übersichtlich hier drin«, sagte er und rieb sich das Kinn. »Wo steckt Hugo denn? Der Alte kann's doch normalerweise um die Zeit kaum erwarten loszulegen, oder?«

Ja, so wäre er normalerweise. Sollte er sein! »Ja«, sagte ich. »Keine Spur von ihm, das ganze Wochenende über. Das ist leicht beunruhigend.« Gelogen. Es war so viel mehr als nur »leicht« beunruhigend.

»Oh, ok«, sagte ein überraschter George. Seine Augen wurden schmal. »Braut sich da ein Fall für euch zusammen? Das könnte Ärger geben, wisst ihr …«

Sofort war Norvas Interesse geweckt. »Wieso das?«

George ging neben Norva in die Hocke. »Hugo sah bei dem Treffen am Freitag nicht allzu frisch aus. Eigentlich überhaupt nicht gut. Er hatte mit der Hitze zu kämpfen. Also so richtig. Und dann – die Sache zwischen ihm und eurem Dad. Das war irre …« Er schüttelte den Kopf.

Eine Sache mit unserem Dad?

»Was für eine Sache mit Pap?«, fragte ich laut.

Norva drehte sich ruckartig um und sah mich verwirrt und besorgt an.

Ring! Ring!

Georges Handy.

Er hob die Hand, um unsere Unterhaltung zu unterbrechen, während er den Anruf entgegennahm.

»Ja, ja, Mum. Okay? Okay. Okay! Ich hab's gecheckt, JA? Komm mal runter. Ich komme gleich.«

Das war Nina. Nina Shah, 37 Jahre. Klein, zierliche Figur. Lange, dunkle Haare. George beendete sein Telefonat.

»Hört mal, ihr beiden, ich muss los, ich …«

Norva ließ sich damit nicht abspeisen. »George!«, fuhr sie ihn an. »Was zum Teufel soll das? Es ist Montagnachmittag. Das Treffen war Freitagabend!« Sie schnalzte ärgerlich mit der Zunge, war aber noch nicht fertig. »Klären wir das jetzt vielleicht mal?«, polterte sie los. »Was läuft eigentlich bei dir schief? Auf was für einem Zeitstrahl lebst du denn? Anscheinend auf einem, bei dem du mich nicht auf dem Laufenden hältst!«

George grinste. Genau wie ich war er diese Norva gewohnt.

»Hallo? Norv, jetzt reiß dich mal zusammen. Hör zu. Erstens hätte ich gar nicht da sein sollen. Meine Mum hat mich im wahrsten Sinne hingeschleppt. Sie hat gesagt, sie will bei den Tri-Angels mitmachen. Aber nicht sofort. Wäre ja noch schöner! Jedenfalls könnt ihr froh sein, dass ich da war, es ging echt heiß her. So richtig. Zweitens hab ich euch doch eine Nachricht geschickt, oder? Aber ihr lest mich ja anscheinend nur noch und habt keine Lust zu antworten. Man sieht sich.«

Norva senkte den Kopf. »Ach ja, da war ich mitten in DiP.«

George gab ihr einen Klaps auf den Rücken. »Yeah, kann ich mir vorstellen. Ich erzähl's euch später, ich schwöre, aber jetzt muss ich erst mal das mit Mum regeln. Family first, ihr wisst ja, wie das ist. Bis dann.«

George stieß die Doppeltür auf und verschwand.

4

Um 14.03 Uhr immer noch keine Spur von Hugo.

Dabei hatte er jetzt – offiziell – seinen Verspätungsrekord gebrochen.

Ich wedelte kopfschüttelnd mit meinem Handy in Norvas Richtung. »Es ist drei nach zwei.«

»Yeah, weiß ich«, sagte sie und wedelte mit den Händen. »Da ist definitiv irgendwas im Busch. Dieses Gefühl in meinen Knochen verstärkt sich. Sie fangen irgendwie an zu kribbeln, verstehst du?«

Nein, das verstand ich nicht.

Aber ich hoffte, dass alle 206 Knochen in ihrem Körper ein bisschen Verstand in sie hineinrütteln würden.

Wie hatten wir nur dieses Treffen versäumen können?

Ich ballte eine Hand zur Faust. Wut lenkte mich ab. Ich hasste meine Schwester. Nein, tat ich nicht. Das wäre ein bisschen extrem.

Aber ich hasste eindeutig ihre Sucht nach *Death in Paradise.*

Die Serie ist nämlich noch nicht mal gut.

»Nik!«, flüsterte ich mir selbst zu. »Konzentrier dich.«

Ich öffnete meine Faust wieder und stellte fest, dass die Handfläche ganz verschwitzt war. Mein Handy konnte ich nur mit Mühe halten.

Bei der Gelegenheit sah ich mir meine Hände genauer an. Sie sind nur ungefähr ein Drittel so groß wie Hugos.

Okay, das ist jetzt übertrieben, aber Hugos Hände waren echt riesig.

Einmal zeichneten wir für ein Bild zum Diwali-Fest im Kunstkurs alle die Umrisse unserer Hände nach. Da mussten wir seine weglassen – sie fielen einfach zu sehr auf. Hugo meinte damals selbst, sie würden »das Werk aus dem Gleichgewicht bringen«. Man hatte seine Enttäuschung gespürt.

Er nahm seine Hände aus dem Bild und trommelte sich mit den Fingerspitzen auf die Lippen. Dabei hatte er ganz feuchte Augen.

Weil ich gerade an Feuchtigkeit dachte, merkte ich, dass mein Mund ganz trocken war.

Ich brauchte dringend ein Vitonica.

Serena produziert Vitonica. Die Rede ist von Serena Knightley-Webb. 38 Jahre. Blond, dünn, groß, Unternehmerin. Hugos Schwester.

Vitonica ist nach zwei Dingen benannt, die Serena besonders liebt: nach ihrer Mutter Veronica (sie ruhe in Frieden) und nach Vitaminen. Als ich mein erstes Vitonica probierte, erklärte Serena mir: »Der Saft reinigt dein System und bringt es ins Gleichgewicht.«

Ich weiß nicht, ob das stimmt, aber ich weiß, dass es köstlich und süß schmeckt, einen zufrieden macht und beruhigt. Ich liebe und brauche es. Ich brauchte genau jetzt eins.

Mein Name ist Nik und ich habe ein Saftproblem.

Ich dachte an Serena. Sie wohnte damals seit genau 18 Wochen und einem Tag in *The Tri*. Als sie hier einzog, erklärte sie uns, dass sie und ihr Ehemann sich »bewusst entpaart« hätten.

Im Klartext heißt das so viel wie, sie haben Schluss gemacht. Sie hatten in einem großen Haus in West-London gewohnt. Das behielt er, obwohl sie die Hälfte davon bezahlt hatte. Keine Ahnung, was daran fair ist. Jetzt wohnt sie in einer Wohnung mit ihrem Bruder im Südosten Londons.

Für einige Leute wäre das ein echtes Downgrade, aber nicht für Serena.

Sie liebte *The Tri*, und *The Tri* liebte sie. Ich übrigens auch.

Wenn man sie brauchte, war sie da. Sie hatte hart dafür gearbeitet, dazuzugehören. Sie leitete:

- eine Yoga-Gruppe
- einen Service, der auf Hunde aufpasste und mit ihnen spazieren ging
- eine Facebook-Gruppe der Bewohner

Vitonica war ihre neueste Geschäftsidee. Säfte aus Obst, das sie sich bei The Garden besorgte und dann bei Better Buy verkaufte. Sie wünschte sich einen Stand am Whitford-Markt, gleich neben Hugos. Ihr Plan war, die Säfte dort zum doppelten Preis wie in *The Tri* zu verkaufen und alle Überschüsse der Wohnanlage zu spenden. Echt inspirierend.

Ich schaute auf mein Handy.

14.05 Uhr. Immer noch kein Hugo.

»Lass uns mal die Belege durchgehen«, meinte Norva seufzend. »Damit ich diese schlechten Gefühle und das Knochenkribbeln mit ein paar Fakten untermauern kann. Die Zeit vergeht sowieso.«

Norva nannte die `Tri-Files` manchmal »Die Belege«. Ich verstehe nicht, warum. Sie hatten schließlich schon einen perfekten Namen.

Sie griff nach ihrem Telefon. Ich rückte meinen Stuhl näher heran, um mit auf das Display zu schauen.

Unsere verschwitzten Unterarme klebten sofort wie ein Kaugummi zusammen. Mir drehte sich der Magen um. Das war ein Salto, als ginge es um olympisches Gold beim Turmspringen.

»Machst du bitte `Tri_Thoughts.doc` auf und scrollst von hinten nach vorne?«, bat ich sie.

Norva las ihre eigenen Worte – und trug sie auch gleich theatralisch vor. Natürlich.

Samstagmorgen, 10:30 ungefähr.

Höllisch heiß.

Der Aufzug in Corner One ist seit ZWEI TAGEN kaputt, deshalb führte ich Ringo zu seiner morgendlichen Pinkel-Runde auf der Third Avenue spazieren, vor den Wohnungen von Etage 21. In der Müllrutsche ist irgendwas REIF. Nicht nur unfrisch, sondern echt nächstes Level.

Die Müll-Kumpel streiken immer noch. 138 Stunden schon und es geht weiter, sagt Nik. Die Stadtverwaltung muss mehr zahlen. SOFORT!

ABER ABER ABER!

Ich bin nicht überzeugt davon, dass das nur Müll ist, der sein Müll-Ding macht, also einfach sein Müll-Leben lebt. Meine Körperflüssigkeiten sagen, nein. Es ist was anderes. Ich mache mich auf, es rauszukriegen. Ich begebe mich also auf die epische Odyssee, die da heißt: die Treppe runtersteigen. Ringo und ich schnuppern WORTWÖRTLICH ein bisschen herum, überqueren dann The Rec, um etwas frischere (?) Luft zu schnappen. Ein paar Leute auf den Gestank angesprochen. Keiner findet ihn anrüchig!? Kein einziger! Die Leute sind doch nasenlose Zombies, ich schwör. Pap meint, es könnte die Fortsetzung von »Der Sommer der unbegrenzten Windeln« (unvergesslich) sein, aber daran erinnere ich mich. Das war nicht so. NICHT so. Nope.

Es ist echt hart, den Geruch in Worte zu fassen und nicht durch zeitgenössischen Tanz auszudrücken – aber ich versuch's. So was von übel, süßlich und säuerlich und modrig und blumig und auch, das ist wichtig, wie viele verschiedene Formen von Kacke gleichzeitig. Irgendwie so, dass es mir echt nicht gefällt.

5

Vierzehn Uhr acht. Hugo, gute Nacht. Ich schmunzelte stumm über meinen Reim und schüttelte dann mein Lächeln weg.

Ich musste mich konzentrieren. Schon wieder.

»Dann fing der Gestank am Samstag an. Bestätigt«, sagte ich seufzend und zurück in der Gegenwart.

»Genau«, sagte Norva. »Und heute stinkt es sogar noch übler, stimmt's – als würde es mit jeder Minute schlimmer? Was haben wir noch am Samstag?«

»Mach mal Zimmerfenster_Protokolle.doc auf, Norva. Da sind noch mehr Infos drin.«

Das Dokument ließ es beim Laden gemütlich angehen. Inzwischen trommelte Norva ungeduldig mit den Fingern auf die Tischplatte. Diese Aufzeichnungen reichen zehn Monate und zwei Wochen zurück – als Pap mir zu meinem elften Geburtstag ein Teleskop schenkte. Norva hatte mir dazu einen Zettel geschrieben, auf dem stand: Wir mögen vielleicht in der Gosse leben, aber immerhin gucken wir in die Sterne. Dabei hat sie damit exakt null Mal in die Sterne geguckt. Sie fand schnell eine andere Verwendung dafür, nämlich Sehenswürdiges auf der Erde zu beobachten.

Die Teleskop-Geschichten – ihr Titel, meine Worte:

Hugo fährt am Samstagmorgen um 6:30 zum Whitford-Markt, ausnahmslos. Heute ist sein Transporter auf dem Gelände von The Tri geblieben. Tatsache. Wir haben das um 9:55, um 15:00, um 17:00 und um 21:00 überprüft.

Der Lieferwagen hat einen Dauerparkplatz (zum Kummer anderer Autobesitzer der Wohnanlage), und zwar vor dem Eingang von Better Buy, sodass er die Aussicht »blockiert«. Wir wissen, dass Mark normalerweise gegen 10:00 auftaucht, um Folgendes einzukaufen:

- Milch (Vollmilch in einem 2-Liter-Kanister)
- eine Zeitschrift über »Promis« für seine Mutter
- Salbe gegen seine Pickel

Heute konnten wir ihn nicht sehen. Norva war enttäuscht und sah bis um 10:13 deprimiert aus. Dann ging sie Ringo ausführen.

Es handelt sich um Mark Walker. 16 Jahre. Jung. Langweilig. Pleite. Norva ist überzeugt, dass sie beide »endgame« wären – was auch immer das bedeutet – und innerhalb der nächsten zehn Jahre in *The Tri* zusammenleben werden.

Norva findet Mark geheimnisvoll und stark. Ich finde ihn *basic* und sie leicht zu beeindrucken.

Abends, an den Wochenenden und in den Ferien arbeitet er für Pap. Er braucht das Geld. Nach Paps Aussage ist er mehr Last als Unterstützung. Trotzdem glaubt Norva, Pap wäre *#blessed*, weil er so viel Zeit mit ihm verbringen kann.

Norva war um 14.11 Uhr außerdem durstig.

Ich genauso – aber hauptsächlich hatte ich Angst.

Hugo, los jetzt. Bitte.

Ich machte schnell eine Liste der Dinge, die ich an Hugo noch mochte:

- die Brille, die er an einer Kette trug
- wie er über sie hinweg schielte, wenn er ein Argument vorbrachte
- seine Ringe – einen an jedem Finger. Kitschig, aber cool

Um 14.13 Uhr starrte Norva direkt auf Barrys Brandfleck. Sie lächelte dabei schwach, ohne dass ich wusste, warum.

Für mich war an der Situation null Prozent amüsant.

Gar nichts.

Sie schaute flüchtig auf ihr Handy.

»Noch zwei Minuten bis zur Deadline«, sagte sie mit einem schrecklichen Kichern.

Um Punkt 14.14 Uhr griff ich nach Norvas Hand. Sie schlug sie weg.

»Sei nicht albern«, murmelte sie.

14.15 Uhr.

Mein Herz wurde schwer.

»Die Zeit ist um«, sagte Norva. »Lass uns gehen.«

6

Norva schob den Tisch mit beiden Händen von uns weg, stand stramm und verkündete laut – obwohl sonst keiner da war: »Die Alexanders sind RAUS, ihr Loser!«

Ihr Blick forderte mich auf mitzukommen, sie warf ihre Braids über die Schulter und machte auf dem Absatz kehrt. Sie stampfte aus dem *Hub* und durch die Doppeltür, die mir voll ins Gesicht schwang.

Willkommen in meinem Leben.

Ich folgte ihr in die Gluthitze, die auf *The Tri* lastete. Sonne verachte ich übrigens. Ich hasse sie. Sie ist eindeutig der Himmelskörper, den ich am wenigsten mag. Denn der Sommer ist meine persönliche, verschwitzte Hölle.

Diesmal zuckte ich wegen der Hitze und Helligkeit richtig zusammen. Beim Versuch, im Schatten zu bleiben, drückte ich mich instinktiv mit dem Rücken gegen die Wand. Nur stellte ich fest, dass auch die glühend heiß war, und sprang gleich wieder weg.

»Warum zuckst du denn hier rum wie Dracula, den aus Versehen die ersten Strahlen der Morgendämmerung treffen,

Nik? Jetzt reiß dich mal zusammen«, sagte Norva. Mit in den Nacken geworfenem Kopf und ausgestrecktem Arm zeigte sie in eine Richtung: »Zu den Müllcontainern!«

War das für sie ein Spiel?

Wir kamen am Better Buy vorbei und winkten Sissy St. Claire zu. 59 Jahre. Im Rollstuhl. Am Sonntag Kirche. Den Rest der Woche Klatsch und Tratsch.

Sissy war hinter ihrer Kasse nur zu einer schlappen Handbewegung in unsere Richtung fähig.

Hugos Transporter parkte draußen vor dem Laden. Ich stellte es natürlich sofort fest, aber Norva musste mir auf den Rücken klatschen und dann mehrfach mit zwei Fingern auf den Wagen und danach auf ihre Augen zeigen. Als wollte sie sichergehen, dass ich ihn auch gesehen hätte.

»Merk's dir«, sagte sie in gedämpftem Ton.

Ich nickte dehydriert. »Ich seh's.« Dann spähte ich durch die Heckscheibe des Lieferwagens. Darin befanden sich Berge von offenen, ordentlich aufgereihten Kartons. Ich machte ein Foto und zoomte dabei näher ran.

In meinen Augen war das Sperrmüll, in Hugos Augen Antiquitäten.

Norva rief Sissy mit in die Taille gestemmten Händen durch die offene Eingangstür zu: »Hast du Hugo gesehen, Sissy?«

Sissy schüttelte den Kopf. »Nein, Girls, nicht seit dem Treffen.«

»Um welche Uhrzeit?«, hakte ich nach und trat von dem Auto weg.

Ich öffnete `Tri_Thoughts.doc` auf meinem Handy.

»Aaalso, ich war eine der Letzten, die gegangen sind, weil ich noch mit Mrs Kowalski geplaudert habe. Wisst ihr, dass es schon vier Jahre her ist, dass unser Herr ihren Ehemann zu sich genommen hat?«

Sissy bekreuzigte sich und blickte nach oben. »Gott segne seine Seele! Am Freitag waren es vier Jahre! Die Zeit heilt alle Wunden, aber …«

»Um welche Uhrzeit, Sissy? Wann war das?«, unterbrach ich sie. Musste sein. Das Leben ist zu kurz für ihre Predigten.

»Aaaalso, ich war um kurz nach elf zu Hause, demnach muss er um halb elf gegangen sein. Ja. Definitiv.«

Sissy rückte näher an ihren Ventilator. »Er ist mit Serena gegangen, nachdem euer Dad rausgestürmt war. Jane kam um kurz vor elf, um abzuschließen, und warf uns raus. Dann bin ich nach Hause und hab mir *Death in Paradise* in der Mediathek angesehen.«

Ich redete mit Sissy, fixierte dabei aber Norva. »*Death in Paradise*? In der Mediathek? Wie praktisch.«

Norva richtete ihren Blick auf den Boden.

»Ich weiß!«, erwiderte Sissy. »In der Zukunft zu leben, das ist wirklich ein Segen.«

»Das ist es«, sagte ich.

»Danke, Sissy«, murmelte Norva und presste die Lippen zusammen, als wir den Laden wieder verließen.

Wir duckten uns unter der zerbrochenen Fensterscheibe des Bermuda (Hauptverdächtiger: Barry). Norva berührte kurz die Warnung »Don't Get Lost In This Triangle«, die jemand auf die glasierten Ziegel direkt darunter gesprayt hatte (Hauptverdächtiger: Barry).

Im Pub zerbrach klirrend ein Glas. Die Anwesenden riefen im Chor »oooooh« und klatschten Beifall. Norva steckte schwungvoll den Kopf durchs zerbrochene Fenster, nur Millimeter von einer sicheren Enthauptung entfernt.

»Hey, Barry? Ist Hugo da drin?«, rief sie.

Barry stand hinter der Bar und lachte über den verschütteten Drink. »Nein – hab ihn das ganze Wochenende noch nicht gesehen. War nicht beim Lock-in nach dem Treffen am Freitag und auch Samstagabend nicht da. Dachte mir, er würde am Sonntag kommen, aber er geht nicht ans Telefon. Wenn du ihn siehst, sag ihm, dass er ein Blödmann ist! – Ich mach nur Spaß. Wir lieben ihn wirklich.«

Schon gröhlten die Stammgäste des Pubs: »*We love you, Hugo!*«

»Was ist ein ›Lock-in‹?«, fragte ich und schob Norva beiseite, um meine Notizen zu ergänzen.

»Ist egal«, rief Barry über den Gesang hinweg. »Vergesst, was ich gesagt habe. Vergesst auch ruhig, es eurem Dad zu erzählen.«

Barry lachte und der ganze Pub lachte mit.

Wir nickten zum Dank und zogen weiter. Zehn Meter von den Müllcontainern entfernt wurde der Geruch stechender.

Und mit jedem Schritt strenger.

Aus einer Wohnung hoch über uns hörte man Musik.

Der Bass dröhnte in meiner Brust und bis zu den Zehenspitzen.

Mein Herz schlug schnell, im Rhythmus des Songs.

Ich schob mich zentimeterweise vorwärts, aber Norva zog mich zurück.

»Hör zu, Nik«, sagte sie und hielt meinen Arm fest, »mach dich auf was gefasst. Wenn Hugo wirklich da drin ist, dann weißt du, er wird schlimm aussehen, ja? Richtig schlimm. Wahrscheinlich wie ein Zombie.«

Sie lachte, streckte die Arme starr vor sich aus und verdrehte die Augen. »Vielleicht will er Gehiiiiirrrrrne. Zum

Glück hat er bei deinem kahlen Schädel leichten Zugang dazu. Mjam nam nam.«

Botschaft angekommen. Das hier war immer noch ein Spiel.

»Du bist nicht witzig, Norva«, sagte ich. »Kein bisschen.«

Meine Unterlippe zitterte. Meine Augen wurden feucht.

Norva warf die Hände in die Luft. »Bin mir sicher, dass da nur ein Fuchs drin ist, Nik.«

Ihre Hand landete auf meiner Schulter und ihr Lächeln wurde schwächer. »Das sage ich mir jedenfalls die ganze Zeit.«

7

Wir drückten die Türen zum Müllbereich auf und wurden sofort von der örtlichen Fliegenkolonie begrüßt.

»Whoa …«, stöhnte Norva aus dem Mundwinkel.

Mir traten sofort Tränen in die Augen. Ich blinzelte fünfmal, um wieder scharf zu sehen.

Es gab da eine beachtliche Anzahl von Müllsacken. Ich schätze mal 68. Ungefähr ein Drittel davon war aufgeplatzt. Bei wiederum 95 Prozent davon schmolz der Inhalt, gärte vor sich hin oder beides auf einmal.

Ich notierte:

- Dosen: Bohnen, Bier, Fleisch (Corned Beef)
- Papier: Zeitungen, Tapeten, Sand
- Obst: verdorben, faulend, vergammelt

Norva stieß mich mit dem Ellbogen an und zeigte auf eine Flasche Vitonica. Tja, Vitonica in einem früheren Leben. In seiner jetzigen Form war es eine klumpig erstarrte fruchtige Lavalampe des Verderbens.

Norva rieb sich ironisch den Bauch und leckte ihre Lippen.

Ich machte den Mund auf, um ihr eine witzige Antwort darauf zu geben. Und bedauerte es schon. Denn eine fette Fliege flog in meinen Mund. Ich spuckte sie aus und rieb mir angewidert übers Gesicht. Norva lachte mit geschlossenen Lippen.

Ich hielt, so gut es ging, den Atem an, während meine Augen schon wieder tränten. Weil ich nicht wusste, wo ich anfangen sollte, sah ich Norva hilfesuchend an.

Die zeigte mit ausgestrecktem Finger auf den großen Metallcontainer direkt unter der Müllrutsche.

»Was immer tot ist, liegt da drin begraben. Kletter rein«, sagte sie hinter vorgehaltener Hand. »Du hast eine Glatze, trägst jeden Tag das gleiche Outfit UND bist kleiner.«

Ich schüttelte heftig den Kopf.

»AUSSERDEM bin ich zwei Jahre älter, damit musst du dich abfinden. Du hast gar keine Wahl.«

Null Chance.

Ich gebe es ja zu. In manchen – winzig kleinen – Bereichen schaue ich zu Norva auf. Aber es gibt echt Grenzen.

»Das kann ich nicht«, erwiderte ich. Ich rieb mir den Arm. »Ich kann nicht.« Ich schüttelte den Kopf. »Nein.«

Es brauchte nicht viel, um sie zu überzeugen.

Norva zuckte mit den Achseln. »Na gut. Schön. Egal. Dann steige ich rein.«

Sie drehte ihre Braids zu einem hohen Knoten zusammen und machte den mit einem schwarzen Haarband zusammen, das sie immer ums Handgelenk trägt.

Wenn ich wegen Hugo richtig lag, dann war ich mir sicher, dass sie den Ruhm haben wollte. Was für ein Ruhm das auch sein mag, eine Leiche in einem Müllcontainer zu finden.

8

Norva warf mir ihre Umhängetasche zu und durchwühlte die Taschen ihres Sommerkleids mit Blumenmuster, um zu kontrollieren, ob sie leer waren.

Nur ein Papiertaschentuch fiel zu Boden, was sie ignorierte. Müll liegen lassen, ist nicht in Ordnung, aber da der ganze Raum mehr oder weniger ein einziger Mülleimer war, ging das in Ordnung. Diesmal.

Dann bückte Norva sich und zog die Riemen ihrer Sandalen fester. Sie ging fünf Schritte auf den Müllcontainer zu, nahm ihn näher in Augenschein, trat die fünf Schritte wieder zurück und machte zwei Kniebeugen.

Als Nächstes stand sie auf, stemmte die Hände in die Hüften und ließ diese dreimal kreisen.

Sie rollte den Kopf weit nach links und nach rechts. Die Arme streckte sie gerade vor sich aus und ließ die Fingerknöchel knacken.

Sie seufzte.

Zunehmend genervt von ihrem deplatzierten Trainingsprogramm begann ich: »Norva, wirst du langsam mal –«

»Jetzt!«, schrie sie, rannte auf den Container zu und sprang katzengleich daran hoch. Sie umklammerte den Rand, zog sich hoch und hinein.

Das war beeindruckend. Ihr Workout hatte sich gelohnt.

Als sie drinnen stand, schaute Norva von ganz oben zu mir

herab. Sie hatte die Lippen nach innen gezogen und zusammengepresst, die Augen weit aufgerissen. Achselzuckend holte sie wohl eher aus Versehen tief Luft und hustete sofort heftig.

Es war soweit.

Ekelhafte Müllsäcke flogen aus dem Container.

Norvas Kopf tauchte erneut auf. »Ach du liebe Zeit«, sagte sie leise. »Nik …«

»Was …?«, fragte ich vorsichtig, weil ich mir nicht sicher war, ob ich es überhaupt wissen wollte.

»Schau dir das an.«

Als ich an dem Container hochsprang, musste ich an Ringo, 7 Jahre, aber in Menschenjahren circa 42, denken. Unseren schwarz-weiß-braunen Jack Russell.

Der springt so, wenn er etwas haben will, das du gerade isst.

In dem Container plagte Norva sich, um einen großen Farbkanister anzuheben.

Der Kanister war grau, und auf dem sich stellenweise ablösenden Etikett stand, dass er 20 Liter fasste – eine ganze Menge Farbe.

Ich vermutete, dass er noch voll sein musste, weil er eindeutig schwer war. Entweder das oder Norva war extrem schwach.

Nach der vertrauten cremeweißen Farbe, die rund um den Deckel klebte, musste das die offizielle Farbe sein, die in *The Tri* überall benutzt wurde.

»OK … Ein Kanister Tri-Farbe …«

»Klar, aber das meine ich nicht. Schau«, sagte sie. »Da drunter.« Sie zeigte hin.

Ich rutschte außen am Container ab. Dann sprang ich wieder und wieder daran hoch. Ringo wäre – wenn er Gefühle für irgendwen anderen außer sich selbst hätte – stolz auf mich gewesen.

Darunter war ein klebriger dunkelbrauner Fleck. Und auf dem Fleck klebten ein paar lockige weiße Haare. Vertraute lockig weiße Haare.

O nein.

Ich hörte auf zu springen und richtete mich kerzengerade auf. Steif wie ein Brett. Norva wich entsetzt einen Schritt in den Container zurück und hätte beinah das Gleichgewicht verloren.

»Norva«, sagte ich schleppend, »das wird ernst. Zu ernst. Komm da raus. Jetzt. Wir müssen Pap holen.«

»Ich weiß, aber sind wir nicht schon so nah dran?«

»So nah an was, Norva?«, schrie ich sie an. »Daran, den Schreck unseres Lebens zu kriegen?!«

»Nein«, erwiderte sie nüchtern. »An der Wahrheit.«

Sie verschwand wieder in dem Container und warf mir einen Müllsack vor die Füße, der auf meinem Turnschuh aufplatzte.

»O nein, Nik …«, fing sie an.

»Nein. Tu's nicht. Sag's bitte nicht.«

»Ich habe ihn gefunden.«

Mein Magen krampfte sich zusammen. Meine Gedärme verknoteten sich zu Brezeln.

»Nik«, flehte Norva und riss mich aus meinen Gedanken. »Komm, check das hier. Sag mir, dass ich mich täusche.«

Sie streckte den Arm aus dem Container nach mir aus.

Ich schloss die Augen und packte ihn. Sie zog mich hoch und ich öffnete die Augen wieder. Zweimal musste ich blinzeln, um wieder scharf zu sehen.

Es gab Positives.

Und Negatives.

Positiv: kein frisches oder geronnenes Blut, keine Eingeweide.

Negativ: ein Müllsack aus stabilem Material, unter dem sich deutlich die Umrisse eines Menschen abzeichneten.

Ich erkannte den Sack sofort. Das waren diese Spezialdinger, die Pap und Mark verwendeten, wenn sie in einer der Wohnungen hier arbeiteten.

Stark und strapazierfähig.

Perfekt, um darin eine Leiche zu transportieren.

»Norva, das ist nur ein Sack. Wir können nicht mit Sicherheit sagen …«, begann ich, mich selbst zu belügen.

Norva stieß den Sack mit ihrem Fuß an, da rutschte oben ein Arm heraus. An der dazugehörigen Hand steckte an jedem Finger ein Ring. Es war also eine Leiche, und zwar Hugo.

Das Spiel war vorbei.

9

Ein Schluchzer stieg tief in mir auf. Ich öffnete den Mund und er verließ meinen Körper. Laut. Heiße Tränen strömten mir übers Gesicht, während wir Hand in Hand, so schnell wir konnten, durch *The Tri* rannten.

Aus dem Augenwinkel sah ich Sissy im Better Buy. Sie schaute kurz hoch, verdrehte die Augen und kam mit ihrem Gesicht gefährlich nah an die Rotorblätter ihres Ventilators.

Wir stürmten in die Eingangshalle von Corner One und stürzten keuchend in Paps Büro im Technikraum.

Er musste es erfahren. Sofort.

Als wir die Tür aufrissen, war Pap gerade am Telefon und lachte. Noch nie hatte ich ihn so lachen gehört.

»Es ist geschafft. Es ist geschafft. Alles an seinem Platz. Kann's kaum erwarten, dich nachher zu sehen«, sagte er mit leiser Stimme. Dabei lächelte er für die geheimnisvolle Person am anderen Ende der Leitung.

Diesen Pap kannte ich nicht. Er klang wie Norva, wenn sie von Mark sprach. Er klang … romantisch? Das war unangenehm und eklig.

»Pap! Pap!«, schrie Norva. »O mein Gott, Dad!«

Sie brach in Tränen aus. Pap sah sie mit weit aufgerissenen Augen panisch an. Dann ließ er das Handy auf den Tisch fallen.

»Was denn, ihr zwei?«, sagt er, stand unsicher auf und schien sich zu schämen und gleichzeitig Sorgen zu machen. »Was ist passiert? Ist alles in Ordnung mit euch?«

»Nein, Pap. Ist es nicht«, antwortete ich. »Hugo liegt im Müll.«

Pap sah verwirrt aus. Ich konnte ihm ansehen, wie er schnell die möglichen Bedeutungen dieses Satzes durchging und verwarf.

»Er ist tot«, wurde ich deutlicher.

Paps Augen wurden noch größer. Er schlug eine Hand vor den Mund. »O NEIN. NEIN!«, rief er, schnappte sich sein Handy und steckte es in die Tasche.

Er zuckte immer wieder zusammen, während er einen schmerzhaft aussehenden Humpellauf an uns vorbei zur Tür hinlegte.

Wir folgten ihm, als er versuchte, über *The Tri* zu rennen, wobei seine Füße bei jedem Schritt schlurften. Das war neu.

Zumindest für mich.

Norva und ich nahmen jeweils eine seiner Hände und zogen ihn zum Müllraum.

Angesichts des Gestanks riss er wieder die Augen auf und würgte.

Pap brauchte keine tierischen Fähigkeiten, um in den Container zu schauen, weil er so groß war. Er trat nah heran und spähte hinein.

»Hugo«, flüsterte er atemlos und schüttelte langsam den Kopf. Dann holte er sein Handy heraus und tippte drei Ziffern ein.

»Hallo, Polizei?« Er benutzte seine offizielle Telefonstimme. »Hier ist Joseph Alexander, Hausmeister des Triangle. Ja. Hier liegt eine Leiche im Müllbereich von Corner One. Die sieht aus wie der Bewohner Hugo Knightley-Webb.« Während er sprach ging er humpelnd schnell im Kreis.

»Mädchen«, sagte er vom Telefon abgewandt, »geht raus an die frische Luft.«

Norva und ich stießen die Türen auf und ließen uns im Schneidersitz mit dem Rücken an der Wand nieder. Mein Körper schmerzte und meine Gedanken rasten. Ich schaute zu Norva rüber, die stumm geradeaus starrte.

»Die Polizei ist unterwegs«, sagte Pap.

Er zog uns vom Boden hoch und schloss uns in die Arme.

»Blöde Frage, aber seid ihr okay?«, sagte er.

Ich nickte, obwohl ich wusste, dass das genauso blöd war. Wir waren zu 2,5 Prozent okay.

»Das war ein schrecklicher, schrecklicher Anblick«, meinte er. »Ihr könnt mit mir darüber reden und, wenn ihr wollt, organisiere ich jemanden, zu dem ihr gehen könnt. Um zu reden. Seht ihr Katie heute vielleicht? Hoffentlich.«

Das war tröstlich.

Wir vermissten Katie Smyth, 25 Jahre. Schwarze Haare, blaue Augen, brillant.

Katie hat früher hier gewohnt. Bis vor Kurzem. Genauer gesagt bis vor drei Monaten. Sie wohnte in Corner One, genau wie wir. In Wohnung 193. Sie hat auf uns aufgepasst und wir haben zu ihr aufgeschaut. Seit wir fünf und sieben waren.

Irgendwie ist das hier Katies Schuld. Finde ich zumindest. Norvas Vorliebe für Geschichten – vor allem Krimis – hat sie von Katie.

Denn an 65 Prozent unserer Abende und Wochenenden haben wir Katie dabei zugesehen, wie sie eine der folgenden Serien sah:

- *The Bill*
- *Inspector Barnaby*
- *Inspector Lynley*

Sobald sie ihr *Certificate in Knowledge of Policing* absolviert hatte (für das wir ihr beim Lernen geholfen hatten) und die Probezeit (dank uns) bestanden hatte, zog sie aus *The Tri* aus. Zu neuen Ufern und so.

Wir vermissten sie, aber sie wohnte eigentlich nur zwei Wohnanlagen und drei Straßen entfernt.

Pap drückte uns fest. Zu fest, um ehrlich zu sein. Man kriegte kaum noch Luft.

»Es tut mir so leid«, sagte er. »So, so leid. Vor allem für dich, Nik. Ich weiß, wie sehr du ihn mochtest.«

Ich zuckte stumm mit den Schultern, was eine lahme Geste war, wenn ich daran dachte, *wie* sehr ich ihn gemocht hatte.

Hugo gemocht hatte. Vergangenheitsform.

»Mädels«, sagte Pap schließlich, entließ uns aus seinen Armen und schniefte. »In aller Liebe, ihr stinkt. Schlimm. Geht nach Hause, wascht euch und kümmert euch um Ringo. Der Aufzug ist jetzt repariert, also müsst ihr nicht nach oben laufen.«

10

Norva drückte den Knopf mit der Nummer 22. Die Türen schlossen sich. Langsam und knarzend wurden wir ins oberste Stockwerk von Corner One befördert.

Die Glühbirne im Lift war jetzt seit sieben Wochen und zwei Tagen kaputt. Eine »nicht dringende« Reparatur. Tageslicht fiel in blendenden Blitzen herein, immer als wir ein Stockwerk passierten.

Es war drückend heiß. Eine gute Sache gab es immerhin. Niemand sonst wartete darauf, den Lift zu benutzen. Eine direkte Fahrt nach ganz oben: eine der einfachsten – und doch befriedigendsten – Vergnügungen, die das Leben in *The Tri* mit sich brachte.

Ich blinzelte die neuen Tränen weg, die mir in die Augen stiegen.

»Yep, Pap hat recht. Erst Ringo, dann waschen«, sagte Norva. Rhythmisch fielen Lichtstrahlen auf ihr Gesicht. »Aber natürlich ist es deutlich wichtiger, sich an den Fall zu machen, stimmt's?«

Ihre Augen glänzten in der Dunkelheit.

»Es ist wirklich Zeit«, flüsterte sie.

Sie hatte recht. Das war es. Ich nickte.

So machen wir das. Es war nie wichtiger. Oder schmerzhafter. Ich wischte mir über die Augen und begann, meine Gefühle in eine Kiste zu packen. Um sie zu einem anderen Zeitpunkt wieder rauszulassen. Später.

Jetzt war es an der Zeit, sich zu konzentrieren.

»Fakten. Beweise. Schlussfolgerungen«, sagte ich und atmete tief aus. »Ich werde eine neue Datei erstellen.«

Schon holte ich mein Handy hervor und öffnete ein neues Dokument. Ruckelnd kamen wir in unserem Stockwerk zum Stehen und die Türen öffneten sich.

Jemand lehnte an der Wand gegenüber. Ich kniff die Augen ein wenig zusammen.

Mrs Kowalski. Sie hatte vier schwere Einkaufstüten aus Plastik an ihrem linken Handgelenk hängen, die rote Striemen auf ihrer dünnen weißen Haut hinterließen.

Mrs Kowalski schnaufte schwer. Von ihrem Gesicht tropfte der Schweiß auf den Boden. Ihre riesengroße, runde Brille rutschte ihr auf die Nasenspitze. »Sie hat echt was von einer Eule«, hatte Norva schon ganz oft gemurmelt.

»Alles okay, Mrs K?«, fragten wir im Chor.

»Mädchen!«, sagte sie keuchend. »Mädchen. Dieser Lift. Wie überlebt ihr das?«, fragte sie zwischen zwei keuchenden Atemzügen. »Ich bin vor zehn Minuten ausgestiegen und leide immer noch. Ich brauche Frischluft. Euer Dad muss das reparieren. Da irgendwie Luft reinbringen. Dieser Lift ist die Sauna des Satans, das sage ich euch.«

»Sie sind schon seit zehn Minuten hier, Mrs K?«, fragte ich und hatte mein Handy schon gezückt. »Haben Sie da unten in *The Tri* irgendwas gehört?«

»Ja, ich hab euch schreien und rennen gehört, aber ihr rast ja dauernd rum und macht Krach. Was ist denn jetzt wieder passiert?«

Ich sah Norva an und wusste nicht, was ich sagen sollte.

Ich wollte es nicht bestätigen. Besser, ich hätte gar nicht davon angefangen.

Norva kam mir zu Hilfe. »Ach, Sie wissen doch, wie das ist, Mrs K. Die Hormone.«

»Ach ja. An die erinnere ich mich«, erwiderte sie lächelnd.

»Wir wollten gerade zum Kunstkurs, aber Hugo war nicht da. Wann haben Sie ihn denn zum letzten Mal gesehen?«, fragte ich und nahm die Gesprächsführung wieder an mich.

Die Ermittlung hatte offiziell begonnen. Norva lächelte mich ermutigend an.

Mrs Kowalski blickte zum Himmel und überlegte. »Ich hab ihn am Freitag bei der Versammlung gesehen. Eine schlimme Versammlung«, sagte sie düster. »Danach – habe ich noch mit Sissy geredet. Die hört ja einfach nicht auf zu reden. Wahnsinn!«

»Und nach Sissy?«, fragte Norva.

»Nach Sissy, bin ich nach Hause gegangen und habe auf Unterstützung gewartet, die mir bei meinem Projekt hilft«, sagte Mrs K leise.

»Unterstützung?«, fragte ich. »Welches Projekt?«

»Ihr beiden seid so was von neugierig!«

Dann stakste Mrs Kowalski auf ihre Wohnungstür zu und murmelte bei jedem Schritt polnische Wörter, die meiner Vermutung nach sehr unhöflich waren.

Norva fischte die Schlüssel aus ihrer Tasche.

»Ringelchen«, trällerte sie, viel zu nah an meinem Ohr.

Die Tür schwang auf.

Ich kann diesen Hund absolut nicht leiden. Genervt schob ich sie in die Wohnung.

Ringo war natürlich in unserem Zimmer. Dort hockte er natürlich auf meinem Bett. Er streckte die Hinterbeine in einem 90-Grad-Winkel von sich und leckte seine intimsten Körperstellen.

Ringo hob den Kopf, sah uns an, seufzte und widmete sich wieder seiner Mahlzeit. Sein Leben war unverändert, ihm war absolut nicht bewusst, dass Hugo tot war.

Norva schnappte sich Ringo und drückte ihm einen Kuss aufs Fell. Der Hund schnupperte an ihr, zuckte zurück und wand sich aus ihrem Griff. Weil Haare an Norvas verschwitztem Kinn kleben geblieben waren, hatte sie jetzt einen schütteren Nikolausbart.

Ich grinste.

»Lach ruhig, das hast du heute verdient«, sagte Norva und wischte sich übers Gesicht.

Dann zog sie sich aus und ließ ihre Klamotten in einem Haufen dort liegen, wo sie stand.

Ich schaute aus dem großen Fenster gegenüber von unseren Betten auf *The Tri*. Eine Aussicht, die Hugo nie mehr haben würde. Anschließend setzte ich mich an unseren Schreibtisch und fuhr den Computer hoch.

Weil das jämmerlich lange dauerte, dachte ich schon mal über einen Namen für das Dokument nach. Schließlich schrieb ich: `hugo_ende.doc`

11

»Mir ist fast zu heiß, um zu denken, Nik«, jammerte Norva. Wie ein Seestern ließ sie sich, ins Handtuch gewickelt, auf ihr Bett fallen.

»Ich komme mit dieser Hitze nicht klar.«

»Ich brauch dich aber. Bitte«, antwortete ich. »Wir müssen das hier schnell lösen. Für Hugo. Und für uns alle.«

»Ach, mach dir keine Sorgen, ich habe doch gesagt, *fast* zu heiß. Ich bin bereit. Das ist mein Leben. Ich gare hier nur eben wie eine heiße Kartoffel«, sagte sie. »Außerdem hab ich gerade auf meine Körperflüssigkeiten gelauscht.«

»Tja, während du damit beschäftigt warst«, fing ich an, »habe ich ein paar Stellen der 2006er Ausgabe vom Handbuch …«

»… für Mordermittlungen rausgesucht!«, beendete Norva quietschend meinen Satz.

Ich nickte.

»Meine unvollständige Bibel«, sagte sie feierlich.

»Erinnerst du dich an die Bausteine einer Ermittlung?«, fragte ich.

»Aber natürlich.«

Norva stand auf und marschierte vor dem Fenster auf und ab. Dabei hielt sie sich einen Fächer vors Gesicht.

»Das Opfer am Leben erhalten – dafür ist es viel zu spät«, sagte sie.

Ich wandte den Blick ab und seufzte.

»Sorry, sorry. Der nächste lautet, ›den Tatort abriegeln‹. Hmm, das dürfte schwierig werden.«

»Ja, da weiß ich auch nicht weiter.«

»Dann kommt«, Norva holte tief Luft, »Beweise sammeln,

Namen des Opfers rausfinden und Verdächtige benennen. Öffne das Dokument. Ich bin bereit loszulegen.«

»Ich auch«, sagte ich. Meine Finger schwebten über der Tastatur.

»Das Opfer ist identifiziert«, sagte sie tonlos.

Ich nickte.

Opfer: Hugo Knightley-Webb

»Zeitpunkt des Todes?«

»Tri_Thoughts und Zimmerfenster_Protokolle – und natürlich dieser Geruch, den du gerochen hast – deuten auf Freitagnacht beziehungsweise ganz früh am Samstagmorgen hin«, sagte ich und wischte über mein Handy. »Außerdem haben Sissy, Barry und Mrs Kowalski vorhin bestätigt, dass sie ihn seit der Versammlung nicht mehr gesehen haben. Du weißt schon, die Versammlung, bei der wir auch hätten sein sollen, Norva.«

Ich sah Norva finster an, die aus dem Fenster starrte.

»Na schön, na schön. Darauf kommen wir später zurück. Schreib jetzt mal die Daten auf, ja?«

Todeszeitpunkt: Zwischen Fr 20.7. 22:30 und Sa 06:30

»Das müssen wir eingrenzen. Schreib es mit auf unsere To-do-Liste.«

»Erledigt.«

To-do: Todeszeitpunkt eingrenzen

»Todesursache?«, fragte ich.

Norva fuhr herum und sah mich an. »Ist das für dich nicht offensichtlich? Farbdose an den Kopf, in einen Tri-Sack gestopft und die Müllrutsche runtergeworfen!«

»Warte mal, Norva. Das müssen wir uns genauer ansehen …«

»Nur zu. Die Bühne gehört dir«, sagte sie und verbeugte sich.

»Okay, die Farbdose«, fing ich an. »An der klebte Blut und etwas, das ich eindeutig als Hugos Haare identifiziert habe. Also ist die Wahrscheinlichkeit groß.«

»Schreib's auf.«

`Tatwaffe: Farbdose`

»Er steckte eindeutig in einem Tri-Sack. Das steht fest. Pap und Mark haben Zugang zu denen – und zur Farbe.«

»Warte, warte, warte – du denkst also, Mark und/oder Pap haben's getan?«, fragte Norva mit aufgerissenen Augen. Dann fächelte sie sich hektisch mit der Hand Luft zu. »O mein Gott, o mein Gott.«

»Norva, halt die Luft an. Fakten, Beweise, Schlussfolgerungen. Lass uns die beiden fragen, wer sich Zugang zu den Sachen verschafft haben könnte und wie …« Ich blickte wieder auf den Bildschirm. »Weil ich mir ziemlich sicher bin, dass da sonst keiner drankommt. Das wird uns helfen, den Kreis der Verdächtigen einzugrenzen.«

`To-do: Pap wegen Farbe/Säcken fragen`

Norva schluckte heftig und nickte. »Okay, und die Rutsche? Was hast du gegen die Müllrutsche?«

»Ich hab nichts gegen die Müllrutsche. Das nennt man Gründlichkeit«, sagte ich. »Nur weil er im Container darunter liegt, heißt das noch nicht, dass er über die Rutsche dorthin gekommen ist. Er könnte auch direkt in den Container geworfen worden sein.«

»Das bezweifle ich«, sagte Norva schnaubend. »Hugo war zu seinen Lebzeiten ein muskulöser, schwerer Mann. Stell dir das Gewicht mal leblos vor!«

Ich zuckte zusammen.

Norva bemerkte das.

»Sorry, das war unsensibel. Aber man müsste schon sehr stark sein, um ihn weit tragen zu können. Warum sollte jemand das Risiko eingehen? Eine Leiche durch *The Tri* schleppen? Vor allem weil die Aufzüge kaputt waren – und das waren sie während des Zeitfensters um den Todeszeitpunkt. Kann ich mir nicht vorstellen.«

»Einwand ist angekommen«, sagte ich. »Aber denkst du, dass Hugo – so groß und schwer, wie er war – überhaupt in die Müllrutsche gepasst hat?«

»Es gibt nur eine Möglichkeit, um das rauszukriegen«, sagte sie lächelnd. »Mit einem Test – nachdem wir mit dieser kleinen Besprechung fertig sind.« Sie deutete mit einer Hand auf mich und den Computer.

`To-do: Die Hypothese Hugo/Müllrutsche testen`

»Damit kommen wir zu den Verdächtigen«, sagte ich. »Hast du irgendeine Idee, wer es gewesen sein könnte?«

Norva drehte sich wieder zum Fenster.

»Meine Körperflüssigkeiten UND meine Knochen sagen mir, dass es jemand aus unserem Corner war, weißt du. Gewesen sein muss. Wenn Hugos Leiche über die Rutsche von Corner One an der Third Avenue gekommen ist, wovon ich überzeugt bin. Die Corners Two und Three kannst du gleich ausschließen – die haben ihre eigenen Müllrutschen, und die Brücken, die die Gebäude verbinden, sind ja praktisch schon seit Jahren unbenutzbar.«

Das stimmte – was die Begehbarkeit betraf, wenn auch nicht die Zeitangabe. Die Wege zwischen den Gebäuden waren jetzt seit acht Monaten gesperrt.

Ich blätterte durch die Fotogalerie auf meinem Handy. Bilder von Norva an jedem Ende jeder Avenue, den Brücken zwischen den einzelnen Corners. Sie machte Peace-Zeichen. Warntafeln mit der Aufschrift »BETRETEN VERBOTEN« für die Bewohner waren deutlich hinter ihr zu sehen.

Die Fotos stammten vom 13. Februar.

»In welchem Stockwerk sind die Rutschen noch mal?«

»7, 14 und 21«, ließ ich sie wissen.

»Es gibt eine Müllrutsche an jeder Avenue, stimmt's? An den Verbindungswegen?«

Ich nickte.

»In unserem kleinen Bereich«, Norva beschrieb mit einer Hand einen großen Kreis, »da benutzt nur unsere Etage – die 22. – und die darunter – die 21. – diese Rutsche, stimmt's?«

Ich suchte im `Tri_Thoughts.doc` nach dem Stichwort »Avenues« und wurde fündig.

»Ja, 21. und 22. Stockwerk«, sagte ich. »Die vom 21. und darunter nehmen den Aufzug in den 14. Stock zur Second Avenue, wenn sie eine Müllrutsche benutzen wollen. Davon stinkt der Aufzug dann.«

Norva wirbelte herum.

»Und. Die. Aufzüge. Waren. Am. Freitagabend. Kaputt!«, sagte Norva und klatschte bei jedem Wort in die Hände.

Sie lächelte und deutete noch mal eine Verbeugung an.

»Ich bin bereit, den Sack zuzumachen, weißt du. Hugo starb in der Wohnung des Mörders. In einer von den sechs«, sagte sie. »Schreib das auf.«

Ich tippte, während Norva redete und sich anzog.

»Von oben angefangen: 22. Etage. Ich, du, Pap …«

Wir sahen uns an. Norva schüttelte den Gedanken ab. »Und das Ringelchen.«

Sie bückte sich, um Ringo zu streicheln.

Der warf sich sofort auf den Rücken und strecke ihr den Bauch hin.

»Die alte Jungfer, Mrs K, Mark und seine Mutter«, meinte sie seufzend und blickte sehnsüchtig an die Decke, bevor sie fortfuhr. »Dann darunter im 21., wo es zur Avenue geht: Jane, die Spendensammlerin. Mein Kumpel und seine Mum. Hugo und seine Schwester.«

Ich ersetzte das durch ordentliche Bezeichnungen und fügte die in eine neue Tabelle ein.

Dann schrieb ich noch Fragen dazu, denen wir nachgehen mussten.

»Irgendwer, den wir von vorneherein ausschließen können?«, fragte ich.

Norva sah mich mit ernster Miene an.

»Tja, hast du es getan, Nik? Warst du's? Da muss ich mir sicher sein. Fakten, Beweise, Schlussfolgerungen und das alles«, äffte sie mich nach. »Sag schon.«

»Warst du's, Norva?«, sagte ich seufzend.

»Beantworte eine Frage nicht mit einer Gegenfrage!«

»Nein, ich war's nicht. Ich habe – leider – mit dir *Death in Paradise* geguckt.«

Ich scrollte durch mein Handy.

»Laut `Tri_Thoughts.doc` sind wir um 22.15 Uhr ins Bett gegangen. Du hast geschnarcht, bis du am Samstagmorgen Ringo ausgeführt hast.«

Ich zeigte ihr mein Handy. »Hier ist ein Foto von dir mit weit offenem Mund um 01:27. Ich hatte bis um 01:25 geschlafen. Da habe ich auf mein Handy geschaut, nachdem …«

Ich schwieg.

»Nachdem was?«, hakte Norva nach.

»Nachdem Pap nach Hause gekommen war.«

Schweigen.

Norva hüstelte, um die Stille zu brechen. »Er könnte überall gewesen sein. Was ist danach passiert?«

»Ich hab das Foto von dir gemacht und bin wieder eingeschlafen. Ich habe nichts mehr gehört, bis du mich dann geweckt hast. Fakten. Beweis. Schlussfolgerung.«

»Gut«, sagte sie mit einem schwachen Lächeln. »Also, uns kannst du offiziell als Verdächtige streichen – und RingRing. Wie hätten wir denn auch diese schwere Leiche unauffällig beseitigen sollen?«

Norva blickte sich im Zimmer um. »Marks Mum ist seit ihrem Unfall ans Bett gefesselt, also war sie es auch nicht. Und ich bezweifle sehr, dass Hugo selbst in einen Sack geklettert ist und sich dann die Müllrutsche runtergestürzt hat. Also streich ihn auch, wenn du schon dabei bist.«

Sie griff nach ihren Sandalen. »Lass uns gehen. Wir nehmen ein paar Müllsäcke und Bücher mit«, sagte sie.

»Warte«, sagte ich und hob die Hand. »Da ist noch mehr zu besprechen, Norva. Mögliche Motive?«

»Stimmt, stimmt. Dazu kommen wir noch. Wir müssen nur bald diesen Sachverhalt überprüfen. Außerdem – wer war diese ›Unterstützung‹, von der Mrs K geredet hatte? Und was für ein Projekt? Mitten in der Nacht? Pah, verdächtig. Wir müssen auch rauskriegen, was alle anderen gemacht haben«, sagte Norva und stand schon in der Tür.

»Vor allem Pap, Norva«, sagte ich. »Wir müssen als Erstes mit ihm sprechen. Irgendwas Ernstes ist auf der Versammlung zwischen ihm und Hugo vorgefallen – alle reden davon und bald auch mit der Polizei. Wir brauchen die Einzelheiten dazu.«

Norva nickte nur.

»Außerdem – mit wem hat er gerade gesprochen, als wir ihm das von Hugo gesagt haben? Warum humpelt er? Wie lange schon, und woher er das –«

»Nik!« Norva unterbrach mich mit einem Lachen. Einem gezwungenen und aufgesetzten Lachen. »Pap kann doch telefonieren mit wem er will, und sein Humpeln hat mit der Sache nichts zu tun, klar? Oder ist er offiziell dein Hauptverdächtiger? Denkst du, er war's?«

Ich schwieg kurz.

»Natürlich denke ich nicht, dass er es war, Norva. Aber jemand anders könnte das denken.«

Hugo_Ende_2307.doc

Opfer: Hugo Knightley-Webb
Fundort der Leiche: Müllraum von Corner One
Datum und Uhrzeit: 23/07 14:27

Todeszeitpunkt: Zwischen Fr 20/07 22:30 und Sa 06:30
Tatwaffe: Farbdose

Hypothese: Ermordet in einer Wohnung in Corner One, 21. oder 22. Stockwerk, mit Farbdose, Müllrutsche runtergeworfen

To-do: Informationen über Versammlung besorgen
To-do: Rausfinden, wo Verdächtige nach Versammlung waren
To-do: Pap nach seinem Telefonat und dem Humpeln fragen
To-do: Hypothese Hugo/Rutsche testen
To-do: Pap wegen Farbe und Säcken fragen
To-do: Todeszeitpunkt eingrenzen

	221 Pap ~~Nik~~ ~~Norva~~ ~~Ringo~~	222 Mrs Kowalski	223 Mark Walker ~~»Mutter Walker«~~	211 George Shah Nina Shah	212 ~~Hugo KW~~ Serena KW	213 »Charity« Jane
Alibi während des Todeszeit-raums	Bis 01:27 unterwegs	Arbeit mit »Unterstüt-zung« an Projekt				
Bestätigt?						
Motiv?						
Fragen?						

12

»Schnell – während ich das hier mache, schau mal unter der Spüle nach solchen Säcken, ja? Pap hat vielleicht ein paar für sich ›abgezweigt‹«, meinte Norva, während sie in Paps Kleiderschrank stöberte.

Gute Idee. Ich war mir sicher, dort schon mal Tri-Säcke gesehen zu haben.

Ich verließ Paps Zimmer und lief den kleinen Flur entlang zum Wohnzimmer und von dort in die Küche. Dort ging ich in die Hocke und öffnete die Schranktüren unter dem Spülbecken.

- Waschpulver
- Schuhcreme
- Gummihandschuhe

Wo waren die Dinger bloß. Blind tastete ich tiefer in den Schrank.

- Spüllappen
- verschiedene Putzlumpen
- feste Tri-Müllsäcke

»Hab sie gefunden!«, schrie ich auf den Flur hinaus. Keine Antwort.

Also schnappte ich sie mir triumphierend und rannte damit in Paps Zimmer zurück. Keine Norva. Ich drehte mich um, schaute zu unserem Zimmer und fuhr erschrocken zusammen.

Norva stand bewegungslos in der Tür und hatte den Kopf schräg gelegt.

»Ist das Hugos Style?«, fragte sie fröhlich. Sie hielt sich eine alte Jeans von Pap und ein kariertes, langärmeliges Hemd vor den Körper, das ich noch nie an ihm gesehen hatte.

»Was meinst du? Würde er so was anziehen?«

»Norva, spielt das eine Rolle?«, fragte ich aufgebracht. »Wird schon gehen. Es ist doch nur für einen kurzen Test.«

»Ich versuche ja nur, deinem Freund gerecht zu werden – Würde auch im Tod und so.«

Ich starrte sie nur an.

»Du hast ja recht. Tut mir leid. Lass uns loslegen. Die Cops werden jeden Moment überall rumschnüffeln, so wie ich in meinen Träumen an Mark.«

Ich tat so, als müsste ich gleich kotzen.

Sie hatte schon eine Menge Sachen zusammengetragen, um die »Leiche« nachzubauen.

- Bücher
- schwarzes Klebeband
- Kerzen
- Decken
- alte Schulpokale
- alte Klamotten von uns

Damit stopften wir Paps Kleider aus. Pap war ungefähr so groß wie Hugo, aber viel schlanker. Wir umwickelten das Hemd und die Hose mit Klebeband, damit der Inhalt nicht rausfiel.

Norva stieß mit der Schuhspitze gegen unseren Müllrutschen-Dummy. »Ich weiß nicht, Hugo Zwei. Aber du siehst nicht sehr … menschenähnlich aus.« Dann versuchte sie, unsere Requisite aufzustellen, und mühte sich ordentlich ab. »Und du bist schwer, aber nicht wirklich anstrengend.«

Ich betrachtete unsere missratene Schöpfung.

»Es geht nicht unbedingt ums Gewicht. Eher um die Größe, oder? Wird er wirklich in die Rutsche passen?«

»Das musst du mir sagen, Nik«, meinte Norva. »Von uns beiden warst du ihm näher. Also was ist deine Meinung?«

Ich beugte mich vor.

Die Größe stimmte, aber die Schulterbreite noch nicht. Ich zog am Hemdkragen und stopfte noch jeweils ein zusammengedrücktes Kissen in die Ärmel.

»Sieht gut aus, Sis«, sagte Norva. »Hugo wäre irre stolz darauf. Er würde das ganz sicher in die Tate Modern kriegen.«

Es sah besser aus, aber dadurch fühlte ich mich noch schlechter. Rasch drehte ich Norva den Rücken zu und blinzelte meine Tränen weg.

»Bringen wir's hinter uns«, sagte ich, drehte mich wieder zurück und wickelte einen Sack von der Rolle mit den Tri-Säcken ab.

Norva lächelte mitfühlend. »Das ist die richtige Einstellung.«

Und so kam »er« in den Sack.

13

Langsam öffneten wir die Wohnungstür und spähten auf den Flur hinaus. Die Luft war rein.

Norva trat hinaus, um sich zu vergewissern. Theatralisch drehte sie den Kopf mehrmals von rechts nach links.

»Komm schon«, flüsterte sie so laut, wie auf einer Bühne. Ich zog an dem Sack, zerrte mir sofort einen Muskel am Brustkorb und zuckte zusammen.

»Stell dich nicht so an«, sagte sie ohne eine Spur Mitleid.

Norva schlüpfte schnell wieder durch die Tür und schob den Sack von hinten an. Dann zog sie die Tür hinter sich zu und schloss sie ab. Wir kamen an Mrs Kowalskis und an Marks Wohnung vorbei.

Wir gelangten zum Aufzug. Das 22. Stockwerk hatten wir hinter uns, das 21. vor uns.

Norva streckte die Hand nach dem Liftknopf aus.

»Nicht«, sagte ich leise. »Der war am Freitag doch kaputt, schon vergessen? Wir nehmen die Treppe.«

»Das will ich aber nicht. Igitt, muss ich?«, jammerte sie. »Da stinkt's.«

Ich nickte. »Geh schon.«

Wir öffneten die Tür zum Treppenhaus und wurden sofort vom vertrauten Uringestank begrüßt. Wir wechselten einen Blick und versuchten dann, den Sack die Treppe runterzuschleppen.

Dabei schlug er auf jeder Stufe auf.

Es handelte sich um einen stabilen Sack, aber dem ständigen Schleifen über den Beton konnte er nicht standhalten. Er begann zu reißen. Dabei rutschte eine Gummihandschuh-»Hand« heraus.

Sofort hatte ich einen Flashback und sah Hugos beringte Hand vor meinem inneren Auge. Ich blinzelte heiße Tränen weg.

»Ach du meine Güte, Hugo Zwei, verzeih uns«, sagte Norva, die den Handschuh auch bemerkt hatte. »Das ist ja, als wärst du nochmal ermordet worden.«

So war es.

Respektlos.

Aber es war trotzdem das Richtige.

Denn jetzt wusste ich, dass Norva recht hatte. Eine Leiche weiter zu transportieren, als wir das jetzt machten, wäre zu riskant. Und zu mühsam. Zu schwer. Wer auch immer es getan hatte, hatte es in der Nähe getan. Und das war furchterregend.

Als ich den Arm ausstreckte, um die Tür zum 21. Stockwerk aufzuschieben, schwang sie plötzlich auf. Mark stand kauend da und schaute zu uns hoch. In der rechten Hand trug er eine Flasche Vitonica, in der linken einen Burger. Ich knallte erschrocken mit dem Rücken gegen die Mauer.

Norva war wie angewurzelt stehen geblieben und hatte ihre Seite des Sacks sofort fallengelassen.

40 Prozent Schreck. 60 Prozent Verliebtheit.

»Alles klar?«, nuschelte Mark mit vollem Mund.

Nickend latschte er an mir vorbei und wollte schon die Stufen ins nächste Stockwerk hochsteigen.

Hinter ihm fiel die Tür wieder zu.

Er schaute auf unsere Leichenattrappe. Ich machte schnell einen Schritt vor den Sack, um ihn zu verdecken.

Vergeblich.

»Issndas?«, fragte er und deutete mit dem Kopf darauf.

Norva blieb stumm.

Ich räusperte mich.

Offensichtlich musste ich das übernehmen. »Wir misten gerade aus.«

»Sieht aus, als wäre da 'ne Leiche drin. Ha!« Mark lachte laut. Ich konnte das Mittagessen in seinem Mund sehen. »Da hält man sich von euch beiden besser fern!«

»Da-das musst du nicht«, sagte Norva schüchtern hinter mir und hatte anscheinend ihre Stimme wiedergefunden.

»Das sieht wie eine Leiche aus? Echt? Hätte ich jetzt nicht gesehen«, sagte ich gespielt lieb zu Mark, wobei ich mich total mutig fühlte. »Was weißt du überhaupt über Tote?«

Mark hörte abrupt auf zu lachen. »Nichts. Gar nichts.« Er stieg die Stufen hoch.

Ich rief ihm nach: »Was treibst du überhaupt im 21. Stock, Mark? Ist der Lift etwa wieder kaputt?«

Ich wusste, dass er es nicht war.

»Ach, keine Ahnung. Glaub nicht«, sagte er. Dabei verhedderte er sich in seinen Worten. »I-ich hab nur kurz bei Serena vorbeigeschaut. Um mir einen Saft zu holen. Ist schneller, als zu Better Buy zu laufen. Außerdem direkt von der Quelle.«

Lächelnd schüttelte er die Flasche dicht vor Norvas Gesicht und ging dann weiter nach oben, wobei er im Gehen wieder in seinen Burger biss.

Ich drückte die Tür auf und trat hinaus auf die Third Avenue, die Brücke zwischen Corner One und Corner Three.

»Wie wär's mit ein bisschen Unterstützung beim nächsten Mal?«

»Mach mir jetzt keine Vorwürfe, okay? Wenn ich in seiner Nähe bin, kann ich nicht mehr klar denken. Eines Tages wirst du das verstehen.«

»Das bezweifle ich schwer«, sagte ich. »Mach die Klappe zur Rutsche auf.«

Das Loch der Rutsche war schwarz und etwa einen Quadratmeter groß. Der untere Rand befand sich auf Höhe meiner Taille, also ungefähr 50 Zentimeter über dem Boden.

Norva zog am Griff und die Klappe ließ sich leicht öffnen.

Der Geruch des Todes stieg aus dem Schacht auf. Ich konnte nicht runterschauen und biss mir auf die Lippe.

»Also, pack dein Ende, Norva«, sagte ich und riss mich zusammen. »Ich schiebe den Kopf rein. Und du, ich sag's ausdrücklich, du wirst weder schieben noch loslassen. Das ist nur gedacht, um zu sehen, ob er reinpasst. Dann nehmen wir ihn auseinander und bringen …«

»Ja, ich weiß, ich weiß!«, unterbrach Norva mich und rollte mit den Augen. »Ich weiß schon, was ich tue …«

»ACH DU SCHEISSE!« Schrie da eine Stimme hinter uns.

Erschrocken fuhr ich zusammen und ließ den Kopf los.

Norva quietschte vor Schreck und ließ die Beine los.

Die »Leiche« sauste die Rutsche runter. Weg. Laut fiel der Sack unten in den Container.

~~To-do: Die Hypothese Hugo/Müllrutsche testen~~

Norva und ich starrten einander an und drehte uns dann zu der Stimme um. George.

»Was zur Hölle treibt ihr beiden Irren jetzt schon wieder? Und warum so schreckhaft?«

»O mein Gott! O mein Gott! O mein Gott!«, brüllte Norva, die Augen vor Schreck weit aufgerissen. »Wenn das rauskommt, gibt es zwei weitere Morde. Warum hast du losgelassen? Was ist eigentlich bei dir schief?«

»Was bei mir schief ist?«, sagte ich. »Du hast doch auch losgelassen!« Mein Magen brannte. »Oh, das ist schrecklich. Es wird Pap überhaupt nicht helfen.«

»Wir müssen Hugo Zwei zurückholen!«

»Was du nicht sagst«, meinte ich tonlos.

»Hey, n-Quadrat!«, schrie George dazwischen. »Morde? Wen zurückholen? Wollt ihr mir darüber vielleicht auch mal Bescheid geben, oder was?«

»Du wirst in fünf Minuten Bescheid wissen, Kumpel«, seufzte Norva. »Diesmal ist es echt schlimm.« Sie drehte sich zu mir. »Extra schlimm.«

Plötzlich ertönten unten Sirenen.

14

»Yo, das ist doch gelogen! Sagt mir, dass das gelogen ist!«

George schlug sich eine Hand vor den Mund.

»Das gibt's nicht ...« Er starrte Norva an und blinzelte geschockt. »Echt jetzt?«

Ich nickte.

»Und ihr wolltet sehen, ob er in die Müllrutsche passt? Ich hab eure Rekonstruktion gestört?«

Norva nickte.

»Ich kann nicht glauben, dass Hugo tot ist, Mann«, sagte George seufzend. »Und tut mir leid, dass ich euch erschreckt hab.« Er sah kopfschüttelnd auf den Boden des Aufzugs. »Ich kann aber auch nicht glauben, dass ihr da schon dran seid. Seid ihr jetzt echte Detektivinnen? Was für ein Leben!«

»Ich weiß«, sagte ich. »Aber diesmal fühlt sich das Richtigliegen so, so falsch an.«

»Ich fühl mich, ehrlich gesagt, nicht so ›falsch‹«, erklärte Norva. »Ich bin jetzt an der Sache dran, und wir sind den Cops weit voraus. Wir wissen, wie sie es gemacht haben. Die Verdächtigen ... sind eingegrenzt.«

»Ihr habt schon Namen auf eurem Zettel?«, sagte George und riss die Augen auf. »N-Quadrat, ihr seid übelst schnell. Wer steht denn ganz oben auf der Liste?«

»Tja«, sagte ich leise. »Wo warst du Freitagabend nach der Versammlung?«

George lachte schallend. »Jetzt komm aber, Glatzkopf. Schau mich an. Ich seh doch nicht aus wie ein Mörder. Ich war unterwegs. Ich war …«

Die Aufzugtüren öffneten sich im Erdgeschoss. In der Eingangshalle hatte sich eine Menge versammelt, die sich bis nach draußen und zum Müllbereich erstreckte. Bewohner unterhielten sich laut und mit aufgeregten Stimmen.

»O nein«, sagte ich. »Unsere Rückholaktion erweist sich als unmöglich.«

Norva ließ den Blick über die Menge schweifen.

»Wow«, rief George über den Lärm hinweg. »Das ist ja voll krass.« Er hielt den Bund seiner tief sitzenden Jeans fest und sprang dreimal hoch. »Uups, da ist meine Mum. Muss ihr schnell erklären, was hinter dem Wahnsinn steckt.«

George schob sich durch die Menge. »Ich find euch dann schon wieder. Dauert nicht lange!«, rief er uns noch zu.

»Das ist ja toll gelaufen, Nik. Echt raffiniert.« Norva schüttelte den Kopf über mich.

»Was?«, fragte ich laut. »Welchen Teil meinst du?«

»Psst! Den mit Georges Alibi«, sagte sie mit gedämpfter Stimme.

»Was?«, wiederholte ich, diesmal leiser. »Wir brauchten sein Alibi, damit wir ihn durchstreichen können.«

»Ja, das weiß ich selber, Kommissarin Kloßbrühe«, sagte sie. »Aber ein bisschen Flair und Style würden dir nicht schaden. Sei nicht so plump. Außerdem wissen wir doch ganz genau, dass George es nicht war. Er treibt sich nicht hier draußen rum und zerrt Leichen durch die Gegend. Wie wir.«

»Nicht lustig, aber ja, es ist unwahrscheinlich«, stimmte

ich zu. »Unser – verbocktes – Experiment hat gerade bewiesen, dass ein Jugendlicher mit dem Gewicht nicht klargekommen wäre. Aber wir müssen es sicher wissen. Wie auch immer«, sagte ich, »das hat keine Priorität. Lass uns rauskriegen, wie wir unsere Leiche zurückholen und dabei möglicherweise die Verdächtigen entdecken können.«

»*Yes!!*«, sagte Norva. »Multitasking! Mal sehen, ob sie sich versteckt halten. Du weißt doch, dass die Schurken oft an den Tatort zurückkehren. Um die Stimmung zu spüren und sich davon einen Kick zu holen.«

»Das ist seltsam.«

»Leute sind seltsam«, antwortete sie.

Norva schob sich durch die Menge. Die Leute schüttelten die Köpfe und schnalzten missbilligend mit der Zunge, als sie beiseite gedrängt wurden.

Ich marschierte in ihrem Kielwasser, entschuldigte mich kleinlaut nach links und rechts für sie. Dabei behielt ich den Müllbereich fest im Blick.

Schlechte Neuigkeiten.

Ein einsamer, dünner Polizist hatte begonnen, ein Absperrband zu befestigen. Das blauweiße Plastik flatterte schwach.

»Kultig«, flüsterte Norva.

Der Polizist schaute auf seine Armbanduhr und seufzte. Dann blickte er wieder zur weiter wachsenden Menge.

»Wie sollen wir da drum herum kommen, Norva?«, fragte ich. »Und an ihm vorbei?«

»Ich überlege mir was«, antwortete sie. Ihre Augen wurden schmal und sie ließ den Blick schweifen. »Er ist der Einzige hier – und wir haben Zeit.«

»Bist du dir da sicher?«

»Ich meine, nein, überhaupt nicht, aber was können wir jetzt sonst tun? Parken wir uns hier mal vorübergehend. Das ist ein heißer Beobachtungsposten.«

Pap stand gleich neben dem Polizisten und gemeinsam blockierten sie den Eingang zum Müllraum. Neugierige Bewohner reckten die Hälse, um einen gruseligen Blick zu erhaschen.

Ein Mensch schrie rum (Barry aus dem Bermuda's). Drei Leute schüttelten die Köpfe. Eine Person weinte leise. Fünf sprachen in ihre Handys. Einer versuchte, ein Video aufzunehmen.

»Aasgeier«, sagte Norva. »Wo sind jetzt unsere Verdächtigen?«

Ich scannte die Menge. George hatte den Arm um seine Mutter Nina gelegt. Sie weinte und tippte dabei eine Nachricht in ihr Handy. Er bemerkte uns, schüttelte den Kopf und machte eine Geste der Ratlosigkeit mit den Händen.

»Charity« Jane näherte sich Pap. Sie lächelte ihn mitfühlend an und drückte seine Hand. Sie stand ziemlich nah bei ihm, sodass ihre Arme sich berührten.

»Warum, glaubst du, ist Jane da vorne?«, fragte ich Norva.

»Weil sie ›nett‹ ist, schon vergessen? Verrückt nach guten Taten. Was für die Fassade tun, indem man sich in die vorderste Reihe stellt. Dadurch weiß sie über die Angelegenheiten von jedem Bescheid, jederzeit, rund um die Uhr. Außerdem hat sie von da den perfekten Überblick, möchte ich wetten.«

Ich zückte mein Handy und machte ein Foto.

»Oh, wow!«, flüsterte Norva und packte mich am Arm.

»Was? Was ist jetzt?«, fragte ich ganz alarmiert.

»O Gott, er ist hinter uns!«

»Wer?«, fragte ich.

Norva reckte sich in die Höhe und betastete ihre Braids.

Blöde Frage. Es war Mark.

Ich drehte mich zu ihm um. Er schaute sich um, den Mund vor Staunen offen, die Augen leicht zugekniffen.

Norva verschwand von meiner Seite. Sie umkreiste ihn. Dreimal. Mit eingezogenem Bauch und vorgereckter Brust in der Hoffnung, er würde sie bemerken.

Tat er nicht.

Ich guckte, wie er guckte. Mark sah ehrlich geschockt aus. Seine Augen schossen über die Menge. Er schien jemanden zu suchen.

»Was ist los, Joe? Ist es Hugo? Was is' passiert? Isser tot?«, schrie jemand hinter uns in mein Ohr, während alle nach vorn drängelten. Weitere Bewohner kamen aus den Corners, aus The Rec, Better Buy und dem Bermuda's.

Wir traten weiter nach vorn, um ihnen Platz zu machen. Zwei Leute direkt neben uns waren ins Gespräch vertieft. Mit leisen Stimmen. Aus Corner Three.

»Hast du schon von Joes und Hugos Auseinandersetzung am Freitag gehört?«

»Davon gehört? Ich war da, Alter. Das war heftig – Joe ist explodiert!«

Ich lauschte angestrengt und stieß Norva an. Jemand links von uns drängte uns gegen die beiden. Sie verstummten, als sie merkten, dass Norva und ich sie mit leicht zugekniffenen Augen beobachteten. Achselzuckend verschwanden sie im Gedränge.

Paps Name kursierte als Verdächtiger. Tatsache. Ich sah Norva an. Sie weigerte sich, mir in die Augen zu schauen, und starrte stattdessen geradeaus in die Menge.

Sie rümpfte die Nase.

»Wonach riecht's da?«

Mrs Kowalski schlenderte mit einem Teller Piroggen vorbei.

Uns war nicht nach Essen zumute. Anderen schon. Sie schnappten danach und aßen, während die Ereignisse weiter ihren Lauf nahmen. Mrs K lächelte uns an und zuckte mit den Schultern.

»Piroggen sind das neue Popcorn, was Mädchen?«, sagte sie und ging weiter.

»Sie bleibt eine Verdächtige«, sagte ich leise zu Norva. »Sie benimmt sich zu seltsam. Wie kann man in so einer Situation dermaßen gut gelaunt sein?«

»Mhm.« Norva nickte. »Und Snacks verteilen? Es ist so, als würde sie sich absichtlich so auffällig benehmen, damit wir sie nicht verdächtigen. Sie versucht zu bluffen. Aber zu spät, Kowalski, du stehst schon auf der Liste. Wir behalten dich im Auge.«

Ich schaute kurz zu Pap und Jane. Die unterhielten sich leise. Janes Augen glänzten feucht. Ständig tupfte sie mit ihrem Handballen dagegen. Der Polizist schaute stur geradeaus.

Ein plötzliches lautes Schluchzen hinter uns ließ mich zusammenzucken.

»Nein!«, schrie eine vertraute Stimme. »Nein!«

Die Menge teilte sich.

Serena drängte sich rasch nach vorn. Sie packte das Absperrband, riss es durch und ließ die Enden auf den Boden fallen. Pap machte einen Satz nach vorn, um sie festzuhalten. Da kreischte sie so laut wie ein verwundetes Tier.

Serena sah Pap an. Als er nickte, brach sie in Tränen aus

und sackte in seinen Armen zusammen. Er tröstete sie und drückte ihren Kopf an seine Schulter. Liebevoll streichelte er ihr übers Haar.

Ich bekam Bauchweh aus Mitleid über ihren Verlust. Tränen traten mir in die Augen.

»Charity« Jane wirkte, als würde sie sich unwohl fühlen. Sie sah Pap und Serena an. Trauer und eine Spur Frust im Blick. Da bemerkte sie uns, drehte sich schnell weg und verschwand in der Menge.

»Ein flotter Abgang«, murmelte Norva. »Die Familie des Opfers zu sehen, das war dann wohl doch zu viel, was? Zu krass?«

Blaulicht flackerte auf unseren Gesichtern. Mehr Polizei. Ein einziges Auto ohne Sirene rollte auf das Gelände von *The Tri*. Kaum hatte es angehalten, stieg eine junge Polizistin aus und rückte ihre Kappe zurecht.

Norva kniff die Augen leicht zusammen und zeigte mit dem Finger auf sie.

»Ja, das ist Katie. Das ist es. Los, komm.«

Wir erreichten die Absperrung gleichzeitig. Pap winkte ihr und Katie hob grüßend die Hand. Serenas Gesicht blieb an Paps Brust verborgen.

»Katie!«, sagte Norva und stellte sich vor sie. »Katie, wir sind so froh, dass du da bist.«

»Girls! Girls!«, sagte sie und umarmte uns. »Hugo!«, flüsterte sie. »Ich kann es gar nicht glauben. Ich kann's einfach nicht glauben. Ihr habt ihn gefunden, habe ich gehört?« Sie schüttelte den Kopf, drückte uns fester und Tränen traten ihr in die Augen. »Es tut mir so, so leid.«

»Uns auch«, sagte ich. »Es ist schrecklich. Wir sind froh, dass du hier bist.«

»Ja?« Sie lachte bitter, ließ uns los und wischte sich die Augen. »Eine vertrauliche Information für euch – ich habe echt Angst. Das sollte ich wohl nicht laut sagen, oder? Aber das ist eine große Sache. So groß. Und ich bin dermaßen nervös. Ich habe das meiste von meiner Ausbildung vergessen und –«

»Nein, hast du nicht«, sagte Norva. »Du schaffst das. Wir kennen dich. Und wir werden dir helfen.«

Katie richtete sich zu voller Größe auf. Was ehrlich gesagt nicht besonders viel war. 1 Meter 60. Genauso groß wie ich. Plötzlich wurde sie streng. Sie sah uns nacheinander in die Augen.

»Girls, nein. Nein, nein, nein. So habe ich das überhaupt nicht gemeint. Das war keine Einladung.« Leise fluchte sie über sich selbst. »Ihr müsst euch da raushalten. Das ist kein Spiel. Ich muss wissen, dass ihr euch raushaltet. Ich schaffe das. Ich schaffe es. Oder?«

»Officer Smyth, wenn Sie dann so weit sind?« Hinter uns räusperte sich jemand. Der dünne Polizist.

Katie fuhr herum. »Ja!«, antwortete sie laut. »Ja, Officer Burnett.« Und leiser: »Ich, äh, arbeite an den nachbarschaftlichen Beziehungen«, sagte sie und schaute uns noch mal mit einem schwachen Lächeln an.

»Gut für Sie«, erwiderte er sarkastisch. »Ich bin jetzt schon viel zu lange der Einzige hier am Tatort. Sie müssen die Absperrung übernehmen und das Absperrband wieder befestigen. Die Schwester des Opfers«, er deutete mit dem Daumen auf Serena, »hat es runtergerissen.« Er seufzte. »Ich muss die Ermittlungszentrale einrichten.«

Officer Burnett drückte ihr gereizt ein Stück Papier in die Hand.

»Was ist das?«, fragte Katie ihn.

»Was das ist?!«, fragte er ungläubig. »Das Tatortprotokoll, Kathryn. Erinnern Sie sich an so was? Aus Ihrer Ausbildung?«

Die Situation war unglaublich peinlich. Norva zog eine Augenbraue hoch. Katie war verlegen. Ihre Wangen wurden ganz rot.

»Ja, ja, natürlich. Ja.« Katie starrte konzentriert auf das Protokoll. »Okay, dann hat also noch niemand den Tatort angerührt?«, fragte sie.

»Natürlich nicht!«, fauchte er. » Wir müssen auf die Strategie des leitenden Ermittlungsbeamten warten. Ich habe nur die Absperrung gemacht.« Officer Burnett blickte über die Menge hinweg. »Apropos, wo bleiben die? Wer wurde dafür eingeteilt? Und wo bleiben die anderen?«

»Ich weiß auch nicht«, sagte Katie, ohne aufzublicken.

15

Das Funkgerät, das an Officer Burnetts Weste befestigt war, meldete sich brummend.

»Mike Bravo fünf, Mike Bravo fünf, hier ist Sierra Juliett zwei-eins. Over.«

Er griff nach dem Funkgerät und drehte uns den Rücken zu. Katie beugte sich zu ihm, um mitzuhören.

»Sierra Juliet zwei-eins, hier ist Mike Bravo fünf. Ich höre. Over.«

Wir bemühten uns, die Nachricht mitzuhören, konnten sie aber kaum verstehen. Und das war ja offensichtlich auch Sinn der Sache.

»Mike Bravo, Ihrem Vorfall wurde ein Leitender Ermittlungsbeamter zugeteilt. Detective Chief Inspector Sharp sollte in zehn, ich wiederhole, in zehn Minuten eintreffen. Verzögerung wegen eines Code 13 in Highbury. Beamte aus allen Bezirken werden gerade gebrieft und dort eingesetzt. Over.«

Officer Burnett holte durch die Zähne scharf Luft und schüttelte den Kopf, bevor er antwortete.

»Sierra Juliet zwei-eins. Verstanden. Over.« Das Funkgerät schwieg. Er befestigte es wieder an seiner Weste.

»Detective Sharp ...«, sagte Katie.

»Die einzig wahre«, erwiderte Officer Burnett. »Wenn sie den Zustand dieser Absperrung sieht, wird aber was los sein. Deshalb müssen Sie sich darum kümmern, Officer Smyth! Jetzt.«

Burnett warf ihr eine Rolle blauweißes Absperrband zu. Sie entfernte sich damit rasch von ihm und wickelte bereits Band ab, das Protokoll unter den Arm geklemmt.

Der Polizist wandte sich an uns. »Ihr beiden müsst zurücktreten und nach Hause gehen.« Dann schrie er über unsere Köpfe hinweg: »Alle zurücktreten, bitte verlassen Sie diesen Ort. Bitte gehen Sie ...«

Die Menge hörte auf ihn und begann, sich zu zerstreuen. Langsam.

»Bringen Sie sie heim? Wir reden in Kürze weiter mit ihnen«, sagte Officer Burnett zu Pap.

Pap nickte und ging, den Arm weiter um Serena gelegt, mit ihr zur Eingangshalle. Im Vorbeilaufen sah er uns an und formte stumm mit den Lippen: »Kommt.«

Wir nickten, rührten uns aber nicht von der Stelle. Norva holte stattdessen ihr Handy raus und schrieb rasch eine Nachricht.

»Wem schreibst du denn jetzt?«, fragte ich aufgebracht.

»Einem Lockvogel«, meinte sie lachend.

Einem Lockvogel?

Ding! Ding!

Die Antwort kam anscheinend sofort. Wir machten Platz, damit die Leute an uns vorbei konnten.

»Was ist wohl nördlich des Flusses los?«, fragte Norva sich. »Klingt krass. Ich bin mir ziemlich sicher, dass Code 13 eine große Sache ist, und ich –«

»Norva, wir haben jetzt nicht die Kapazität, darüber nachzudenken. Wir haben hier unsere eigene große Sache, schon vergessen? Und diese Detective Sharp wird bestimmt nicht begeistert sein, wenn wir uns an ihrem Tatort rumtreiben. Wie wär's mit einem Plan? Jetzt? Uns bleiben nur zehn Minuten!«

»Ich weiß«, sagte Norva und schaute sich um. »Das ist mir total bewusst. Ich arbeite dran. Außerdem war bisher noch keiner da drin – du hast Katie gehört. Uns bleibt ein bisschen Zeit.«

Officer Burnett ging links von uns vorbei und auf die Eingangshalle zu.

»Perfekt«, sagte sie und kam auf Katie zu.

»Katie, die Absperrung sieht klasse aus – toller Job«, sagte Norva lächelnd. Sie berührte das Absperrband leicht und zupfte mit den Fingern daran.

Katie lächelte zurück. »Danke, aber ihr müsst jetzt gehen. Wirklich. Mit Detective Sharp ist wirklich nicht zu spaßen. Und ich muss bereit sein, um sie zu briefen.«

»Das verstehen wir vollkommen. Nur eine Sache noch …«

Norva ging rückwärts. Und bevor sie ihren Satz beenden konnte, schallten laut dröhnende Sirenen über das Gelände von *The Tri*.

16

George kam mit einem Ghettoblaster in den Armen auf die Absperrung zugerannt.

»Katie!«, schrie er über die »Musik« hinweg. »Yeah, du bist wieder zu Hause, Officer Katie!« Er stellte das Ding vor ihr ab, und eine verwirrte Katie hielt sich erst mal die Ohren zu.

»Diesen Track hab ich nur für dich aufgenommen! Extra für deine Rückkehr.« Er grinste wie irre. »Findest ihn gut, oder was?«

»George, was zum Teufel machst du da?«, rief sie, als er sie rasch in eine lange Umarmung an sich zog.

Er war viel größer als sie, presste ihren Kopf an seine Brust und schaukelte sie von einer Seite zur anderen. Katie zappelte in seinen Armen.

Da schaute George zu uns, nickte und riss die Augen auf.

Der Wink unseres Lockvogels.

Norva nickte zurück und packte meine Hand. Wir rannten unter der Absperrung durch und drückten die Türen zum Müllraum auf.

Drinnen blieb ich keuchend stehen und hielt mir die Seiten, dann schnell die Nase zu.

»Norva, o mein Gott … ich …«

»Keine Zeit, keine Zeit«, sagte Norva mit fast geschlossenen Lippen. »Wir nehmen ihn und reißen ihn in Stücke.«

Draußen war weiterhin laute Musik zu hören.

Zum Glück hing »er« an einer Seite des Containers, aus seinem Sack befreit. Zusammen zogen wir ihn auf den Boden. Ich wagte nicht, noch mal in den Container zu schauen. Ich konnte nicht.

Hugo, das tut mir so leid. Alles.

»Nik! Konzentrier dich, ja? Hol nur das Zeug raus und verstreu es, okay?«

»Okay.«

Wie wütende Füchse rissen wir an dem »Körper«. Es war der unwirklichste Moment meines Lebens. Eigentlich war ich mir sicher, dass es sich um eine außerkörperliche Erfahrung handeln musste.

»Hugo Zwei, warum haben wir für dich bloß so viel Klebeband benutzt? Warum!«, sagte Norva und holte mich damit schlagartig in die Realität zurück.

Oder in was auch immer »Realität« zu dem Zeitpunkt war. Ich war mir da nicht so sicher.

»Bitteschön!«, rief sie, als wir das Klebeband endlich durchgerissen hatten.

Schon purzelten die Sachen heraus.

»Lebt wohl, Pokale, lebt wohl, Bücher. Leb wohl, Paps neues Hemd – wir kannten dich kaum«, sagte Norva, während sie den Raum mit unseren Sachen dekorierte.

Dann drehte sie sich zu mir. »Ich glaube, wir sind hier fertig.«

Ich nickte.

Wir gingen zur Tür, die Norva einen Spalt breit aufdrückte, und spähten hinaus.

Die Musik dröhnte direkt vor uns. George gestikulierte wild und tat so, als wüsste er nicht, wie man das Gerät ausmachte. Katie stand vor ihm und hielt sich die Ohren zu.

»Los!«, sagte Norva. Wir stürmten aus dem Müllraum auf die Absperrung zu.

Ich duckte mich unter dem Band hindurch, aber Norva blieb daran hängen. Sie riss sich los und es flatterte zu Boden.

Sie griff nach meiner Hand und zog mich Richtung George und Katie. Während ich mir die Ohren zuhielt, nickte Norva George zu und ging vor dem Ghettoblaster in die Hocke. Mit einem Knopfdruck hatte sie die Musik gestoppt.

»Dankeschön!«, rief irgendwer von weit oben, gefolgt von Applaus.

»Was zum Teufel ist hier los?«, dröhnte eine Stimme hinter uns.

17

»Was für eine miserable Absperrung ist das denn, Officer Smyth?«, schnauzte Detective Sharp.

Katie erstarrte.

Schwarze Stoffhose, weißes Seidenjackett, grauer Afro. Detective Sharp bückte sich nach dem zerrissenen Absperrband am Boden und warf es Katie vor die Füße.

»Wo ist Officer Burnett?«, fragte sie scharf.

»Richtet gerade einen Ermittlungsraum ein, Detective Sharp«, antwortete Katie. Sie sah kurz in unsere Richtung und gab uns mit einem warnenden Blick zu verstehen, dass wir verschwinden sollten. Wir verstanden sofort.

Norva, George und ich begannen, zurückzuweichen, weg vom Zentrum des Zorns. Aber zu spät. Wir waren schon ertappt. Sie fixierte uns.

»Und wer seid ihr? Was soll der Lärm?«

»Also, äh, sehen, was passiert ist, das war …«, stotterte George und zeigte auf den Ghettoblaster.

Katie mischte sich ein. »Detective Sharp, verzeihen Sie die Ablenkung, aber ich habe an den nachbarschaftlichen Beziehungen gearbeitet und –«

»An den nachbarschaftlichen Beziehungen gearbeitet?«, wiederholte Sharp ungläubig. »Indem Sie am Tatort einen Rave veranstalten?«

»Einen Rave ja wohl nicht –«, bemerkte George.

Da warf Detective Sharp ihm den eisigsten Blick zu, den man sich vorstellen kann. Er verstummte sofort.

»Nehmt eure Stereoanlage und verschwindet«, sagte sie leise.

Als George sich bückte, um den Ghettoblaster aufzuheben, stöhnte Sharp: »O Gott, was wollen *die* denn schon hier?«

Wir drehten uns alle um. Während die Sonne unterzugehen begann, tauchten die Journalisten auf. Ein Transporter des Senders *Cloud News* rollte langsam auf das Gelände von *The Tri*. Das Team sprang mit Kameras, Scheinwerfern und puscheligen Mikros an Stangen heraus. Sie postierten sich neben der Absperrung und schienen nach der perfekten Aufnahme Ausschau zu halten. Nach dem perfekten O-Ton.

May Burton, 56 Jahre. Reporterin bei *Cloud News*, die professionell Storys verdrehte, stieg aus dem Wagen und ließ ihren Blick über den Schauplatz schweifen. Kaum hatte sie Detective Sharp entdeckt, kicherte sie in sich hinein und kam herüber.

»May«, sagte Sharp knapp und starrte ihr direkt in die Augen.

»Alice«, erwiderte die Journalistin und hielt dem Blick stand. Man nannte sich also beim Vornamen. »So sieht man sich wieder. Ist ja schon viel zu lange her.«

Ihr Wiedersehen wurde rasch gestört.

»Nur zu!«, schrie ein Bewohner von oben. »Ihr taucht hier doch nur auf, wenn es schlechte Neuigkeiten gibt. Damit wir schlecht dastehen!« Es regnete Buhrufe von verschiedenen Stellen im *Tri*.

Andere waren allerdings nicht so ablehnend. Sie stellten sich schon an, um vor die Kamera zu kommen und einen flüchtigen Moment des Ruhms zu genießen. Sharp wandte sich dem Tatort zu und May der Kamera. Jede ihrem natürlichen Lebensraum.

Norva und ich lungerten weiter dort herum. Lässig und unauffällig natürlich. In der Hoffnung, irgendwas zu hören, das für unsere Files brauchbar war.

Als George mit seinem Ghettoblaster verschwinden wollte, flüsterte Norva: »O mein Gott, ich bin dir so dankbar!«

»Jederzeit, n-Quadrat. Bin für euch da«, sagte er leise. Aber dafür seid ihr mir was schuldig. Was Großes!«

»Danke, George!«, sagte ich. »Du hast uns gerettet.«

»Du meinst wohl, ich habe uns gerettet«, sagte Norva. »Ich bin das Genie.«

»Könnt ihr euer dummes Geschwätz woanders ablassen?«, giftete May Burton uns an. »Ihr steht mir im Licht!«

Wir rückten nach links, wobei Norva ihr bei jedem Schritt einen bösen Blick zuwarf.

»Ungezogen«, murmelte May vor sich, während sie schon ihren braunen Bob-Haarschnitt und ihren Kostümrock glatt strich. Sie warf sich für den ersten Interviewpartner in Pose. Eine Visagistin kam noch herbeigeeilt und puderte ihr die Nase. May reckte der Frau gönnerhaft das Gesicht entgegen, bevor sie sie wieder verscheuchte. »Das reicht!«, knurrte sie.

Barry trat vor. »Bereit für meine Großaufnahme, May«, rief er lallend und lachte dabei.

Ein breitschultriger Mann, der Kopfhörer trug und das Mikro hielt, wich zurück und verdrehte die Augen.

May Burton schaltete auf Sendemodus. Mit einer Hand drückte sie den kleinen Kopfhörer an ihr linkes Ohr.

»Ja, ja, das stimmt, Peter«, antwortete sie jemandem, der sich anscheinend im Studio des Lokalsenders befand. »Ich stehe hier am Tatort, zusammen mit Barry West, dem Wirt des hiesigen Pubs Bermuda's. Was können Sie uns über das Opfer erzählen? Wie war es so?«, fragte sie.

»Das Opfer? Es hieß Hugo und der war ein toller Kerl. Einer von den Guten! Trank immer Gin mit Diät-Tonic. Bestellte er jedes Mal. Mit einem Stück Zitronenschale. Zitronentyp. Witzig! Redete viel. Pseudokünstler.« Barry wedelte mit einer Hand. »Reich. *Money money moneeeey, must be funnnnnny*«, sang er lachend ins Mikro.

»Was für ein absoluter Müll«, murmelte Norva.

May unterbrach ihn, wohl um die Kontrolle über ihr »Interview« zurückzugewinnen.

»Dann war Hugo also reich, Barry? Ein reicher Mann, der hier in *The Tri* lebte?« Sie schnaubte abfällig.

Der breitschultrige Mann mit dem Mikro schüttelte missbilligend den Kopf.

»Nichts für ungut!«, lachte May.

»Falsche Schlange«, flüsterte Norva.

Aus dem Augenwinkel sah ich Pap auf uns zukommen. Stumm formten seine Lippen ein »Kommt jetzt«. Dazu deutete er mit dem Daumen auf die Eingangshalle.

»Hatte Hugo hier irgendwelche Feinde? Irgendwen, der ihn umbringen würde, Barry?«, fragte May gerade.

Ich schüttelte den Kopf in Paps Richtung. Jetzt würden wir sicher nicht gehen. Wo es eben erst interessant wurde.

»Feinde? Nee. Hugo nicht«, sagte Barry.

Dann schaute er an der Kamera vorbei und entdeckte Pap. O nein. Das Herz schlug mir bis zum Hals.

»Oder warten Sie mal, außer Joe hier.« Er zeigte auf Pap.

Da hatten wir's. Wären wir doch bloß gegangen. Wir hätten früher verschwinden sollen! Mir drehte sich der Magen um. Ich starrte Norva an, die wiederum Barry wütend anstarrte. Ihre Brust hob und senkte sich heftig vor Zorn.

Ich sah auch Pap an. Der riss erschrocken die Augen auf und wedelte abwehrend mit den Händen. Detective Sharp lauschte und starrte Pap dabei an.

»Komm mal her, Joe!«, sagte Barry, trat aus dem Bild und wollte Pap mit sich ziehen. »Ihr habt doch alle auch gehört, wie Joe Hugo am Freitag gedroht hat, oder? Bei der Versammlung wegen dem Denkmal. Im Bermuda's wurde von nichts anderem geredet. Also, bis das hier passiert ist, meine ich.«

May und ihr Team wandten sich in unsere Richtung. Sie machte den Mund auf, um etwas zu sagen.

»Kein Kommentar«, rief Pap, bevor sie dazu kam. Dann zog er uns mit sich und humpelte wütend zur Eingangshalle zurück.

Norva und ich folgten ihm rasch und tauschten erschrockene Blicke. Mein Herz und meine Gedanken rasten. Eine Beschuldigung! Live im Fernsehen. Auf Cloud News! Während Detective Sharp zusah. Das war ja wohl der Inbegriff von Super-GAU.

Pap drückte mehrfach den Knopf, mit dem man den Aufzug rief. Dabei schaute er die ganze Zeit über eine Schulter hinter sich.

In geschocktem Schweigen fuhren wir nach oben. Keiner wusste, wo er hinsehen sollte, und jeder vermied es, dem anderen in die Augen zu schauen.

18

Pap steckte den Schlüssel in die Wohnungstür, aber sie schwang von alleine auf. Seltsam.

Wir hatten hinter uns abgeschlossen. 100-prozentig.

Norva sah mich aus großen Augen verwirrt an und griff nach Paps Arm.

Eine Gestalt stand stumm im Flur.

»Nein! NEIN! Wir wollen nicht sterben!«, schrie ich.

Ich duckte mich hinter Pap.

Norva grub ihre Fingernägel in seinen Bizeps und brüllte ihm genau ins Ohr. Pap schüttelte Norva genervt ab.

»Beruhigt euch, ich weiß, wer das ist«, sagte er, legte eine Hand über sein Ohr und schüttelte den Arm aus.

»E-es tut mir so leid! Ich wollte euch nicht erschrecken!«, sagte eine klägliche Stimme.

»Charity« Jane.

Pap schlug mit der flachen Hand auf den Lichtschalter im Flur.

»Wie zum Teufel bist du hier reingekommen, Jane?«, rief Norva und blinzelte gegen das Licht. Sie keuchte heftig.

»Woher wusstest du, wer da im Dunkeln stand, Pap?«, überlegte ich laut.

Jane sah nervös aus. Sie strich sich das Haar hinter ein Ohr. Dabei zitterte ihre Unterlippe. Sie starrte Pap an und zeigte auf die Tür. »Sie war nicht abgeschlossen.«

Gelogen. War sie doch. Keine Frage.

Norva sah mich an, fuhr sich mit dem Zeigefinger über den Hals, deutete auf ihre Augen und blickte dann zu Jane. Das war echt unheimlich unauffällig und diskret von ihr.

Jane brach sogleich in Tränen aus. »Ich habe solche Angst, Joe!«

»Tja, da sind wir dann schon zu viert, Jane«, sagte Norva.

Pap schüttelte den Kopf und berührte Jane sanft an der Schulter.

»Ich habe Sandwiches mitgebracht«, sagte sie, ein bisschen fröhlicher.

»Danke«, sagte er und seufzte ein bisschen genervt. Dann führte er Jane durchs Wohnzimmer in die Küche.

»Norva?«, flüsterte ich heiser. »*Cloud News*, Pap und Jane, die bei uns einbricht?«

»Sis, ich kann noch nicht mal anfangen, diese Situation zu sortieren – sie ist ganz offiziell außer Kontrolle. Wir müssen –«

Ein Klopfen an der Tür. Das brauchten wir jetzt nicht auch noch.

»Geht da mal eine von euch aufmachen?«, rief Pap uns aus der Küche zu. Man hörte Gläser klirren.

Ich schüttelte den Kopf. Nein. Ich nicht. Norva ging zur Tür, um aufzumachen, schaute aber vorher durch den Spion.

Da gab sie ein lautes, kurzes Quieken von sich. Mein Herz raste weiter. Sie ließ sich, eine Hand vor dem Mund, langsam mit dem Rücken an der Tür runterrutschen.

»Norva?«, sagte ich und spürte den dumpfen Schmerz einer bösen Vorahnung noch heftiger. »Wer ist da?«

Sie schüttelte den Kopf.

»Sag's mir!«, verlangte ich.

Sie schüttelte weiter den Kopf. »Schau doch selbst!«

Ich holte tief Luft und machte mich aufs Schlimmste gefasst. Cloud News? Die Polizei, um Pap zu verhaften? Hugo als Zombie? Diesen albernen Gedanken verwarf ich sofort. Ich stieg über sie hinweg und beugte mich zum Spion vor.

Mark. Eindeutig. Ihre verliebtes Getue war total fehl am Platz. Jetzt erst recht.

»Er ist ein Verdächtiger, Norva!«, flüsterte ich.

»Ich bin so durcheinander«, jammerte sie.

Ich schüttelte genervt den Kopf, und sie stand wieder auf. Als ich die Tür aufmachte, schob Norva sich in den schmalen Winkel zwischen Tür und Wand.

»Ja?«, fragte ich ihn.

Mark stand mit den Händen in den Taschen seiner Jeans da. »Hi«, sagte er. Er beugte sich näher und starrte mir fragend ins Gesicht. Ich wich zurück. »Welche bist du noch mal? Neri oder Norma?«

Ich konnte Norvas Enttäuschung hinter der Tür deutlich spüren. Mein Mitleid hielt sich aber in Grenzen. Das hat man eben davon, wenn man Idioten »liebt« – und potenzielle Mörder. Es bringt einem wenig bis gar nichts.

»Weder noch.«

»Bin sowieso hier, um mit deinem Vater zu reden.«

»Warum?«

»Ich muss was mit ihm besprechen, wegen dem Wahnsinn, der gerade hier abgeht.« Er lehnte sich an den Türrahmen.

Interessant.

»Dann solltest du wohl reinkommen«, sagte ich.

Mark lächelte erfreut und betrat unseren Flur.

Norva kreischte ganz leise, als er an ihr vorbeiging.

Wir folgten ihm in die Küche, wo er sich zu Pap und Jane

an den runden Tisch setzte. Der Stuhl, den er sich heranzog, quietschte übers Linoleum und hinterließ dort einen erhöhten Fleck. Eine kleine Luftblase. Norva starrte wie hypnotisiert darauf.

Selbst jetzt am Abend blieb die Temperatur immer noch drückend heiß.

Jane wischte sich mit dem unteren Saum ihres weißen T-Shirts über die Stirn, während Pap Mark begrüßte.

Sie dachte wohl, das sähe keiner. Irrtum.

Mark setzte sich. Weil damit alle Stühle besetzt waren, blieben wir am Spülbecken stehen. Ich drehte das kalte Wasser auf und zu und hielt meine Hände unter den Strahl.

Norva sah mich fragend an und murmelte halblaut: »Seltsam.«

Mich beruhigte es. Und ich musste mich beruhigen. »Ooooh, Sandwiches!«, rief Mark, beugte sich über den Tisch, riss hastig die Frischhaltefolie vom Teller und griff mit beiden Händen zu.

»Bitte bedien dich«, sagte ich sarkastisch.

Norva brachte mich rasch zum Schweigen. »Aber gerne doch, Mark«, sagte sie mit einem breiten Lächeln.

Erneutes Klopfen. Herzstillstand.

Pap bat mich mit einem knappen Kopfnicken, in Richtung Wohnungstür nachsehen zu gehen. Ich grub auf dem kurzen Weg über den Flur die Fingernägel in meine Handballen.

Durch den Spion sah ich Serena mit einem Korb voll Vitonica-Flaschen. Endlich mal etwas Positives.

»Serena«, begann ich, als ich die Tür öffnete. Mehr sagte ich nicht. Mir fehlten die Worte.

Ihre Augen füllten sich mit Tränen und sie zuckte mit den Achseln. »Ich wusste einfach nicht wohin und zu wem ich gehen sollte. Ich habe eben mit Detective Sharp gesprochen und muss erst wieder richtig zu mir kommen.«

Ich bat sie herein und führte sie mit einer Hand auf ihrem Rücken in die Küche. Norva nahm den Korb dankbar entgegen und verstaute den Saft im Kühlschrank.

In der Küche herrschte Schweigen. Keiner wusste, was er sagen sollte. Mark hielt den Kopf gesenkt und schaute auf die Tischplatte. Pap stand auf und bot Serena seinen Platz an, den sie annahm. Als sie saß, rieb er ihr die Schultern und bot ihr ein Sandwich aus Cheddarkäse auf dünnem Weißbrot an. Sie musterte es eingehend und drehte es ein paarmal in ihren Händen. Dann nahm sie einen winzigen Bissen und legte es danach wieder auf den Tisch, bevor sie sich den Mund abwischte. Sie lächelte zaghaft. Jane wandte sich ab und seufzte entnervt.

Noch ein Klopfen. Das wurde langsam zu viel Besuch. Ich war jetzt der Butler, also ging ich wieder. Durch den Spion sah ich: ein Duo mit Essen.

Nina Shah. Mrs Kowalski. Pakoras. Piroggen.

Ich ließ sie rein. Nina murmelte mitfühlende Worte über die Situation. Sie hatte den Bericht auf *Cloud News* gesehen. Mrs K sagte nichts und trat einfach ein. In der Küche knallte sie ihre Piroggen mitten auf den Tisch.

»Esst!«, verlangte sie.

Unangenehm lange sah Mrs K Mark an. Als er es endlich merkte, stand er auf und bot ihr seinen Platz an.

Die ganze Gang war hier versammelt. Unsere Verdächtigen tranken schweigend aus großen Gläsern Saft mit Eiswürfeln.

Norva lehnte sich gegen den Kühlschrank. »Kann vielleicht mal jemand erzählen, was bei der Versammlung am Freitag passiert ist?«

19

»Das wisst ihr noch nicht, Mädchen? Euer Freund George war doch da«, sagte Mrs Kowalski lächelnd und deutete mit dem Kopf auf Nina.

»Ja, haben wir gehört«, sagte Norva. »Nina, wie war es? Was ist passiert?«

»Also, das war ja meine erste Versammlung, und wahrscheinlich auch meine letzte … Ich bin wirklich ein stiller Mensch. Das war mir zu viel –«

Jane unterbrach sie. »Nina – ich habe dir doch schon gesagt – normalerweise ist es nicht so. Es ging um die alljährliche Aufteilung der Spenden. Da hat jeder andere Wünsche und Bedürfnisse …« Sie verstummte.

Nina wandte sich an Pap. »Ich hab dich total verstanden, Joe, glaub mir, aber im *Hub* war es so heiß. Und dann der Ton, den du angeschlagen hast. Hugo sah elend aus. Als würde er gegrillt. Im doppelten Wortsinn.«

Serena begann zu schniefen. »Ich vermisse ihn so.« Sie streckte die Hand nach ihrem Korb aus. »Ich sollte besser gehen. So nütze ich ja niemandem was.«

Als Serena aufstehen wollte, griff Nina nach ihrer Hand.

»Geh nicht«, sagte sie sanft. »Bleib bei uns, iss etwas. Hier bist du in guter Gesellschaft.«

War sie das? Ich blickte zu Norva hinüber. Sie sah Mark an.

Serena lächelte schwach und setzte sich wieder. Dann biss sie in eine Pakora und lächelte Nina, die weiter ihre Hand hielt, dankbar zu.

»Ich wusste gar nicht, dass Hugo krank war«, sagte ich leise zu Serena.

»Ja«, sagte sie und hatte schon wieder Tränen in den

Augen. »Er litt die ganze Woche unter Allergien und war von der Hitze wohl auch ein bisschen dehydriert, glaube ich.«

»Von der Hitze?« Mrs Kowalski lachte. »Nur von der Hitze, nicht auch vom Gin?«

»Was wollen Sie damit sagen?«, fragte Pap und sah Mrs Kowalski verärgert an.

Ich erstarrte.

»Nichts, gar nichts«, meinte Mrs Kowalski und warf sich eine Pirogge ein. »Aber warum treten Sie denn jetzt überhaupt für Hugo ein? Sie haben ihm doch gesagt, er soll sich vorsehen!«

Norva und ich tauschten einen Blick. Pap hatte Hugo gesagt, er solle sich vorsehen? Wenn Pap einem so was sagte, verhieß das nichts Gutes.

»Bitte, Leute!«, flehte Serena und stützte den Kopf in die Hände.

»Nur eine Meinungsverschiedenheit«, warf Jane ein und legte eine Hand auf Paps Arm.

Von der Unterhaltung sichtlich genervt nahm er Janes Hand von seinem Arm. Hörbar fiel sie auf die Tischplatte.

Ich verscheuchte Gedanken an Hugos Arm. Wieder einmal.

»Mrs K, ich will nur das Beste für *The Tri*«, sagte Pap leise. »Sie – gerade Sie – sollten das genau wissen.«

Was sollte gerade sie wissen?

»Sie wollen das Beste? Tun Sie auch genug? Alles ist kaputt. Lange Liste. Überall Gestank.« Sie wedelte mit einer Hand vor ihrem Gesicht.

Mark streckte den Arm aus und krallte sich noch eine Handvoll Essen. Eine Pakora, zwei, drei, mehr.

»Und apropos Gestank – wenn die Leute ihre Jobs machen würden, müssten diese Mädchen keine Leichen finden«, fügte Mrs K noch hinzu.

Ich holte scharf Luft. Norva flüsterte leise: »Wow.«

»Genug! GENUG!«, kreischte Serena und schlug mit den Fäusten auf den Tisch.

Essen flog durch die Luft. Saft floss über die Tischplatte, und Mark brachte schnell seinen Teller in Sicherheit.

»Ihr redet hier von meinem Bruder – meinem Bruder – als Leiche«, schrie sie. »Wir haben ihn erst heute gefunden. Heute! Vor ein paar Stunden. Kennt ihr kein Mitgefühl?«

Serena sah Mrs K an, die mit den Achseln zuckte und in ein Sandwich biss. Sofort würgte sie und spuckte den Bissen in ihre Hand.

»Joe ist unser Freund. Lassen wir Detective Sharp und ihr Team ihre Arbeit machen«, fuhr Serena fort und legte Pap eine Hand auf die Schulter. »Ich habe seine Argumente bei der Versammlung verstanden, und ich stehe zu ihm.« Sie erhob sich und schluckte ihre Tränen hinunter. »Gute Nacht zusammen. Lasst euch die Vitonicas schmecken.«

Schon marschierte Serena den Flur hinunter und machte die Wohnungstür leise hinter sich zu. Alle, die am Tisch zurückgeblieben waren, schwiegen.

Zumindest bis Mark verlegen »also dann« sagte und aufstand. Er nahm sich noch fünf Sandwiches für seinen langen Heimweg mit. Zwei Türen den Hausflur runter. Alle anderen standen ebenfalls auf und schlurften mit gesenkten Blicken hinaus.

Norva hielt ihnen die Tür auf. Ich bin mir sicher, dass sie versuchte, an Marks T-Shirt zu schnüffeln, als er vorbeiging.

Pap lehnte außen an der Tür zu seinem Zimmer. »Mädels, ich bin fertig. Wir sehen uns morgen früh. Wenn ihr reden wollt, wisst ihr ja, wo ihr mich findet.«

20

Norva schloss unsere Zimmertür und lehnte sich dagegen. Sofort setzte ich mich an unseren Schreibtisch und bewegte die Maus, um den Computer wieder aufzuwecken und unser Dokument zu öffnen. Ich sah mir unsere To-dos an.

»Sis«, sagte Norva leise, »was zum Kuckuck war das denn? Ich weiß nicht mal, wo wir anfangen sollen.«

»Wir fangen hiermit an«, sagte ich. »Unsere erste Aktion war …«

Ich las es Norva vor.

`To-do: Informationen über Versammlung besorgen`

»Also, was wissen wir jetzt tatsächlich darüber?«, klagte Norva. »Nicht besonders viel!« Sie rutschte mit dem Rücken an der Tür hinunter und blieb auf dem Boden sitzen. »Von Barrys Starauftritt in den Lokalnachrichten wissen wir, dass Pap und Hugo auf der Versammlung aneinandergeraten sind und sich richtig gezofft haben.«

Ich stimmte ihr zu. »Ja, das haben die Verdächtigen, die gerade hier in unserer Küche waren, bestätigt. Aber ich bin deiner Meinung – wir brauchen mehr Einzelheiten.«

Norva verdrehte die Hüften, angelte nach ihrem Handy und setzte sich dann wieder normal hin. Mit ernster Miene hämmerte sie mit beiden Daumen eine anscheinend ziemlich fordernde Nachricht hinein.

»Schreibst du George?«, fragte ich.

»Da liegst du verdammt richtig«, sagte sie und warf ihr Telefon vor sich hin, als sie damit fertig war.

»Pap hat zu Hugo gesagt, er soll sich vorsehen, Nik, da muss er richtig sauer gewesen sein«, sagte Norva leise.

»Ich weiß«, erwiderte ich. »Ehrlich gesagt fürchte ich mich davor, die Einzelheiten rauszukriegen.«

Ich schaute mir den Rest unserer To-dos an.

To-do: Rausfinden, wo Verdächtige nach Versammlung waren

To-do: Pap nach seinem Telefonat und dem Humpeln fragen

~~To-do: Hypothese Hugo/Rutsche testen~~

To-do: Pap wegen Farbe und Säcken fragen

To-do: Todeszeitpunkt eingrenzen

»Norva, bei den anderen Punkten auf unserer Liste kommen wir auch nicht besonders gut voran«, sagte ich. »Dabei müssen wir schnell sein – Sharp wird da ziemlich hinterher sein und –«

Ding! Ding!

Norva krabbelte ein Stück vor zu ihrem Handy. »›Fünf Minuten‹, sagt George, ›dann draußen treffen.‹«

Sie sah zu mir rüber. »Und ja, wir haben definitiv noch Unmengen rauszufinden. Dringend. Und Punkt eins ist, wie zum Teufel kam Jane in unsere Wohnung? Denn die Tür war nicht offen. Als ob!«

Ich drehte mich auf meinem Stuhl herum.

»Genau!«, sagte ich. »Das würden wir nie machen.« Ich schaute aus dem Fenster auf *The Tri* und stieß ein kleines, bitteres Lachen aus. »Zu jedem anderen Zeitpunkt wäre das garantiert Stoff für ein ganzes eigenes File gewesen. Heute ist es nur ein Nebenaspekt einer viel größeren Frage.«

Norva gesellte sich zu mir vors Fenster und benutzte das Teleskop. Unter uns waren die Bewohner nach Hause gegangen. May Burton und ihresgleichen hatten ihre Ausrüstung eingepackt und begonnen, sich zu zerstreuen. *The Tri* war heute schon Schnee von gestern.

Officer Burnett bewachte an Katies Stelle die Absperrung, deren Band erneuert worden war.

»Denkst du, dass sie das morgen früh schon alles wieder vergessen haben werden?«, fragte ich.

»Spinnst du? Auf keinen Fall«, schnaubte sie. »Die Kriminaltechniker waren, so wie's aussieht, doch noch nicht mal da. In fünf Tagen vielleicht? Sicher. Aber morgen noch nicht. Die Medien und Lady Sharp werden sich noch eine Weile in unsere Angelegenheiten einmischen.«

Ding! Ding!

»Er ist fertig. Lass uns gehen.«

»Warte, warte! Schlüssel? Bündel? Hund?«, fragte ich.

»O ja! Mach du die Bündel, ich hole die Schlüssel.«

Ich nickte und legte gleich los. Die »Bündel« waren Kleiderhaufen, die wir in unsere Betten stopften, wenn wir unterwegs waren, obwohl wir schon schlafen sollten. Bisher hatten wir sie schon zweieinhalbmal erfolgreich eingesetzt.

Das Problem war jetzt nur, dass wir eine Menge dieser Klamotten heute Nachmittag in unsere Attrappe gestopft hatten, sodass sie jetzt im Müllraum verstreut lagen. Ich nahm die Überdecke von meinem Bett und stopfte sie unter Norvas. Dann drückte und formte ich das Ganze so, dass es aussah, als lägen wir beide im selben Bett.

Norva kam mit den Schlüsseln zurück.

»Immer in der Küche!«, sagte sie und hielt sie mir vors Gesicht. Sie schaute auf ihr Bett und schlug eine Hand vor den Mund. »Nik, du hast uns zusammengelegt? An einem Tag wie heute? Das passt ja wirklich, ich schwör. Wunderbar, ehrlich. Wir werden zwar vor Hitze kochen, aber das Bündel-Ich braucht das Bündel-Du jetzt wirklich.«

Norva sah richtig gerührt aus. Eine Millisekunde lang.

»Na schön, genug Schwäche gezeigt, los geht's«, sagte sie.

Wir schlichen an Paps Tür vorbei. Dabei hatte Norva sich Ringo unter den linken Arm geklemmt und hielt ihm mit der rechten Hand die Schnauze zu. Ich öffnete die Wohnungstür und vergewisserte mich danach dreimal, dass ich sie auch abgeschlossen hatte. Rasch liefen wir dann auf leisen Sohlen zum Aufzug.

Norva drückte auf den Knopf fürs Erdgeschoss. »Ich kann echt nicht glauben, dass George uns das nicht sofort erzählt hat. Was für ein Freund ist er eigentlich?«, wisperte und zischte Norva.

Zischperte.

Ich lachte innerlich über das neue Wort, das ich gerade erfunden hatte.

Norva redete schon weiter: »Sagt, er hat die Versammlung aufgenommen, konnte die Aufnahme aber nicht rüberschicken. Hat ein Imbago verhängt.«

»Meinst du, ein Embargo, eine Nachrichtensperre?«

»Was bedeutet das überhaupt?«

»Es bedeutet, dass er es noch nicht rausrücken, nicht hergeben wollte.«

»Mein Gott, was für ein Problem hat er denn damit?«

»Er ist einfach nur engagiert bei der Sache, würde ich sagen. Aber du kannst jetzt nicht sauer auf ihn sein, Norva. Er hat uns echt den Arsch gerettet. Und Pap auch.«

Norva schnalzte mit der Zunge. »Ich kann sauer sein, auf wen ich mag, wenn du es genau wissen willst.«

Der Aufzug hielt eine Etage unter unserer.

Ich hielt den Atem an. Zwar wusste ich, wer es sein sollte, aber was, wenn nicht?«

Die Türen öffneten sich.

»Und?«, fragte Norva schmollend.

»Was geht, n-Quadrat?«, flüsterte George.

Er betrat den Aufzug und hielt dabei sein Handy hoch in die Luft.

»Was zum –«, fing Norva an, aber George brachte sie – »psst« – gleich wieder zum Schweigen.

»Ich nehme den Sound für meinen neuen Song auf: ›Lift Up My Endz – Klammer auf – Corner Won – Klammer zu‹. Der wird cool. Lade ihn heute Nacht hoch. Könnt ihr sehen, wie ich das Internet aufmische!«

Schweigend fuhren wir nach unten, während George in seinen Soundmix vertieft war.

Die ganze Zeit musste ich mir das Lachen verkneifen.

21

Ich schaltete die Taschenlampe an meinem Handy ein und leuchtete George damit an.

»Ich kann's kaum erwarten, das für euch nachzubauen, Leute. Ich fühl mich Bombe!«, flüsterte er draußen vor *The Hub*.

Die Türen waren offen, aber es war keiner da.

»Ganz ehrlich, ich dachte, Katie und ihre Truppe würden hier überall zugange sein«, sagte George. »Wo stecken die denn? Und wo sind diese weißen Schneemänner, die mit Pinseln und Pulver Fingerabdrücke nehmen?«

»Dafür ist es noch zu früh, Bro«, sagte Norva und betrat den Raum. »Außerdem haben wir gehört, dass die total knapp mit Personal sind, weil oben im Norden irgendwas passiert ist. Deshalb sind das nur Katie, dieser Burnett und Schreckschraube Sharp. Die konzentrieren sich noch auf den Fundort. Vorläufig. Wir sind ihnen einen Schritt voraus.« Sie tippte sich mit dem Zeigefinger an die Schläfe.

»Ja, da hast du recht!«, sagte George. »Du schlaue Norva.«

»Ich weiß«, antwortete sie.

Ich hatte genug von den Komplimenten. »Können wir bitte loslegen, George?«

»Schon gut, schon gut«, sagte er und ging in die Mitte des Raums. Meine Handy-Taschenlampe folgte ihm.

»Kontext. Es war der ›Jane und die Tri-Angels verteilen ihr Geld‹-Abend, okay?«

»Das wäre übrigens ein heißer Bandname«, sagte Norva.

»Ich saß hier.« Er ging an einer Stelle in die Hocke. Dann lief er zu Barrys Brandfleck. »Jane war hier.« Wieder in die

Hocke. »Euer Dad, Old Joe, war hier.« Er trat einen Schritt nach links. In die Hocke.

George lief in die Mitte des Raums zurück, hustete und beugte sich vor. »Und Hugo saß hier.« Er ging theatralisch langsam und mühselig in die Hocke.

Norvas Augen strahlten, während sie ihm durch den Raum folgten. Wahre Freundschaft.

»Es war absolut zum Schmelzen hier drin«, berichtete er weiter und fächelte sich dabei Luft zu. »Irgendein blonder Junge lehnte sich aus dem Fenster da drüben. Die Frau, die hier saß«, er zeigte neben sich, »war schon so gut wie geschmolzen. Eine Pfütze in Menschengestalt.« Er ließ sich zusammengekauert auf den Boden sinken.

Norva lachte schallend und legte sich neben ihn. Beeindruckend, ja, aber nicht lustig. George nervte. Norva nervte. Und zusammen waren sie die reinste Qual.

»Bitte, George, Norva. Können wir mal zur Sache kommen? Wenn ich richtig verstehe, hast du die Versammlung aufgenommen, George, oder?«

»Verdammt richtig«, sagte er und zog sein Handy aus der Tasche. »Darüber bin ich auch froh, denn das Internet wird es LIEBEN – jetzt, wo ich es teilen kann.«

Das Video begann. Langsam. Und es bestand hauptsächlich aus Nahaufnahmen von George bei dem, was er Freestyling nennt. Wenigstens diesmal bekam ich Unterstützung von Norva.

»Lass das weg, George, mein Gott! Schneid deinen Content doch mal!«

»Charity« Jane saß an einem Tisch vor Barrys Brandfleck, Pap direkt neben ihr. Sie sprach ins Mikrofon. »Yay, willkommen zur 85. Tri-Angel-Versammlung!«

Jubel.

»Charity« Jane lehnte sich vom Mikro zurück und applaudierte selbst. »Toll, heute Abend so viele neue Gesichter zu sehen. Für diejenigen, die mich nicht kennen, ich bin Jane Cooper, Chefin der Tri-Angels.«

George unterbrach. »Ja, Chefin, das kann man wohl sagen!«

Norva lachte. »Schon, oder?«

Ich brachte die beiden zum Schweigen.

»Die Tri-Angels sind eine Wohltätigkeitsorganisation. Ins Leben gerufen von mir und für mich, ich meine, für uns.« Jane lachte. »Sie ist für jeden da, der hier in der Anlage wohnt. Gemeinsam haben wir in den letzten fünf Jahren Tausende von Pfund gesammelt, um unsere Gebäude und unseren Alltag zu verschönern! Ich danke euch allen für eure kontinuierliche Unterstützung. Bevor wir heute Abend loslegen, zuerst noch ein paar Neuigkeiten aus der Community für euch.

Erstens bin ich so stolz und erfreut, bekanntzugeben, dass Kwame Kent aus Corner Two von den Scouts des Crystal Palace Football Club entdeckt wurde! Von September an wird er offiziell in der Jugendmannschaft spielen.«

Die Menge klatschte und jubelte. George hielt mit der Kamera auf sein eigenes Gesicht und streckte die Zunge raus. Hinter ihm fuhr Jane fort: »Ja, das sind ausgezeichnete Neuigkeiten! Vergiss uns nicht, Kwame! Zweitens: Ein großer Engelsdank geht an Serena aus Corner One, weil sie heute Abend die Getränke spendiert. Veronica.«

»Es heißt ›Vitonica‹, Jane«, rief Serena von außerhalb des Bilds.

»Genau! Danke, Serena«, sagte Jane kurz angebunden. »Es

ist toll zu sehen, wenn ein Tri-Business so gut läuft. Man könnte sagen tri-gantisch.«

Wir drei stöhnten genauso über den lahmen Witz wie ein paar andere Leute auf dem Video.

Jetzt richtete George die Kamera auf Serena, die aufstand, sich theatralisch verbeugte und den Leuten zuwinkte.

»Wie eine generöse Queen«, bemerkte Norva.

Die Kamera schwenkte wieder zu Jane.

»Kommen wir auf heute Abend zurück – lasst uns beschließen, wofür wir das Geld, das wir im vergangenen Jahr gesammelt haben, verwenden wollen. Fünf. Tausend. Pfund! Bravo, alle zusammen.«

George spulte das Video weiter vor. »Kommen wir dahin, wo es richtig, richtig gut wird.«

Hugo erhob sich schwankend. Seine Haut war knallrot. Ein Hitzschlag? Jemand, der nicht zu sehen war, reichte ihm ein Mikrofon.

»Die Wohnanlage The Triangle ist ein bahnbrechendes Beispiel der brutalistischen Architektur.« Schon war er in seinem Element. »Eine Stilrichtung, die gerade rechtzeitig zu ihrem 60. Geburtstag wieder sehr gefragt ist. Die ganze Welt und eine breitere Öffentlichkeit beginnt gerade erst zu verstehen, wie brillant und wichtig diese Gebäude für uns, unsere Stadt und die Welt sind. Die ganze Welt und eine breitere Öffentlichkeit beginnt gerade erst zu verstehen, wie wohlgeraten und wunderschön sie sind.«

Im Hintergrund lachten Leute. »Mein Arsch ist auch wohlgeraten!«, rief jemand. Andere zischten, er solle still sein.

»Wir müssen der progressiven Vision des Architekten Ellis Silvertöe Dank zollen – für unser Zuhause, unsere Community und unser Leben hier.«

Irritiertes Schweigen legte sich über *The Hub*.

»Was willst du denn damit sagen, Hugo?«, lallte jemand im Hintergrund. Barry.

Hugo hüstelte nervös und presste eine Hand an seine Brust, bevor er weitersprach.

»Was ich damit sagen will, ist, ich denke, wir sollten das Geld benutzen, um ein Denkmal zur Erinnerung an den Geburtstag von *The Tri* zu errichten. Um die Arbeit von Ellis Silvertöe und im weiteren Sinne auch anderer großer Architekten und Künstler der Epoche zu feiern. Ihr wisst schon, Clockenstien – ich verehre Clockenstien – De Bouseier, Sir Pence et cetera.«

Dann sackte Hugo wieder auf seinem Stuhl zusammen. Serena griff in eine Kühltasche und gab ihm einen Saft. Er lehnte sich, während er trank, dankbar an sie. Sofort wirkte er abgekühlt und ruhiger.

Diese Ruhe erfasste allerdings nicht den Rest des Raums. Georges Kamera fuhr herum.

Jemand schrie von hinten: »Hugo, Hugo. Hugo! Zieh erstmal deine Unterhose an und dann den Mantel, capito? Wir haben eine Hitzewelle, Bro. Wir ersticken hier fast, brauchen Aircondition – und du redest von einem Denkmal? Ich fass es nicht!«

Eine andere Stimme von vorne. »Hugo, du bist doch ein echter Prolet, mal ehrlich. Wir brauchen bessere Aufzüge, Renovierungen, ein neues Gesundheitszentrum, eine Kinderkrippe, Doppelverglasung, um den Lärm abzuhalten. Und das ist nur der Anfang.«

Leute jubelten.

Ich entdeckte Mrs Kowalski, die zu den Vorschlägen mit geschlossenen Augen nickte.

Jemand, den die Kamera nicht zeigte – George musste echt an seinen Fähigkeiten in Kameraführung arbeiten – sagte: »Aber wisst ihr was? Ein Denkmal ist vielleicht ganz okay. Was Positives und Wirkungsvolles. Fünftausend kratzen ja nicht mal an der Oberfläche der Arbeiten, die gemacht werden müssen. Dafür brauchen wir Millionen. Also warum nicht uns was holen, das einmal einfach nur *schön* ist. Versteht ihr?«

Die Menge murmelte zu dieser Möglichkeit. George schwenkte mit der Kamera über sie hinweg. Da war Mark. Mit offen stehendem Mund und leicht zusammengekniffenen Augen. Norva quietschte.

Pap stand auf und kam um den Tisch herum. Mit leichtem Schritt.

»Ohne Humpeln!«, flüsterte ich.

22

»Hugo.« Pap setzte sich auf die Tischkante. »Wie kann das ein guter Vorschlag sein? Willst du denn nicht auch mehr Platz für die Arbeit, die du hier machst?« Seine Stimme wurde lauter. »Wäre das nicht besser als ein Denkmal?«, rief er. »Oder eine Plakette?!« Er warf seine Papiere hin.

Jane zog Pap am Arm, um ihn zu beruhigen. Das funktionierte.

Da stand Mrs K auf. Sie erinnerte sich: »Wisst ihr – dieser Ort war wundervoll, als er geöffnet wurde. Wundervoll.« Andere Leute murmelten zustimmend. »Ich erinnere mich, als ich mit Mr K herkam. Wir wohnten damals noch nicht hier – es war ein Traum. Wir gingen zur Pommesbude und dann hinauf auf die Third Avenue, um alles zu sehen und Pommes auf die winzigen Ameisenmenschen unten zu werfen. Und jetzt fällt *The Tri* auseinander …«

Pap griff das auf. »Seht ihr? Seht ihr! Danke, Mrs K! Ich wusste, sie würden es verstehen.« Er drehte sich wieder zu Hugo. »Und du willst ein Denkmal?«

»Ich bin noch nicht fertig!«, meldete Mrs K sich streng wieder zu Wort. »Also ich denke, etwas, das Liebe und Glanz zurückbringt, wäre großartig. Wie das Denkmal. Das ist positiv.«

Pap sah sie entgeistert an. Mrs K lachte in sich hinein.

Da stand Barry auf. »Ich versteh dich schon, Joe. Am Bermuda's müsste auch einiges gemacht werden. Wir kriegen es in dieser Anlage ja alle ab. Lärm, Dreck, ausgebrannte Autos, Leute, die ins Treppenhaus pinkeln. Deshalb brauchen wir mehr Kameras.« Pap nickte heftig. »Aber mit fünf Riesen kriegt man das nicht hin. Außerdem sollte das sowieso die Stadt übernehmen!«

Jetzt nickte Hugo heftig.

Pap fing seinen Blick auf. Er wurde sichtlich wütender.

»Na schön, Mister Doppelname. Weil du ja anscheinend so reich bist, bezahl das Ding doch selbst!«

Die Menge schnappte nach Luft.

Hugo erwiderte schleppend: »Hör mal, ich weiß nicht, warum du glaubst, ich hätte Geld – lass dich da von meinem Namen nicht täuschen, Joe. Ich denke nur, dass es wichtig ist, Menschen und Orte zu feiern, wo es geht. Da jetzt der Geburtstag von *The Tri* ansteht, sollten wir es feiern, alle Corners, die Schönheit, die guten Zeiten und die chaotischen. Lasst uns, äh, Silvertöe lauthals danken.«

Er hustete laut. Serena beugte sich kurz zu ihm. Dann

sprach er weiter: »Wir bekommen ein Denkmal, liebevoll ausgestaltet von jemandem wie Lavenderstick oder Clockenstein. Das wird Leute von außen in die Wohnanlage locken. Sie werden die Zustände hier bemerken – und unseren Gemeinschaftsgeist – und damit werden wir mehr Geld zusammenkriegen. Das ist wie bei meinen Antiquitäten. Man muss Geld ausgeben, um welches zu verdienen. Also lasst uns das auch für *The Tri* weiter versuchen.«

Die Leute brummten zustimmend.

»Du versuchst es, verdammt nochmal, Hugo – auf Kosten meiner Geduld.« Pap schlug mit der Faust auf den Tisch.

Ich schaute von dem Video weg zu Norva, die den Mund verzog und die Augen zukniff. Außerdem schüttelte sie missbilligend den Kopf.

Pap sah wütend aus.

Richtig wütend.

»Okay, alle zusammen! Ich glaube, wir haben dazu jetzt alle Seiten gehört«, versuchte »Charity« Jane nervös, die Spannung abzubauen. »Lasst uns darüber abstimmen. Ich finde das aufregend!«

»Wir haben zwei Optionen. Wer dafür ist, in Josephs Instandhaltungsplan zu investieren, hebt die Hand.«

Die Kamera schwenkte durch den Raum. Ungefähr 43 Prozent der Leute zeigten auf.

»Und jetzt diejenigen, die Hugos Silvertöe-Denkmal unterstützen.« Jane sah nervös aus.

George schaute selbst verlegen in die Kamera. Dann drehte er sein Handy ruckartig wieder in den Raum. 51 Prozent der Hände. Über die restlichen 6 Prozent konnte ich nichts sagen. Es war knapp, aber so knapp auch wieder nicht. Hugo hatte gewonnen.

Im *Hub* herrschte unbehagliche Stille. Bis sich jemand von hinten zu Wort meldete.

»Er hat schon recht, Joseph. Es geht nicht um so viel Geld, dass man damit was bewirken könnte, also lass uns das doch versuchen. Das ist seine Welt – davon versteht er was.«

Da explodierte Pap. »Also wie – das ist es jetzt? Bin ich euch als Hausmeister jetzt nicht mehr gut genug? Warum lasst ihr dann nicht gleich Hugo die Anlage managen? Ja, das ist ein guter Plan. Soll er das doch machen. Ich bin jetzt seit 25 Jahren hier. Bin hier aufgewachsen. Tri durch und durch! Ich hab mein Bestes für euch gegeben – für euch alle. Dieser Typ ist nur aus Spaß hierhergezogen. Aus Jux. *Wegen der Erfahrung*. Ach, das wusstet ihr nicht? Na, dann wisst ihr es jetzt. Unser Alltag ist für den eine Touristenattraktion! Ein menschlicher Zoo! Und das ist jetzt euer König?« Er spuckte die Worte geradezu in den Raum.

George liebte den letzten Satz und machte ihn perfekt nach.

Pap hatte richtig Schaum vor dem Mund.

Die Kamera zeigte jetzt wieder auf Hugo. Der sah geschwächt aus und zitterte auf seinem Stuhl.

»Hugo sieht fertig aus, was?«, sagte George. »Ich denke, der war wieder auf seinem Spezialwasser. Stockbesoffen. Alkprobleme.«

»Für mich sieht das wie ein Hitzschlag aus«, sagte ich.

Ich sah mir die anderen Leute im Raum an. Alle, die überhaupt rot werden konnten, sahen wirklich sehr rot aus. Alle fächelten sich gegen die Hitze Luft zu.

»Ja, Joseph, du weißt, dass die Architektur mich inspiriert hat hierherzuziehen«, fing Hugo vorsichtig an, »aber ich liebe es, hier zu wohnen. – Ich bin ein echter Bewohner. Ich trage etwas bei …«

Pap schnaubte. »Ach, du trägst was bei?« Rasch warf er Jane einen Blick zu, die sich offenbar schon einmischen wollte, aber dann doch nur stumm auf den Fußboden blickte.

»Ich liebe die Community«, redete Hugo weiter. »Ich will das Beste für sie – ich versuche doch nur, längerfristig zu denken.«

Pap geriet außer sich. »Dann bin ich hier jetzt der Kurzsichtige? Der Blinde? Also dich sehe ich noch, Hugo! Und wie ich dich sehe! Ihr seid ja alle verrückt geworden! Hugo – du solltest dich besser vorsehen, Kumpel. Und das meine ich so. So wahr mir – komm mir bloß nicht in die Quere.«

23

Pap schlug nochmal mit der Faust auf den Tisch und stürmte dann aus dem *Hub*. »Charity« Jane ließ kurz den Blick in die Runde schweifen und folgte ihm dann rasch.

Das Video zeigte jetzt Serena und Hugo, wie sie mit Mrs K redeten.

»Absoluter Wahnsinn«, sagte George in die Kamera, bevor er auch noch die Zunge rausstreckte.

Dann endete das Video abrupt.

Mir war übel.

Pap war in die Sache verwickelt. Zweifellos. Das Motiv schien klar zu sein. Meine Hände zitterten. Im Dunkeln schaute ich zu Norva rüber. Sie kaute an den Enden ihrer Braids. Entnervt.

»Um welche Uhrzeit war die Versammlung zu Ende, George?«, fragte ich.

»So ungefähr halb elf?«

Ich sah sicherheitshalber noch mal in unseren Aufzeichnungen nach. Bestätigt.

»George, wo bist du danach hingegangen?«

Es war an der Zeit, ein paar Verdächtige auszustreichen.

George blickte zu Boden. »Okay, ihr müsst mir aber versprechen, dass ihr meiner Mum nichts davon sagt, ja?«

»Ja«, sagte ich vertrauensvoll.

Norva kniff die Augen ein bisschen zusammen. »Was hast du denn gemacht?«, fragte sie misstrauisch.

»Also, hört zu, ja, aber sei nicht sauer, Norv. Ich hab mich zu TrojKats Gig reingemogelt und es sogar backstage geschafft. Backstage! Sie hat sich von damals an mich erinnert. Hab ihr – natürlich – meine SoundCloud gegeben, und sie will die mal abchecken. Meinte, sie überlegt, zu *The Tri* zurückzukommen, um hier ihr nächstes Video zu drehen. O mein Gott, das war mehr als lit, Girl! Das war ein tobendes Inferno.«

Norva fiel die Kinnlade runter. »Du bist zu TrojKat gegangen. Ohne mich. Du warst backstage. Und hast mir nichts erzählt. Hab ich das richtig verstanden?«

»Ich hab meine Chance genutzt, Norva. Das musste ich einfach«, flehte George um Verständnis. »Hass mich nicht. Das war eine einmalige Chance.«

TrojKat, auch bekannt unter dem Namen Katarzyna Clarke, war eine Sängerin, die früher in Corner Two gewohnt hatte. Norva erzählte mir oft, dass »TrojKat gerade explodiert«, was wohl heißen sollte, dass sie beliebt war. Oder jedenfalls bei Norva und George.

Norva schüttelte wütend den Kopf. »Für mich bist du gestorben, George. Toter als Hugo.«

George und ich wichen geschockt zurück.

»Girl, das ist aber echt zu heftig«, sagte er.

»Tja, also, heftig ist, mich zu hintergehen und nichts davon zu sagen«, meinte sie. »Aber du könntest ja auch lügen, also wo sind die Belege?«

George zückte sein Handy. »Ich hab einen ganzen Packen, Sis.«

Er blätterte durch seine Fotogalerie. »Schau, hier bin ich draußen vor dem GoTo.« Ein Selfie draußen vor der Location.

»Hier bin ich drin.« George, wie er neben der Bar die Zunge rausstreckt.

»Hier ist unser Girl, als sie es auf der Bühne krachen lässt.« Eine verwackelte Aufnahme von TrojKat.

»Und hier chille ich backstage mit der Legende höchstpersönlich.« Ein Selfie von George, wie er TrojKat umarmt.

Norva riss Georges Handy an sich. »Lass mich sehen!« Sie zoomte die Bilder näher ran, überprüfte Zeit und Ort.

»Er sagt die Wahrheit – er war da. Er ist ein Verräter.« Sie warf ihm das Handy zu – und er fing es auf. Knapp.

»Achtung, Norv. Ich hab nicht das nötige Kleingeld für eine Versicherung.«

»Aber George, wie lange warst du dort? Und wo war deine Mum?«, fragte ich.

»Äh, ja, der Teil ist nicht so brenzlig«, sagte er. »Meine Tante Geeta, die macht gerade harte Zeiten mit ihrem Mann durch. Echt harte Zeiten. Freitagabend kommt sie nach Hause, und er ist einfach auf und davon. Spurlos.«

»Echt jetzt?«, fragte Norva und klang wieder eine Spur mitfühlender. »Ich wusste schon, dass es schlimm war, aber nicht so schlimm.«

»Ja«, sagte George. »Nach der Versammlung fuhr Mum zu ihr, um dort zu übernachten. Ich wollte auch mit. Als ich Mum zur U-Bahn begleitete, sah ich das Poster für den Gig und hatte so das Gefühl, hey, das ist meine Chance.«

»So viel zu ›Family first‹«, schnaubte Norva.

»Was hast du dann gemacht?«, fragte ich, um das Gespräch weiterzubringen.

»Also, ich bin da überhaupt nicht stolz drauf«, seufzte George, »aber ich hab gesagt, ›Ma, ich hab mein Mikro im Tri vergessen, ich komme dann nach‹.«

Norva schüttelte den Kopf. »Du solltest Nina nicht anlügen, sie ist zu gut dafür.«

»Ja, weiß ich, und ich hab auch ein schlechtes Gewissen«, sagte George. »Jedenfalls bin ich nach dem Gig da hin. Die beiden haben Wein getrunken und geheult und mich gar nicht bemerkt. Am nächsten Tag kamen wir so um die Mittagszeit wieder zurück.«

Er wischte durch die Galerie.

»Hier, guckt, da ist ein Foto von uns allen am nächsten Tag.« Er hielt uns das Handy dicht unter die Nase. »Ruft Aunty G an, wenn ihr wollt, aber fragt sie nicht nach Einzelheiten. Sie will die Sache nicht mit der ganzen Nachbarschaft diskutieren.«

»Okay, damit sind die Khans offiziell ausgeschlossen«, seufzte Norva. Sie sah mich an und ich nickte zustimmend.

George lachte. »LOOOL«.

Er sagte wirklich »lol«.

»Als ob die Khans jemals zu den Verdächtigen gehört hätten! Ihr übertreibt echt, n-Quadrat, aber ich nehm's euch nicht übel. Ich morde nur Bässe und kille das Internet.«

»Wir müssen gründlich sein«, sagte ich leise.

Norva lachte. »Ich bin aber immer noch sauer auf dich.«

»Niemals«, sagte George. »Nächstes Mal kannst du meine offizielle Begleitung sein.« Er boxte ihr spaßeshalber gegen den Arm.

Ich verdrehte die Augen.

Möglicherweise weil er den Wink verstand, sagte George: »Hört mal, Sisters, ich muss los. Mein mitternächtliches Abenteuer neigt sich dem Ende zu. Heute war, dank euch, einiges geboten. Ich muss morgen früh meinen Song fertig machen, da muss ich frisch und fit sein, damit die Lyrics fließen. Kommt morgen rauf und besucht Serena, dann könnt ihr hinterher bei mir anklopfen. Wobei ich euch wahrscheinlich auch so höre. Die Wände sind dünn. Ich habe sie vorhin weinen gehört.«

Ich schüttelte den Kopf. »Arme Serena. Für *mich* ist es schon schrecklich. Wie schlimm muss es dann für *sie* sein? Seine Schwester.«

»Absolut«, sagte George. »Und apropos Serena: Wir haben noch Vitonica im Kühlschrank, Nik. Hab gehört, da stehst du drauf. Baby braucht sein Fläschchen, wäh, wäh!«, sagte George und heulte wie ein Baby. Er schüttelte die Fäuste dicht neben seinem Kopf.

Norva verbiss sich ein Lachen und schaute auf den Boden. Ich verzog das Gesicht und streckte ihm die Zunge raus.

Doch ich bereute es sofort. Nicht mein Style.

24

Wir liefen im *Hub* im Kreis, nachdem George gegangen war. Mit meiner Handytaschenlampe leuchtete ich die Wände ab. Das Licht fiel auf Hugos Schreibtisch.

»Hier drin ist er nicht gestorben«, sagte Norva. »Zu sauber, zu ordentlich und, wie ich schon sagte, schnüffeln die Cops hier noch nicht rum, also negativ. Das stützt meine ›Gestorben in der Wohnung des Mörders‹-Theorie. Du wirst sehen, dass ich recht habe.«

Ich strich mit den Fingern über Hugos Tisch, während Norva sich auf seinen Stuhl setzte. Sie ahmte ihn nach: »Wir tragen in der Öffentlichkeit alle Masken. Metaphorisch gesprochen. Das ist fundamental.«

Sie war perfekt. Ich musste lachen und ging neben ihr in die Hocke. Eine Schublade. Ich zog zweimal daran, aber sie war abgeschlossen.

Norva schob den Stuhl vom Schreibtisch zurück. »Meine Abteilung. Rutsch.« Sie riss an der Schublade. Heftig.

Das verrückte zwar den Tisch, aber die Schublade blieb zu.

Zweiter Versuch. Gleiches Ergebnis.

»Kann nicht glauben, dass es nicht funktioniert hat«, sagte Norva und kniete sich neben den Tisch. »Aber damit vielleicht.« Sie griff mit beiden Händen in die Taschen ihres Kleids und leerte sie aus.

Jetzt auf dem Boden:

- staubige Brösel alter Kekse
- drei Schokoladenpapiere
- ein zerknülltes Papiertaschentuch

Norva bückte sich, um den Müll genauer zu inspizieren. »Ah, da ist sie ja.«

- eine kleine schwarze Haarnadel

»Norva«, ich merkte, wie ich die Augen verdrehte, »im richtigen Leben funktioniert das nicht.«

»Ohne Rauch kein Feuer«, sagte sie.

»Das ergibt noch nicht mal Sinn«, sagte ich verwirrt.

»Psst! Leuchte mir einfach.«

Norva schob die Nadel ins Schloss. Drehte langsam nach links und langsam nach rechts. Nichts. Scheinbar besiegt, drehte sie nochmal heftig nach links und rechts.

Es gab ein befriedigendes Klonk, als das Schloss sich öffnete. Wir sahen uns staunend an.

»Yo, ich kann nicht glauben, dass es wirklich geklappt hat …«, flüsterte sie wie zu sich selbst, schaute auf ihre Hände und drehte sie hin und her. »Meine Güte, wahrscheinlich bin ich schon die ganze Zeit ein Avenger gewesen und entdecke erst jetzt meine Kräfte!« Sie lachte.

Die Schublade war erstaunlich durcheinander. Ich hatte Hugo für ordentlich gehalten.

- 2 ungeöffnete Briefe – vom Finanzamt
- 17 Quittungen
- 1 Lippenbalsam – Litschi-Limonade
- 12 angekaute Bleistifte
- 3 zusammengefaltete Zeitungen (eine aus dem Dezember 1981)
- 5 Fast-Food-Verpackungen
- 8 schmutzige, eingetrocknete Pinsel

- 1 signiertes Foto von jemandem namens David Dickinson, wer auch immer das war

Ich griff ganz hinten in die Schublade. Unter einem ausgefransten Mousepad lag ein kleines Etwas. Eine steingraue Pyramide mit vielen bunten Kratzern drauf. Fünf Zentimeter im Durchmesser. Ich leuchtete in meine Hand. Es passte perfekt in meine Handfläche.

»Was ist das denn?«, fragte Norva und spähte in meine Hand.

»Ach, irgend so ein kleiner Mist von Hugo, glaub ich«, antwortete ich.

Doch es war kein kleiner Mist. Ich wusste, was es war. Es war der Deckel einer von Hugos Vasen. Eine hohe, schmale Vase aus dem gleichen Stein mit den gleichen bunten Kratzern.

Die stand immer auf seinem Tisch. Einmal hatte ich ihn danach gefragt. »Die ist selten, meine liebe Anika. Eine Vase mit Deckel in diesem Stil? Absolut einzigartig. Bahnbrechend«, sagte er und strich mit seinen beringten Fingern darüber.

»Mehr ist da nicht zu holen. Ich sehe mir noch den Rest an«, sagte Norva, machte ihre eigene Handy-Taschenlampe an und hüpfte davon.

Ich strich mit den Fingern über den Deckel und fühlte mich sofort getröstet. Als ich über den Tisch blickte, sah ich Norva in einem Mülleimer stochern. Da beschloss ich, ein Gesetz zu brechen. Den Blick weiter auf Norva gerichtet, stopfte ich den Deckel in die Tasche meiner Shorts. Und klaute ihn.

Damit war es offiziell – auf dem Gelände von *The Tri* war noch ein Täter auf freiem Fuß.

Ich stand auf und spürte meinen neuen Unglücksbringer in der Tasche. Das fühlte sich ungemütlich gut an und brachte Erinnerungen an bessere Zeiten mit sich.

Keine Reue.

»Zeit, sich vom Acker zu machen, denke ich«, sagte Norva an der anderen Seite des Raums und riss mich aus meinen Gedanken.

Ich ging zu ihr, um zusammen den Mülleimer zu durchsuchen.

- drei leere Flaschen Vitonica
- fünf vergammelte Piroggen
- zwei Schokoladenpapiere
- Ameisen ohne Ende
- Fliegen: fünf tote, drei lebendige

Im Vergleich zu dem Müllberg, den wir früher am selben Tag durchwühlt hatten, war das ziemlich hygienisch.

»Ja, wir sind hier fertig«, stimmte ich zu. »Und wir wissen jetzt, dass es auf der Versammlung um Geld ging.«

`Motiv: Geld?`

»Exakt. Und darum, wofür man es ausgeben soll«, sagte Norva. »Ich gehöre klar zum Team Pap. Geld für Reparaturen.«

»Hugo hatte aber auch nicht unrecht«, sagte ich. »Gutes Ansehen und PR könnten noch mehr Geld einbringen.«

Sie warf mir einen irritierten, gereizten Blick zu. »Auf wessen Seite stehst du, Sis?«

»Ich glaube, es ist keine gute Idee, von ›Seiten‹ zu reden,

wenn es um Pap und Hugo geht, Norva. Wenigstens nicht heute.«

»Okay, da hast du recht«, sagte sie.

~~To-do: Informationen über Versammlung besorgen~~

Wir kehrten in die Eingangshalle zurück. Ich gähnte.

»Also, ich bin auch todmüde«, meinte Norva. Richtig. »Unser Plan sieht so aus. Bett. Kurz schlafen. Morgen – der Markt, mit Verdächtigen reden, Motive aufspüren.« Sie lehnte sich an den Aufzug.

To-do: Whitford-Markt

»Du weißt, wer so aussieht, als hätte er ein Motiv, oder?«, fing ich an. »Ein richtig fettes.«

»Sag es gar nicht«, antwortete Norva leise. »Ich weiß es auch so.«

»Er ist der offensichtlich Verdächtige, Norva – und ich habe schreckliche Angst! Wir müssen ihn uns vornehmen, bevor Detective Sharp es tut. Wir müssen wissen, wo er war und warum er humpelt –«

»Aber du weißt schon, dass er es nicht war, oder?«, unterbrach Norva mich. »Was ist mit deinem Familiensinn? Deiner Loyalität?«

»Hier geht's nicht im Loyalität, Norva«, sagte ich leise. »Hier geht's darum, wie es aussieht. Und im Moment sieht es echt schlecht aus.«

25

Vorsichtig schoben wir den Schlüssel in die Wohnungstür und schlossen sie leise hinter uns.

»... und die Mädchen, meine Töchter – Anika und Norva – vielleicht haben Sie sie gesehen ...«

»Das habe ich in der Tat«, erwiderte Detective Sharp.

Ich schnappte nach Luft, aber der Atemzug blieb mir trotzdem irgendwie im Hals stecken. Norva packte meine Hand und wir drückten uns an die Wand vor unserem Zimmer.

»... sie kamen reingelaufen. ›Hugo liegt im Müllcontainer! Hugo liegt im Container!‹« Paps klang wie erstickt. »Nik mochte ihn wirklich gern.« Seine Stimme brach. »Dass sie ihn so sehen musste, das bricht mir das Herz. Es tut richtig weh, verstehen Sie?«

»Das verstehe ich«, sagte sie. »Sie wollen nur das Beste für sie.«

»Wenn ich sie nicht mal da beschützen kann, wo sie zu Hause sind, wie soll ich sie dann draußen in der Welt beschützen?« Er schniefte. Kurz herrschte Schweigen. »Ach, entschuldigen Sie bitte.« Er räusperte sich. »Das ist so ziemlich alles. Ich hoffe, es hilft Ihnen weiter.«

»Sehr«, sagte sie. »Und falls Ihnen noch irgendwas einfällt – hier ist meine Karte. Lassen Sie es mich wissen. Was auch immer es sein sollte.«

»Mach ich.«

»Danke für all Ihre Unterstützung heute. Und dass wir Ihr Büro benutzen dürfen. Das ist nur vorübergehend.«

»Natürlich, natürlich.«

Detective Sharp stand auf, um zu gehen. Wir verdrückten uns schnell in unser Zimmer. Pap begleitete sie zur Tür und legte sich dann schlafen.

Hugo_Ende_2307.doc

Opfer: Hugo Knightley-Webb
Fundort der Leiche: Müllraum von Corner One
Datum und Uhrzeit: 23/07 14:27

Todeszeitpunkt: Zwischen Fr 20/07 22:30 und Sa 06:30
Tatwaffe: Farbdose

Hypothese: Ermordet in einer Wohnung in Corner One, 21. oder 22. Stockwerk, mit Farbdose, Müllrutsche runtergeworfen

~~To-do: Informationen über Versammlung besorgen~~
To-do: Rausfinden, wo Verdächtige nach Versammlung waren
To-do: Pap nach seinem Telefonat und dem Humpeln fragen
~~To-do: Hypothese Hugo/Rutsche testen~~
To-do: Pap wegen Farbe und Säcken fragen
To-do: Todeszeitpunkt eingrenzen
To-do: Whitford-Markt

	221 Pap ~~Nik~~ ~~Norva~~ ~~Ringo~~	222 Mrs Kowalski	223 Mark Walker ~~»Mutter Walker«~~	211 ~~George Shah~~ ~~Nina Shah~~	212 ~~Hugo KW~~ Serena KW	213 »Charity« Jane
Alibi während des Todeszeitraums	Bis 01:27 unterwegs	Arbeit mit »Unterstützung« an Projekt		GS: Backstage mit TrojKat NS: Bei Tante Geeta		
Bestätigt?						
Motiv?	Streit wegen Geld bei Versammlung am Freitag			Fotobeweise für beide Verdächtige		
Fragen?						Wie bist du in unsere Wohnung gekommen?

26

Ich wachte um 6.32 Uhr auf und ging schnurstracks in Paps Zimmer. Die Tür stand offen, aber er war weg. Bett gemacht, Vorhänge aufgezogen. Ich griff nach meinem Handy. Mein Herz raste.

Wo bist du?

War Pap verhaftet worden? War Detective Sharp zurückgekommen, um ihn mitzunehmen? Ich kehrte in unser Zimmer zurück und setzte mich nervös auf mein Bett. Norva und Ringo schnarchten leise im Chor. Beide auf ihrer Überdecke. Ich schaute aus dem Fenster auf *The Tri* hinunter.

Da standen zwei Einsatzfahrzeuge der Polizei. Es ging los. Schon wieder.

Ding! Ding!

Morgen, Liebes! Hab in der Küche einen Zettel hingelegt. Erste Hilfe Training + Termin im Rathaus + später was anstreichen ☹ Komme erst abends wieder. Brav sein! x

Ich war erleichtert, aber immer noch niedergeschlagen. Ich musste doch mit ihm reden. Dringend.

Ding! Ding!

PS: Katie und Polizei nutzen Büro als Stützpunkt.

Ja, Pap. Weiß ich. Schon viel länger als du.

»Norva, wach auf«, sagte ich sanft und setzte mich ans Fußende ihres Betts. Ringo spitzte ein Ohr und sah mich mit einem Auge an. Norva murmelte im Schlaf: »Du bist so witzig, Mark.« Dann kicherte sie.

Eklig.

»Norva!«, rief ich.

Sie schreckte hoch. »Was? Was ist passiert?«, schrie sie. Langsam öffnete sie sie Augen und richtete sie sofort auf mich.

»Warum machst du das?«, klagte sie verschlafen. »Es wurde gerade so gut! Ich komm mir wie beklaut vor.«

»Norva, wir müssen loslegen. Pap ist den ganzen Tag über weg, die Polizei ist in seinem Büro – also komm schon.«

»Na gut, na gut, NA GUT!«, rief sie, setzte sich auf und rieb sich die Augen.

Ringo sprang vom Bett, und Norva pustete sich die Hundehaare von den Armen.

»Lass mich nur noch schnell duschen.«

***

»Ich hab in den sozialen Medien Benachrichtigung zu den Stichworten Hugo und *The Tri* eingerichtet«, sagte ich und nippte an einer Vitonica. »Willst du sie dir ansehen, bevor wir gehen?«

»Yesss, Sis!«, sagte sie überrascht. »Du bist so was von schlau. Machen wir das. Was hast du schon bekommen?« Sie setzte sich neben mich an den Küchentisch.

Ich öffnete Twitter und scrollte.

»Das ist von loKKKal_hero, anscheinend ein Fan des Ku Klux Klan.« Ich las vor:

SCHON WIEDER ein Vorfall in dieser verfehlten Wohnanlage. Wird echt Zeit, dass man diesen Schandfleck abreißt und diese Unerwünschten aus London entfernt.

Norva schüttelte den Kopf. »Ach, für den sind wir wohl so was wie Ungeziefer. Sehr nett.«

Die nächste Meldung stammte von LDNpoet:

Harte Zeiten
In The Tri
Was spielt das Triangel?
Das Lied vom Tod?

Spaßvögel überall, auch wenn nichts davon lustig war. Ich verlinkte diese »Kommentare« mit unseren Files.

Dann ging ich auf YouTube. Drei Videos:

Ein kurzer Vlog von einer »ClaireCrocker«, die behauptete in Corner Four zu leben.

»Corner Four!«, schnaubte Norva.

»Ein Dreieck hat keine vier Ecken. Da musst du dir schon mehr Mühe geben, du Geier!«

Claire äußerte Mitleid mit Serena. Sie heulte in die Kamera. »Lasst *The Tri* in Frieden!«, schrie sie dann unter einem Bettlaken. Dann sagte sie plötzlich wieder ganz fröhlich: »Abonniert meinen Channel und verpasst dem Like-Button einen fetten Daumen nach oben. Wenn ihr die Benachrichtigungen aktiviert, verpasst ihr kein Video mehr!«

Das zweite Video waren mit einem Handy gefilmte Gesichter aus der Menge, die sich gestern Nachmittag vor dem Müllbereich versammelt hatte.

»Ooh, da sind ja wir! *Fame!*«, rief Norva, als die Kamera schnell über uns hinweghuschte. Wir standen am Rand und unterhielten uns.

»Ich spiel das man langsamer ab«, sagte ich, klickte es an und reduzierte die Geschwindigkeit auf ein 0,25. »Lass doch mal gucken, ob wir nicht welche von den Verdächtigen entdecken.«

Norva musterte mich ehrfürchtig.

»Sei nicht beeindruckt, Norva. Das ist basic.«

Das Video wurde langsamer.

»Da ist Mrs K«, sagte sie. Sie kam mit ihren Piroggen an und bot der Kamera eine an.

Jane und Pap standen ganz vorne. Jane wischte sich mit dem Handballen die Tränen ab. Da schwenkte die Kamera gemächlich zu Eingangshalle, hinter uns.

»Ach du meine Fresse«, sagte Norva. »Was ist denn da los?«

Ich starrte mit leicht zusammengekniffenen Augen auf den Bildschirm.

Serena und Mark unterhielten sich vertraulich. Sie standen nah zusammen. Ganz ins Gespräch vertieft.

»Was *ist* das?«, fragte Norva.

Mark redet, Serena nickt. Sie macht den Mund auf, wie um was zu sagen, als Barry dazukommt. Der legt eine Hand auf Serenas Schulter. Sie dreht sich von Mark weg und beginnt zu heulen. Dann rennt sie an uns vorbei schreiend zu Pap und Jane. Marks Blick folgt ihr.

Wir sahen uns an. »Er war ja auch in ihrer Wohnung, kurz bevor das hier passierte«, merkte ich an.

Norvas Augen wurden schmal.

To-do: Rausfinden, worüber Mark und Serena am 23.07. um 15:11 Uhr geredet haben

Das letzte YouTube-Video war May Burtons Bericht für Cloud News. Mir wurde ganz anders. Vielleicht hatte der Sender Barry rausgeschnitten.

Natürlich nicht. Das war ja Gold für die Einschaltquoten. Da kam auch schon Barrys Anschuldigung. Und da standen wir, direkt neben einem geschockten Pap. Da ging er mit schnellen Schritten zurück in die Eingangshalle. Ich ging die Kommentare durch. Sie waren mittlerweile gesperrt.

»Der schwarze Mann war's!«, stand ganz oben.

Ich schluckte und scrollte zum Video zurück.

Wir waren nicht die einzigen, die die Kamera eingefangen hatte. Mrs Kowalski führte sich in ihrem unmöglichen Aufzug unmöglich auf.

»Gut, dass wir den los sind«, sagte sie und starrte grimmig in die Kamera.

»Ich werde wiederkommen, um weiter über die Ereignisse hier in *The Tri* zu berichten«, sagte May zum Abschluss ihrer Reportage. »Morgen«, drohte sie.

Norva lachte nervös. »Die Kowalski ist ja so was von fett.« Ihr Lächeln verblasste. »Aber sie macht mir trotzdem Angst. Und ihr theatralisches Getue überrascht mich.«

»Mich auch«, erwiderte ich.

27

Der Aufzug kam aus dem Erdgeschoss nach oben. Norva hielt Ringo im Arm. Der leckte ihr über Gesicht und Mund.

»Hab dich lieb, Fellbaby«, säuselte sie.

Immer wieder. Wie ein Schlaflied. Das nervte nicht. Überhaupt nicht.

Quietschend öffnete sich die Tür. Mrs K erschien dahinter. Norva ließ Ringo fallen. Er landete auf den Füßen und schüttelte sich erstmal ausgiebig. Weiße Haare flogen überall herum und ich hielt den Atem an.

»Mädchen«, sagte sie. »Wie geht es euch?«

»Gut«, erwiderte ich knapp.

Ringo trottete in den Lift und setzte sich schon mal hin.

»Wir haben Sie gerade im Internet gesehen«, sagte Norva.

Mrs Ks Gesicht hellte sich auf. »Ach ja? Schickt ihr mir den Link?«

»Klar«, sagte Norva.

Endlich kam Mrs K aus dem Aufzug.

Heute trug sie sieben Tüten an ihrem rechten Arm. Zwei mehr als gestern. Anscheinend wollte sie einen Rekord aufstellen.

»Immer noch zu heiß hier drin.«

»Glühend«, sagte Norva. »Wie geht's eigentlich mit Ihrem Projekt voran? Sind Sie schon fertig damit?«

Sie sah uns beide an.

»Ja, bin ich.« Ein schwaches Lächeln. »Samstagmorgen gegen Viertel nach eins. Und ich bin sehr glücklich über das Ergebnis. Mein Freund war eine große Hilfe.«

Ich erschauerte.

»Ihr Freund?«, hakte Norva nach.

»Ja.« Sie lachte. »Ihr kennt ihn, aber ich mag Geheimnisse.«

»Warum das denn?«

»Ach, weil ich keinen Ärger will.«

»Was für ein Projekt ist das denn?«, fragte ich und versuchte, dabei unbefangen zu klingen. Irgendwie fröhlich und positiv.

»Großes Ausmisten.«

»Warum machen Sie das denn so spät, Mrs K?«, fragte Norva. »Jeder braucht doch mindestens acht Stunden Schlaf. Ist gut für die Schönheit.«

»Schön bin ich schon«, rief sie. »Außerdem hatte ich, was ihr eine Deadline nennen würdet.« Sie lachte. »Danach konnte ich schlafen wie ein Baby. Meine Arbeit war getan und ich hatte meinen Frieden.«

Ich spürte Norvas Blick auf mir.

»Können wir Ihr Projekt mal sehen? Ich wette, es ist total schön!«, sagte ich.

»Tja, da gibt es nicht viel zu sehen. Noch nicht«, sagte sie. Und dann schlossen sich die Aufzugtüren vor ihrem lächelnden Gesicht.

»Wer zum Teufel ist dieser Freund, was für ein Projekt ist das und warum hat sie jetzt ihren Frieden?«, fragte Norva.

Auf der Fahrt nach unten ergänzte ich unsere Liste.

28

Wir kamen auf dem Weg nach draußen am Mordermittlungsraum vorbei, der früher Paps Büro gewesen war. Die Tür stand einen Spalt breit offen, und wir reckten die Hälse, um hineinzusehen.

Officer Burnett saß an Paps Schreibtisch, aber nicht an seinem Computer. Dieses Relikt hatte er beiseitegeschoben und schrieb stattdessen rasend schnell in einen Laptop. Dabei schaute er nicht auf. An der Wand gegenüber hing ein Etagenplan von Corner One. Die Stockwerke 21 und 22 waren mit einem dicken roten Filzstift eingekreist.

Daneben ein Foto von Hugo, als er noch lebte. Und daneben eins von seinem Arm und seiner Hand, als er bereits tot war.

Ich erschauerte. Flashback. Und sofort Bauchschmerzen.

»Sobald er wieder da ist, holen wir ihn zum Verhör«, sagte Detective Sharp, die gerade auf der anderen Seite des Büros in ihr Handy sprach.

Panik. Wen? Pap?

Ich starrte Norva an. Sie wedelte mit einer Hand, wie um meine Reaktion runterzuspielen. Aber ich sah, wie auch sie schluckte.

»Und besorgt mir endlich mehr Beamte!«, schnauzte sie. »Das hier ist ja lächerlich!«

Detective Sharp ging mit dem Handy am Ohr am Türspalt vorbei. Wir fuhren zurück und schnappten nach Luft, aber – zu spät. Sie drehte sich um und entdeckte uns. Ohne weiter zu reagieren, schloss sie leise die Tür, während sie uns direkt in die Augen sah.

Wir verließen die Eingangshalle.

»Weißt du«, meinte Norva, »wenn das nicht der offiziell schlechteste Zeitpunkt wäre, dann würde ich Lady Sharp echt bitten, ob sie nicht meine Mentorin sein will. Sie hat so eine eiskalte Schnauze, und irgendwie mag ich das.«

***

Der schnellste und direkte Weg von *The Tri* zum Markt führt über The Rec und durch die Corners Two und Three. Den nahmen wir und latschten dabei mitten durch ein Basketballspiel.

»Die Zeit arbeitet nicht für uns, Sis!«, sagte Norva und stapfte ungerührt weiter. »Also komm schon.«

Ich schlich verlegen hinter ihr her und formte mit den Lippen stumm »Sorry« in Richtung der Spieler.

»Hey, haut gefälligst vom Spielfeld ab, blöde Tussis!«, rief uns einer aus der Mannschaft nach.

Dann flog der Ball absichtlich in Richtung Norvas Kopf. Sie fuhr herum, duckte sich und verdrehte den Oberkörper. Der Ball verfehlte nur knapp ihr Gesicht.

»Netter Versuch, LeBrons«, spottete sie.

Gleichzeitig riss Ringo an seiner Leine. Bevor Norva ihn daran hindern konnte, hatte er einen ganzen Hühnchenknochen im Maul. Als sie versuchte, ihm den wegzunehmen, zeigte er sein wahres Wesen.

Seine teuflische Natur.

Langsam drehte er den Kopf und knurrte. Dann bleckte er die Zähne und schnappte nach ihren Fingern.

Norva ließ sich davon nicht verunsichern. »Aber Baby, du wirst dir damit den Rachen aufschlitzen«, jammerte sie. »Und was dann?«

Als ob er das verstünde. Oder es ihn interessieren würde.

Während Norva sich um ihr Baby kümmerte, blickte ich zu Corner One zurück. Perfektes Timing. Katie lief in großen Schritten über den Platz, vermutlich zurück zum Ermittlungsraum.

»Katie! Katie!«, rief Norva. »Wie läuft's? Gestern war ja supertough.«

Katie verlangsamte ihre Schritte, um mit uns zu reden. »Ja, das war es, und ganz ehrlich, Girls – ihr seid mir keine Hilfe.«

Norva tat übertrieben enttäuscht.

Katie bemerkte das. »Tut mir leid, Norv, aber ich muss mich echt konzentrieren. Ich hab tonnenweise Arbeit heute – Befragung der Leute hier, mehr Nachbarschaftspflege. Außerdem habe ich kaum geschlafen. Wir haben einen unglaublichen Mangel an Beamten – das ist geradezu lächerlich. Und ich bin so müde.«

»Wann bist du denn gestern Abend gegangen?«, fragte ich.

»Heute Morgen, meinst du wohl«, sagte Katie. »Gegen vier. Nachdem die Spurensicherung fertig war und der Gerichtsmediziner endlich kam.« Sie gähnte.

Falls das nur Show war, stimmte das Timing trotzdem perfekt.

»So spät«, fuhr sie fort, »dass ich kaum noch irgendwas heben konnte. Manche der Beweise waren dermaßen schwer.«

»Wie die große Farbdose?«, fragte ich.

»Genau, die Mordwaffe«, fügte Norva mit glänzenden Augen hinzu.

»Mordwaffe? Moment mal! Woher wisst ihr denn von der Farbdose?«, sagte Karie erstaunt. »Ich hab euch doch nie irgendwas davon erzählt, oder?«

Norva sah mich kurz an. »Wir haben ihn gefunden – schon vergessen?«, sagte sie zu Katie und rollte mit den Augen.

»Ah, okay! Natürlich. Sorry, das hatte ich für einen Moment vergessen«, sagte Katie und lächelte schwach.

»Dann ist die Farbdose also die Mordwaffe, stimmt's?«, bohrte Norva weiter.

»Girls, bitte«, sagte sie. »Ich kann nicht …«

Katie setzte ihren Weg fort. Dabei wich sie unseren Blicken aus. Sie meinte es anscheinend ernst.

»Katie!«, rief Norva ihr nach.

Sie ging einfach weiter. Sogar noch schneller.

»Katie, bitte warte. Nur eine Sekunde«, bettelte Norva.

Widerwillig blieb sie stehen. Norva berührte sie sanft an der Schulter.

»Hör mal, wir verstehen das. Wir wissen, dass du keine Polizeigeheimnisse ausplaudern darfst. Wir wissen, dass du im Dienst bist, korrekt und nach Vorschrift. Wissen wir. Und wir sind stolz auf dich. Aber komm schon, Sis, wirf uns doch zur Farbdose wenigstens einen Knochen hin! Wenn das die Tatwaffe ist, blinzel zweimal für ja, Katie. Mehr musst du gar nicht machen. Dann lassen wir dich auch in Ruhe.«

Katie seufzte. Dann blinzelte sie langsam zweimal.

»Ich kann echt nicht darüber reden, Girls«, sagte sie freundlich und sah uns mit traurigen Augen an, bevor sie sich umdrehte. Dann ging sie, ohne sich noch mal umzusehen.

Tatwaffe: Farbdose - höchstwahrscheinlich. Von Katie angedeutet: 24/07 09:02

Ich sah Norva an. »Bestätigung der Farbdose vermerkt.« Ich seufzte. »Aber ich habe diese Dosen immer nur weggeschlossen in Paps Büro gesehen. Oder wenn Pap und Mark eine hatten.«

»Und?«, sagte Norva.

»Und«, fing ich zögernd an, »und das lenkt die Ermittlungen wieder auf Pap – und jetzt auch auf Mark, nicht wahr?«

Norva zuckte mit den Schultern. »Hmm, tut es das?«

Ich sah sie ungläubig an. Das konnte nicht ihr Ernst sein. »Norva, lass dich nicht von Loyalität –«

»Ach, komm schon, Nik«, unterbrach sie mich. »Überleg mal, wo wir hier sind. Das ist *The Tri*. Du kannst hier alles bekommen, wenn du es wirklich willst. Alles. Sei doch mal 100 Prozent weniger naiv.« Und dann sagte sie noch: »Alles, was wir bis jetzt wissen, ist doch, dass es stumpfe Gewalteinwirkung war – das heißt ein ordentlicher Schlag auf die Birne. Das könnte jeder von ihnen getan haben. Die Kowalski ist auch verdammt stark. Schau dir die vielen Tüten an, die sie immer schleppt!«

Mein Magen brannte, weil ich mir massiven Widerspruch verkniff.

»Lass uns zum Markt gehen«, sagte Norva und brach damit das Schweigen. »Das nächste Mal findet er doch erst wieder am Sonntag statt, oder?«

Ich nickte.

»Dann verpassen wir unsere Chance, mit den Händlern zu reden, wenn wir uns nicht beeilen.«

Da hatte sie recht.

Wir liefen zum Better Buy. Norva »brauchte« noch eine Teigtasche für den Weg, und ich konnte wie immer einen Saft vertragen.

Wieder ein glühend heißer Morgen. Schon 25 Grad und kein Anzeichen für Abkühlung. Ich war durstig.

Wir banden Ringo im Schatten an, wo er mit einem Seufzer sofort einschlief.

Sissy rollte hinter der Kasse hervor, weg von ihrem Ventilator. Sofort traten ihr Schweißperlen auf die Stirn.

»Hello Sisters!«

Wir nickten nur lethargisch zur Begrüßung.

»Gott schütze euch beide«, sie senkte den Blick. »Ganz besonders heute.«

Norvas Augen wurden sofort zu schmalen Schlitzen. »Was meinst du mit ›besonders heute‹, Sissy?«

»Nun ja, ihr wisst schon. Die Leute reden – es gibt viel Klatsch und Tratsch. Ich glaube ja nicht, dass euer Dad, ihr wisst schon, dass er es getan hat. Aber das wird eben geredet. Vor allem in Corner Three. Die sind sauer, weil sie auf der Liste für die Reparaturen ganz unten stehen, aber mit Gottes Segen werden sie schon noch an die Reihe kommen!« Sissy lächelte uns an.

Das Lächeln verschwand rasch, als Norva explodierte.

»Warum sagst du so was, Sissy? Wie kommst du dazu, uns zu erzählen, dass du denkst, unser Dad sei ein Mörder? Du solltest dich schämen«, fauchte sie. »Er hat dir diesen Job besorgt, oder? Dann soll Gott lieber *dich* schützen!«

Sissy war, wie Norva gesagt hätte, bis ins Mark erschüttert. Ihre Verlegenheit war deutlich sichtbar.

»Ich sage ja nur …«, meinte sie leise mit gesenktem Blick. Ihre Stimme erstarb.

»Also, sag doch einfach nichts … Red weniger. Vor allem mit uns.«

Norva machte auf dem Absatz kehrt und stürmte in den hinteren Teil des Ladens.

Ich schüttelte den Kopf über Sissy und rannte den Gang entlang, um Norva einzuholen.

Dann steckten wir die Köpfe durch die Plastikstreifen vor dem großen Kühlregal. Zeitweise Linderung von der Hitze. Und vom Zorn.

Norvas Augen standen voller Tränen. Wütend schnappte sie sich eine Flasche Wasser und machte sie auf. Ich griff nach einer Vitonica. 1,50 Pfund kostete die hier. Nein, danke. Zu teuer.

Ich behielt sie aber trotzdem in den Händen.

»Ich dachte, du liebst Klatsch und Tratsch«, flüsterte ich, um sie ein bisschen zu beruhigen.

»Stimmt«, sagte sie, während ihr eine Träne übers Gesicht lief. »Aber keinen Klatsch über uns. Über unsere Familie. Darüber, dass wir Mörder sind. Nee. Es gibt eine Grenze – und die hat Hot Wheels da vorne gerade so was von übersprungen.«

Norva schnalzte mit der Zunge. Dann schüttete sie das ganze Wasser aus der Flasche auf einmal in sich rein, bevor sie die leere, verkrumpelte Flasche wieder ins Regal zurückstellte.

»Die bezahl ich nicht!«, rief sie. »Und ihre Pastete kann sie sich dahin stecken, wo keine Sonne scheint.«

29

Der Whitford-Markt war sehr hübsch.

Und zwar offiziell, nicht nur meiner Ansicht nach. Fünf von fünf Sternen laut *Time Out*.

Er liegt keine zwei Meilen westlich von *The Tri*, ist aber Welten davon entfernt. Chic. Das elegante Gesicht Londons. War auch schon Drehort für einen Film, den ich aber nie gesehen habe.

Heute war am Whitford-Markt richtig was los. Die Leute kauften, verkauften, schnupperten und probierten. Currys, Käsesorten, Cash. Standbesitzer schrien, verkauften und lächelten.

Kein Regen störte das Schauspiel. Ein guter Tag. Für jeden. Vor allem für die Touristen, die sich in vielen verschiedenen Sprachen laut unterhielten.

Willkommen in London.

»Jetzt wünschte ich, ich hätte eine Pastete. So hungrig«, jammerte Norva, während wir uns durch die Menge schoben. »Jetzt tut's mir leid.«

Ich zeigte auf einen Deli an der Ecke. Sie zuckte mit den Achseln und wir steuerten darauf zu.

Erst spähten wir durchs Schaufenster hinein.

Die Kunden drinnen nippten glücklich an Kaffees mit extravaganten, unaussprechlichen Namen.

»Was!«, rief Norva. »Das Sandwich da kostet 8 Pfund! Für Käse und Brot? Was ist das denn für ein Leben?«

Ich zuckte mit den Achseln. »Großstadtleben. Lass uns zum Stand und dann nach Hause gehen. Im Kühlschrank gibt's noch was zu essen.«

Ich klang schon wie Pap.

Norva jammerte: »Aber ich bin jetzt hungrig!«

Wir gingen weiter. Ich wusste genau, wo Hugos Stand war. Der Kunstkurs hatte letztes Jahr seinen Sommerausflug dorthin gemacht.

Hugo hatte dauernd von seinem Stand erzählt. Auch von Timothy, dem Mann mit den Stoffen, der erst vor Kurzem den Stand direkt neben seinem übernommen hatte.

»Fabelhafter Kerl«, pflegte Hugo zu sagen, »mit fabelhaften Stoffen. Opulent und kostbar.«

Dann lachte er immer leise in sich hinein.

Die wogende Menge trug uns zu Hugos Platz.

Ein Tisch war dort aufgebaut. Darauf lächelte uns Hugo von einem Schwarz-Weiß-Foto entgegen. Sein lockiges weißes Haar schien aus dem Rahmen zu quellen. Seine Hand mit den vielen Ringen an den Fingern hatte er an sein Gesicht gelegt.

Ich biss mir auf die Unterlippe. Keine Tränen. Nicht jetzt.

»Was für ein verblichenes 80er-Jahre-Billigfriseur-Schaufensterfoto soll das denn sein?«, fragte Norva. »Muss man dem Mann das antun?!«

»Norva, bitte!«, sagte ich. »Ich finde es nett.«

Sie schnaubte.

Ein großer Blumenkranz lag neben dem Bild. Auf einer Karte stand: »Die Whitford-Community vermisst dich, Hugo.«

Eine Träne rollte mir unaufhaltsam über die Wange.

Der Stand mit den Stoffen befand sich gleich rechts von Hugos Platz. Seide, Satin, Wildleder. Gold, Silber, Bronze.

Der Stand war von Kunden umringt, die mit den Händen über die Ware strichen. Dazu murmelten sie anerkennend.

»Ist doch bloß Stoff. Kriegt euch mal wieder ein, du meine Güte«, brummte Norva.

Wir warteten, bis sich die Menge ein bisschen zerstreute, bevor wir nähertraten.

»Entschuldigen Sie bitte, Sir?«, sagte ich.

Norva rollte bei meinem »Sir« mit den Augen.

Der Mann musterte uns von oben bis unten und richtete sich dann gerade auf.

»Yeah?«, fragte er mit amerikanischem Akzent.

»Sie sind doch Timothy, der Mann mit den Stoffen, oder?«

»Klar. Wer will das wissen?«

»Wir sind Freundinnen von Hugo«, sagte ich und zeigte auf seinen Stand.

Sein Körper entspannte sich sichtlich.

»O Mann«, sagte er. »Das ist so schlimm, Mann.«

Er schüttelte den Kopf und musterte mich aus leicht zusammengekniffenen Augen. »Oh, warte mal, ich erinnere mich an dich! Hugos Lieblingsschülerin.«

Ich strahlte. Hatte ich's doch gewusst! »Früher hattest du Haare, oder? Was ist passiert?«

30

Timothy, der Mann mit den Stoffen, Anfang 40, schätze ich. Langes braun-graues Haar, grüne Augen, Bart.

»Die Whitford-Familie hat die Nachricht echt schwer getroffen, Leute.« Er fuhr sich mit der Hand durchs Haar. »Er war ein ehrlicher Kerl.«

»Ja. Das war er«, stimmte ich zu. Es fühlte sich schrecklich – und falsch – an, in der Vergangenheitsform von Hugo zu sprechen.

Er war tatsächlich tot. Ich spürte eine Welle von Schmerz in meinem Magen und kämpfte mit den Tränen, während ich mir auf die Lippe biss.

Norva merkte es und berührte meinen Arm.

»Haben Sie schon mit der Polizei gesprochen?«, fragte ich und schaute zu Boden.

Als ich aufblickte, schüttelte er den Kopf.

»Haben Sie ihn am Samstag noch gesehen? Kam er da zur Arbeit?«, fragte Norva.

»Nein, er hat seinen Stand nicht aufgebaut. Das hat mich echt überrascht. Nein, wartet, eigentlich hat es mich doch nicht so überrascht, weil er sich am Dienstag richtig abscheulich gefühlt hatte.«

»Abscheulich?«, fragte Norva irritiert.

»Also, total krank, aber nicht nur so ein bisschen, sondern total krank. Meinte, er hätte tonnenweise Ameisen im Haus. Tote und lebendige. Er hustete und war ganz rot. Dachte schon, daran wäre er gestorben – nicht ermordet. Wer sollte Hugo denn umbringen?« Er schüttelte den Kopf.

Ich merkte mir das. Ameisen. Röte. Auf dem Video von der Versammlung war er auch ganz rot. Also kein Hitzschlag?

»Das wollen wir rausfinden«, sagte Norva.

»Ach, echt? Das ist krass, dass ihr da dran seid. Beeindruckt mich.«

»Danke, Mann!«, erwiderte Norva, erfreut, dass endlich mal jemand unsere Arbeit ernst nahm.

»Haben Sie was dagegen, wenn wir Ihnen ein paar Fragen stellen?«, fragte ich.

»Nur zu«, sagte er und lehnte sich bequem an seinen Stand.

»Wo waren Sie Freitagabend?«

Timothy lächelte breit.

»Ich war mit ein paar anderen aus der Whitford-Community im GoTo, um TrojKat zu sehen. Das war cool! Habt ihr schon mal von ihr gehört? Ich meine, normal mag ich keine neue Musik. Ich halte mich lieber an die Neunziger. Aber das war genial. *Fresh!*«

»Ja, hab von ihr gehört«, sagte Norva mit zusammengepressten Lippen. »Hab gehört, dass es eine tolle Show war.«

»Das war es. Denkwürdig. Ich war sogar kurz backstage.«

Norva sah angewidert aus.

»Danach bin ich nach Brighton zurückgefahren. Ich bin gerade erst hingezogen. Wegen der Wellen! Kurz geschlafen, dann am frühen Samstagmorgen zurück nach London.«

»Zurück zu Hugo«, sagte Norva. »Wir glauben, ihn ziemlich gut gekannt zu haben – Nik vor allem – aber man kennt ja niemanden durch und durch, oder?«

»Stimmt. So ist es.« Timothy nickte.

»Hatte er irgendwelche Feinde? Hat er sich mit jemandem gestritten?«, fuhr Norva fort.

Er schüttelte den Kopf. »Nicht, dass ich wüsste. Er war echt sehr beliebt. Vor allem hier. Und er liebte *The Tri*. Der Kunstclub war eine seiner Lieblingsbeschäftigungen.«

Er klopfte mir auf den Rücken. Das wusste ich zu schätzen. Ich lächelte zu ihm hoch und sah dann Norva an.

Als ich fragend die Schultern hob, nickte sie als Antwort.

»Also, dann danke für Ihre Zeit, Timothy«, sagte ich.

»Für euch Tim, und ihr könnt ruhig ›du‹ sagen. Wenn ihr mit Hugo befreundet wart, dann seid ihr auch meine Freunde.« Er gab uns einen High-Five.

»Dann bis demnächst«, sagte Norva,

Wir wandten uns zum Gehen.

Da stolperte jemand über Ringos Leine.

»Kann man seinen Hund vielleicht kürzer nehmen, bitte!«, rief eine namenlose Gestalt aus der Menge.

»Klappe!«, erwiderte Norva schnippisch an niemand bestimmten gerichtet.

»Hey, wartet mal!«, rief Tim uns nach. »Da fällt mir noch was ein! Hat Hugo euch von der großen Uhr erzählt?«

»Nee«, sagte Norva, als wir auf dem Absatz kehrt machten, »von was für einer Uhr?«

»Ich hab auch keinen Schimmer, was für eine Uhr das war, aber er war total aus dem Häuschen deshalb. Als ich ihn am Dienstag sah, erzählte er, er hätte einen Käufer. Und er war ganz scharf drauf, sie zu verkaufen.«

»Kannst du uns was darüber sagen? Irgendwas?«

»Nein, sorry, ich verkaufe nur Stoffe. Von Uhren habe ich null Ahnung. Ich weiß nur, dass er sie ›bahnbrechend‹ genannt hat und seine Finanzen damit saniert gewesen wären. Er konnte seine Schulden zurückzahlen.«

»Was für Schulden? Bei wem? War er in den Miesen?«, fragte ich mit neu gewecktem Interesse.

Er zuckte mit den Achseln. »Vielleicht. Er hat was von einer Wohltätigkeitsfrau mit einem Triangel gesagt.«

»Von den Tri-Angels?«, verbesserten wir ihn im Chor.

»Ja, wahrscheinlich war es das.«

Jane. Schon gemerkt.

Norva und ich wechselten aufgeregte Blicke. Die Sandwiches am Whitford-Markt mochten zwar teuer sein, aber die Information von dort war unbezahlbar.

Wir waren hier fertig. Also bedankten wir uns noch mal bei Timothy und tauchten in die Menge, wobei wir vor Aufregung quietschten.

Eine Spur!

»Warte, Norva, lass mich unsere To-dos aktualisieren, solange alles noch frisch ist«, rief ich ihr zu.

Sie nickte und zeigte auf einen Hauseingang. Strahlend weiße Säulen vor einer dunkelgrünen Tür. Sie lehnte sich mit dem Rücken dagegen.

Ich tippte in mein Handy.

Motiv: Geld? Geld für die Uhr?
To-do: Was über die Uhr rauskriegen!

»Was hat es mit dieser Uhr auf sich?«, sagte ich zu Norva. »Es gibt doch so viele Uhren auf der Welt – wo sollen wir da anfangen?«

Norva zuckte mit den Achseln. »Weiß ich auch noch nicht. Aber wir müssen es ziemlich schnell rauskriegen. Wenn sie was wert ist – und danach sieht es ja aus –, dann ist das unser Motiv.« Sie tanzte auf der Stelle. »*Motivations!*«, sang sie, tippte dazu mit dem Fuß auf und zuckte mit den Schultern.

Ich nickte. »Anscheinend. Und was auch neu ist: Schuldete Hugo Jane Geld? Wofür? Warum? Das ist ein riesiges, starkes Motiv.« Ich erschauerte. »Jane. Die durch unsere Wohnung schleicht.«

»Genau. Stimmt!«, meinte Norva, die weiter tanzte. »Ich habe immer geglaubt, Hugo wäre steinreich gewesen. Das ist mal ein Schock.«

»Glauben heißt nicht wissen. Das hat mir Hugo beigebracht.«

~~To-do: Whitford-Markt~~

31

Wir beschlossen, Serena Blumen zu bringen, aber welche am Whitford-Markt zu kaufen, sprengte eindeutig unser Budget. Das hatte uns das Teuerste Käse-Sandwich der Welt glasklar gemacht. Also befreite Norva ein paar schlappe Nelken aus einem öffentlichen Beet gleich neben dem Markt.

»Die machen es sowieso nicht mehr lang – also tue ich Dienst an der Öffentlichkeit, meine Bürgerpflicht!«, verkündetet sie.

Ich verdeckte sie, während sie sie ausriss. Mit ihrem schwarzen Haargummi band sie die Stiele zusammen und warf sie mir zu.

Wir gingen in unangenehm langsamem Tempo zu Serena. Norva schlurfte mit den Füßen übers Pflaster.

»Diese Gartenarbeit hat mich total geschlaucht. Ich sterbe vor Hunger.«

Ringo war anscheinend auch hungrig. Er schnappte nach den Blumen. Wie konnte ein Hund nur so sein? Ich hielt die Blumen hoch über meinen Kopf.

»Wie lange ist Serena jetzt schon in *The Tri*?«, fragte Norva.

»Achtzehn Wochen. Warum?«

»Ach, ich denke nur gerade über ihre Wirkung nach. Sie hat das ganze überreife Obst verarbeitet und den Saft erfunden, nach dem du so verrückt bist. Sie hat Hugo mit den Kunstkursen geholfen. Dann noch das Dog-Walking.«

»Sie hat auch den Yogakurs gegründet. Und die Facebook-Gruppe«, fügte ich hinzu.

»Hat sie überhaupt einen Job? Ich meine, einen richtigen?«

»Anscheinend nicht.«

»Wir sollten sie danach fragen. Wo kommt eigentlich die Kohle her, Serena?«

»Vielleicht von ihrer Scheidung?«

»Lass sie uns fragen.«

Ich nickte.

»Jedenfalls hat sie für *The Tri* eine Menge geleistet. Sie ist in Ordnung, diese Serena«, sagte Norva, als wäre sie eben erst zu dem Schluss gekommen. Vielleicht war es ja so.

»Ja, ich mag sie. Sie ist ziemlich beeindruckend«, sagte ich. »Ich habe gehofft, wir würden alle befreundet sein. So, wie wir das mit Katie waren.«

Norva verzog den Mund.

»Ich würde, ehrlich gesagt, nicht so weit gehen«, sagte sie, »aber sie ist schon okay.«

Wir klopften an Serenas Tür und warteten.

Norva presste ein Ohr dagegen und schüttelte den Kopf.

»Ich glaube, sie ist nicht da.« Als wir schon gehen wollten, öffnete sich hinter uns die Tür.

»Danke, Serena. Ich schicke in Kürze Officer Smyth zu Ihnen rauf. Wir wünschen Ihnen alle unser herzliches Beileid.«

Eine inzwischen bekannte Stimme.

Detective Sharp stand in der Tür.

Sie starrte uns an und wir starrten zurück.

»Hallo ihr beiden«, sagte sie kühl. Dann taute sie ein klein wenig auf. »Mit euch wollte ich noch reden und euch dafür danken, dass ihr gestern so … so taktvoll wart. Das muss schwer für euch sein. Es tut mir leid.«

Ich warf Norva einen raschen Blick zu.

»Ja, es ist schrecklich«, sagte Norva. »Ganz schrecklich.«

Detective Sharp lächelte mitleidig und verschwand in Richtung Aufzug.

»Hallo Girls«, sagte Serena, die an ihrem Türrahmen lehnte. Ihre grünen Augen waren gerötet, ihr Gesicht aufgequollen und fleckig.

Sie musste geweint haben, und zwar heftig.

Ich wusste nicht, was ich sagen sollte.

Deshalb streckte ich ihr die Blumen hin. Sie nahm sie und schnupperte eingehend daran.

»Danke euch beiden, die sind so hübsch.«

Serena musterte das schwarze Haarband, das die Stiele zusammenhielt.

»Wisst ihr, normalerweise mag ich ja keine Schnittblumen. Es fühlt sich für mich falsch an, etwas so Schönes und Lebendiges in seiner Blüte abzuschneiden. Einfach traurig.«

»Tut mir leid. Das nächste Mal bringen wir dir eine Topfpflanze«, schlug ich vor.

Sie lachte. »Na ja, hoffentlich gibt es keine nächste Tragödie.« Dann streckte sie die Arme nach uns aus und umarmte uns.

»Kommt rein«, sagte sie.

Die Wohnung roch nach einer Mischung aus vergorenem Obst, frischer Farbe und staubiger Antiquitäten. Wir kamen an einem leeren Zimmer vorbei, dessen Tür einen Spalt breit offen stand. Es war im allgegenwärtigen Tri-Gelb gestrichen. Ringo drückte die Tür mit seiner Schnauze weiter auf. Dann marschierte er hinein, setzte sich dort in die Sonne und machte es sich bequem.

Serena lachte.

»Ringo ist mein absoluter Lieblingshund in *The Tri*. Konkurrenzlos.«

»Was ist mit dem Zimmer los? Ameisenbefall?«, fragte Norva.

»Genau!«, sagte Serena überrascht. »Woher weißt du das?«

»Ach, weißt du, bei all dem Obst, das du entsaftest, plus die Sonne, das ergibt Ameisen.«

»Ja, da hast du recht, Norva.« Sie schaute sich im leeren Zimmer um. »Meine Güte, wie ich meinen Bruder vermisse.«

Ringo gähnte. Sehr unpassend. Norva trat auf Zehenspitzen ins Zimmer, um ihn zu holen. Danach machte sie die Tür hinter sich zu.

Serena führte uns ins Wohnzimmer.

Auch wenn da nicht gerade viel Platz zum Wohnen war.

Es war nämlich vollgestopft mit Antiquitäten, Gemälden, Dekoration. Beileidskarten und Blumen von Nachbarn standen auf jeder freien Fläche.

»Kommt und setzt euch«, sagte Serena.

»Nur wohin?«, fragte Norva. »Ich kann hier drin kaum atmen«, flüsterte sie nur mir zu.

»Neben mich auf die Chaiselongue, Dummerchen.« Serena schob sich zu einem kleinen Sofa durch und klopfte darauf.

Staubpartikel flogen auf. Eine schwer aussehende Truhe stand davor. Norva stieß mit dem Fuß dagegen, um sie ein Stück wegzuschieben. Sie rührte sich kein bisschen.

»Nein, lass mich mal«, sagte Serena. Sie zog mit einem Arm an dem Ding, das problemlos über den Boden glitt.

Ich hockte mich auf die Truhe, die jetzt zwischen dem kleinen Sofa und einem turmhohen Stapel Zeitschriften stand. Die hatten Namen wie »Antiquitäten Sammeln« oder »Das Antiquitäten-Magazin«. Eindeutige Bezeichnungen, dachte ich bei mir. Da wusste man genau, was einen erwartete.

»Wie geht's euch und eurem Vater denn?«, fragte Serena. Als sie Pap erwähnte, lächelte sie.

Ich beugte mich vor, um Norvas Blick aufzufangen. Serena bemerkte es, und Norva auch.

»Ich möchte euch nur eins ganz deutlich sagen«, meinte Serena ernst. »Ganz deutlich. Euer Dad ist ein guter Mensch. Er würde so was nicht tun.«

»Tja, sag das mal meiner Schwester«, entwortete Norva.

Empört fuhr ich zu ihr herum.

Aber Serena sprach schon weiter. »Unsere Nachbarn täuschen sich. Wir haben hier ein Sicherheitsproblem. Wer weiß schon, wer hier alles kommt und geht?«

Ich schüttelte den Kopf. »Das ist nicht ganz richtig – es gibt ja Kameras überall auf *The Tri*. Es mögen nicht so viele sein, aber sie sind strategisch platziert. Pap bekommt deshalb das meiste mit.«

»Ja, wir wissen definitiv, wer hier kommt und geht«, bestätigte auch Norva.

Serena sah uns komisch an und lehnte sich zurück.

Rasch wechselte ich das Thema.

»Pap geht es übrigens gut. Danke, dass du fragst. Er ist natürlich traurig wegen Hugo, und sein Bein tut ein bisschen weh.«

»Oh, das ist mir am Samstag auch aufgefallen. Ich habe ihm eine Tiefengewebe-Massage angeboten, aber er wollte lieber bei der Arbeit bleiben.«

»Das hast du getan?«, sagte Norva und horchte merklich auf. In ihrer Stimme schwang eine Spur Misstrauen mit. »Wann am Samstag?«

»Am Samstagmorgen. Richtig früh! Um acht«, erwiderte Serena. »Er war den ganzen Tag lang hier. Also, den Großteil des Tages.«

»Und was hat er hier gemacht?«, fragte ich.

»Hat er das nicht erzählt? Er und dieser nette junge Kerl, der mit ihm arbeitet, Martin –«

»Er heißt Mark«, unterbrach Norva sie spitz.

»Entschuldigung, Mark. Die beiden haben am Samstag in Hugos Zimmer gearbeitet. Das hatte Hugo schon vor einer Ewigkeit ausgemacht. Sie haben das Zimmer ausgeräumt, um –«, sie nickte Norva zu, »– um die Ameisen zu bekämpfen und es neu zu streichen. Ich hab den Tag in der Küche verbracht. Die Hitze setzte meinem Obst zu – das geht dann ganz schnell kaputt. Deshalb habe ich Unmengen Saft produziert. Den brachte ich dann zu Sissy, bevor er noch anfing zu gären.«

Ich griff nach meinem Handy.

»Also war Pap den ganzen Samstag hier. Um mit Mark zu streichen. Ist er da auch schon gehumpelt?«

»Ja«, erwiderte sie. »So ein guter Mensch. Hat trotz Schmerzen gearbeitet.«

32

»Wie gut kennst du Mark eigentlich?«, fragte ich Serena.

Norva starrte sie an.

»Nicht sehr gut …«, sagte sie und schaute zu Boden. »Ich sehe ihn immer mal wieder. Im Aufzug, im Garten. Manchmal vor diesen drei Wohnungen. Er hat auch schon angeklopft, um eine Vitonica zu kaufen. Direkt von der Quelle.« Sie lächelte. »Aber das machen ja so viele. Es gibt einen ziemlich beständigen Besucherstrom, seit ich Hugo verloren habe.« Sie deutete auf die vielen Karten. »Es fällt mir schon fast schwer, die ganzen Gesichter und Namen parat zu haben.«

Serena schaute aus dem Fenster.

»Wann hast du Hugo das letzte Mal gesehen, Serena? Was ist nach der Versammlung passiert? Wo bist du da hingegangen?«, fragte Norva.

Ich hielt mein Handy bereit.

»Eigentlich habe ich ihn nach der Versammlung gar nicht mehr gesehen. Wir kamen um kurz nach halb elf nach Hause. Die Aufzüge waren kaputt, und nach dem Aufstieg war ich erschöpft. Ich bin gleich ins Bett gegangen. So gegen Viertel nach eins meinte ich, was gehört zu haben, bin aber gleich wieder eingeschlafen.«

»Um Viertel nach eins?«, hakte ich nach und sah Norva an.

Um die Zeit war Mrs Ks Freund gegangen.

Norva erwiderte meinen Blick.

Schloss sich das Zeitfenster des Todeszeitpunkts?

»Ja, so ungefähr. Ich dachte, Hugo wäre gegangen, um seine Freundin zu treffen«, sagte sie leise.

»Seine Freundin?«, riefen Norva und ich laut im Chor.

»Sorry, Serena«, sagte Norva deutlich leiser. »Hugos Freundin? Wer ist das denn?«

»Also, ich bin mir nicht ganz sicher, ob sie wirklich zusammen waren, aber ich glaube, das war die Chefin von Tri-Angel. Julie?«, antwortete Serena.

»Du meinst Jane?«, fragte ich.

»Ja, die.«

Hugo und Jane? Echt jetzt?

»Bist du dir da sicher?«, fragte Norva. »Mir kommen die beiden jetzt nicht, äh, wie das ideale Paar vor. Also mir persönlich.«

»Bei Hugo konnte man nie genau wissen«, sagte sie und wedelte mit einer Hand herum.

»Könnten Hugo und Jane sich über irgendwas unterhalten haben?«, fragte ich nachdenklich. »Über Antiquitäten? Architektur?« Ich überlegte. »Über Geld?«

Serena drehte sich ruckartig zu mir. »Meinst du? Dass es um Geld ging?«, fragte sie aufgeregt. Norva sah sie an und verzog den Mund.

»Ich hoffe nicht, denn ich habe kein Geld, das ich ihr geben könnte!« Sie blickte auf ihre Hände.

»Hast du eigentlich einen Job?«, fragte ich. »Abgesehen von Vitonica, dem Dog-Walking und, äh, Yoga?«

Sie schüttelte den Kopf. »Nein, nicht wirklich. Ich habe auch nicht viel Geld – bis meine Scheidung nicht durch und das Haus in West-London nicht verkauft ist. Hugo hat unseren Lebensunterhalt bezahlt. Jetzt, wo er tot ist, muss ich hier raus. Da bin ich mir sicher.«

Ich streckte die Hand nach ihr aus. »Ich hoffe nicht.«

Norva rollte mit den Augen.

»Ich auch.« Serena lachte bitter auf.

Ich zuckte zusammen. Es klang wie Weinen.

»Ich habe eine echte Pechsträhne«, sagte sie. »Dieses Jahr war schon so hart, und jetzt ist hier alles voller negativer Energie. Schlechte Schwingungen. Ich glaube, meine Zeit – und meine Arbeit – hier geht zu Ende. Während ich versucht habe, zu mir selbst zu finden, habe ich meinen Bruder verloren.«

Norva rückte auf die Sofakante vor. »Apropos finden, Serena. Hast du mal was von einer Uhr gehört?«

Serena sprang auf. »Ihr wisst von der Uhr?«, schrie sie. »Was wisst ihr darüber?«

Wir zuckten beide zurück.

»Wartet hier!«, sagte sie. »Rührt euch nicht von der Stelle!«

Serena stürmte aus dem Zimmer.

»Ach du meine Güte«, flüsterte Norva. »Was zum Teufel ist denn jetzt los?«

»Keine Ahnung«, flüsterte ich zurück. »Aber es gefällt mir nicht!«

Serena kam schon wieder zurück und stieß den Zeitschriftenstapel um.

»Schaut!«, sagte sie und hielt uns ein zerknittertes Blatt Papier hin. »Schaut!«

Norva griff danach.

»Das wurde gestern Abend unter meiner Tür durchgeschoben!

Eine Nachricht. Auf einem weißen DIN-A4-Blatt. In schrecklicher Handschrift.

Ich las:

Tick! Tack! Tick Tack!
Gib mir die verdamte Uhr
Deine Zeit läuft Freitag ab.

Serena wurde bedroht.

Ich schluckte.

Norvas Hände zitterten.

Motiv: Geld? Geld für die Uhr? Die Uhr.

Ich machte ein Foto.

»Hast du das der Schreckschraube gezeigt?«, fragte Norva.

»Detective Sharp«, erklärte ich.

»Natürlich.«

»Und sie hat es dir nicht abgenommen? Als Beweismittel?«, fragte ich.

»Nein. Sie hat es sich angesehen und ein Foto gemacht. Wie du.«

Ich schaute wieder auf den Zettel. Eine Sache irritierte mich. Extrem.

»Verdamt?«

»Ich weiß«, sagte Serena.

To-do: Rausfinden, wer den Zettel an Serena geschrieben hat

»Hugo besitzt so viele Sachen«, sagte Serena und setzte sich wieder. »Unzählige Stand-, Taschen- und Armbanduhren. Wisst ihr, welche da gemeint sein könnte? Wo soll ich bloß anfangen?«

Wir schüttelten die Köpfe.

Ich zuckte mit den Achseln.

»Ich bin mir nicht sicher. Wir haben nur das Gefühl, dass ihm diese besonders am Herzen lag und wichtig war. Wertvoll«, sagte ich.

»Offensichtlich«, erwiderte sie. »Schaut euch um – fällt euch irgendwas ins Auge? Lasst uns auch unsere Handynummern austauschen, damit ihr mir gleich Bescheid geben könnt, wenn ihr mehr rauskriegt.«

Serena tippte unsere Nummern in ihr Handy.

»Hast du schon in seinen Lieferwagen geschaut, seit, seit …?«, fragte ich, ohne meinen Satz zu beenden.

Sie schüttelte den Kopf. »Nein. Ich habe die Schlüssel nicht und keine Ahnung, wo sie sein könnten.« Ihre Augen füllten sich mit Tränen. »Ich hoffe, ich finde diese Uhr. Zu meiner eigenen Sicherheit natürlich. Aber ich würde sie gern unserem Vater geben. Wenn sie ihm so wichtig war, dann wäre sie für Daddy von unschätzbarem Wert …« Hüstelnd unterdrückte sie ihr Weinen.

Ich berührte sie an der Schulter. »Das ist eine schöne Idee, Serena. Wir sind an dem Fall dran.«

Sie ergriff meine Hand.

»Ich danke euch, Girls. Ihr seid einfach lieb.«

33

Wir saßen schweigend da.

»Ooh!«, sagte Serena. »Ich glaube, ich muss mal.« Sie tupfte sich die Augen trocken.

Als sie sich auf den Weg ins Bad machte, rief ich ihr nach: »Könnte ich einen Saft haben?«

»Ich fürchte nicht. Im Moment habe ich keinen. Keine Zeit – oder keine Lust –, welchen zu machen«, rief sie zurück.

Verständlich.

Wir standen auf und sahen uns im Wohnzimmer um, wobei wir aufpassten, nichts kaputt zu machen.

Schließlich gingen wir in die Küche.

»Hugo und *Jane*?«, flüsterte Norva. »Wäre verrückt, wenn es stimmte, aber niemals! Hugo ist schwul. Sie als seine Schwester sollte das wissen!«

»*Yep*, sollte sie«, erwiderte ich. »Außerdem – Paps Humpeln.«

Norva lehnte sich an den Kühlschrank. »Was ist damit? Er muss es sich zwischen Freitagabend und Samstagmorgen zugezogen haben.«

»Ich weiß. So weit bin ich auch mitgekommen. Ich hoffe, er hat es nicht um 1 Uhr 15 bekommen, als jemand, möglicherweise Kowalskis ›Freund‹, rumgestrolcht ist.«

Norva sah mich eindringlich an.

»Und apropos rumstrolchen: Warum ist Mark überall? Der hat doch keinen Grund, sich vor Serenas Wohnung rumzutreiben – er ist nicht mit George, Nina oder Jane befreundet, oder?«

Norva zuckte mit den Achseln. »Bezweifle ich.«

»Ich glaube auch nicht, dass er Hugo näher kannte.«

Jetzt schob ich Norva vom Kühlschrank weg und zog die Tür auf. »Norva – da sind Unmengen Saft drin, aber der sieht verdorben aus. Das hat sie vielleicht gemeint, als sie gesagt hat, sie hätte keinen.«

Ich machte ein Foto davon und schloss die Tür wieder. Dann sah ich mich weiter in der Küche um:

- ein Entsafter
- drei große Haufen Kirschen, Äpfel und Bananen
- ein geschlossener Tupperware-Behälter mit Fruchtfleisch, Kirsch- und Pfirsichkernen, Mandeln und anderen Nüssen

»Ist das wegen der Ameisen fest verschlossen?«, fragte ich Norva.

»Möglich«, meinte sie achselzuckend. »Mach mal ein Foto.«

Das ließ ich mir nicht zweimal sagen.

Neben dem Mülleimer unter der Spüle lag eine zerknüllte Fast-Food-Tüte.

»Schlechtes Essen für eine scheinbar so gesundheitsbewusste Person.« Norva lachte.

Ich kehrte zur Arbeitsplatte neben dem Kühlschrank zurück. An dessen Seite war eine Pinnwand befestigt, an der wiederum verschiedene Zettel und ein Kalender hingen.

Den sah ich mir näher an. Das Datum von diesem Freitag war mit dickem rotem Filzstift eingekringelt. Daneben war ein einfaches Symbol gezeichnet. Eine Uhr.

»Norva«, rief ich. Sie kam dazu. »Sieht für mich wie eine Pastete aus. Freitag – Pastetentag. Mein Gott, ich bin so hungrig.«

»Das ist doch keine Pastete! Also wirklich. Das ist das internationale Symbol für Uhr!«

Ich fotografierte es und suchte den Rest der Pinnwand ab.

- Abholzettel für die Reinigung
- Einkaufszettel
- ein Passfoto von Hugo

»Auf dem Markt hätten sie lieber das verwenden sollen«, sagte Norva. »Ist viel schmeichelhafter.«

- ein rechteckiges Stück Papier, das mit Namen bedruckt war und auf das jemand eine Geldsumme geschrieben hatte

Ich stieß Norva an und machte ein Foto.

»Das ist ein Scheck, Nik«, erklärte sie. »PayPal für ältere Leute.«

Dieser Scheck war an »Tri-Angels Ltd.« adressiert. Ein 250-Pfund-Scheck von Hugo C. Knightley-Webb. Der Strich, unter dem »Unterschrift« stand, war leer.

»Hugo hat Jane *tatsächlich* Geld geschuldet?«, sagte ich.

»Und so viel! Warum ist der Scheck nicht unterschrieben? Warum hat Jane ihn nicht?«, sagte Norva. »Willst du mir weismachen, dass Serena diesen Scheck noch nicht gesehen hat?«

Ich schüttelte den Kopf. »Wie soll das gehen?«, flüsterte ich.

»Wie soll was gehen?«, sagte Serena, die plötzlich hinter uns aufgetaucht war.

Wir zuckten beide zusammen.

»Oh …« Ich suchte hektisch nach Worten. Da fiel mir der Entsafter ins Auge. »Wie konntest du so viel Vitonica mit nur einem Entsafter produzieren?«

Norva kam mir betont fröhlich zu Hilfe: »Genau, wie soll das gehen?« Lachend hob sie beide Hände.

»Ach, wisst ihr. Ich arbeite einfach hart«, sagte Serena mit einem Lächeln.

34

Wir schlossen unsere Wohnung auf. Ringo rannte als Erster rein. Dann schlabberte er laut aus seiner Wasserschüssel.

Pap war schon früh zu Hause. Seine schmutzigen, großen Stiefel standen neben der Tür. Ich hob einen davon auf und drehte ihn, um die Sohle zu inspizieren.

Sie war voller eingetrockneter Farbflecken. Tri-Gelb.

Leise legte ich den Stiefel mit der Sohle nach oben auf den Boden, griff nach meinem Handy und machte ein Foto. Das Blitzlicht hellte kurz den Flur auf. Norva schüttelte den Kopf.

»Wirst du jetzt jedes Mal den Kopf schütteln, wenn ich irgendwas mache? Das nervt langsam. Ich bin doch einfach nur gründlich«, zischte ich.

»Ich schüttle den Kopf über wen oder was ich will«, antwortete sie.

Wir gingen durchs Wohnzimmer in die Küche. Pap stand mit dem Rücken zu uns am Spülbecken. Ich setzte mich an den Tisch.

Norva steuerte direkt auf den Kühlschrank zu. Sie warf mir eine Vitonica zu, die ich wie ein Cricketspieler geschickt auffing. Sie selbst stürzte sich auf eine Packung Schinken, den sie gleich händeweise in sich reinstopfte.

»Alles okay, Pap?«, fragte sie zwischen zwei Bissen. »Warum bist du schon so früh da?«

Keine Antwort.

»Pap?«, fragte ich.

»Ich wurde aus dem Erste-Hilfe-Kurs nach Hause geschickt«, sagte er seufzend. »Die hatten die Nachrichten gehört und den Bericht bei Cloud News gesehen. Deshalb meinten sie, ich würde die anderen ablenken.«

Ich sah Norva an. Ihr hing noch ein Stück Schinken aus dem Mund.

»Wo wart ihr denn den ganzen Morgen über?«, fragte er leise.

Die Lüge kam mir ganz spontan über die Lippen.

»Ach, mit George unterwegs. Da und dort.«

Er drehte sich um und sah uns mitfühlend an. »Ach ja? Gut. Hoffe, ihr hattet Spaß dabei. Zum Mittagessen gibt's Kartoffelsalat und Schinken, einverstanden?«

Wir nickten.

»Wenn bis dahin noch was übrig ist«, meinte Pap mit Blick auf Norva, bevor er zum Kühlschrank humpelte.

Das war die Gelegenheit.

»Pap«, fing ich behutsam an, »was ist eigentlich mit deinem Bein passiert?«

»Ach, hab ich mir Freitagabend gestoßen.«

Ich nippte nervös an meinem Getränk. Norva hörte auf zu kauen.

»Nach der Versammlung?« Ich versuchte, ganz normal und unbefangen zu klingen. Lässig.

Er sah uns an.

»Ja, ich war dabei, Müll zu entsorgen. Auf dem Rückweg hab ich nicht aufgepasst, wo ich ging, und mir das Bein an einer offenen Tür gestoßen.«

Trotz der Hitze überlief es mich kalt. Ich stand auf und kam zu Pap ans Spülbecken. Er wirkte abwesend und nervös, während er sich abmühte, gelbe Farbe von seinen Fingern zu waschen. Ich sah ihm ins Gesicht.

»Ich krieg diese Farbe nicht von den Händen!« Dabei rubbelte er heftig unter dem Wasserstrahl.

»Du wirst noch Feuer fangen, wenn du weiter so rubbelst, Pap«, meinte Norva.

Lächelnd stellte er das Wasser ab.

»Ist das Tri-Farbe?«, fragte ich.

Norva formte stumm Worte in meine Richtung: *Lass das!*

»Die einzig wahre«, erwiderte er.

»Bei wem wird denn im Moment gestrichen, Pap? In Corner One? Ich weiß, dass Georges Mutter ihre Küche neu machen lassen wollte.«

Die Lüge kam mir einfach so in den Sinn.

»Hugo und Serena waren am Wochenende fertig«, sagte er. »Mark und ich haben das erledigt. Dieser Mark hat's schwer. Total pleite. Armes Kind. Im wahrsten Sinne des Wortes. Mrs Kowalski«, er schaute kurz auf seine Hände, »war ungefähr gleichzeitig fertig.«

»Wann genau?«, fragte ich.

»Ach, im Lauf des Wochenendes«, sagte er und winkte mit einer Handbewegung ab.

Diese Geste hatte Norva von ihm.

»Und wo hast du dann heute gestrichen?«

»Als ich so früh zurückkam, habe ich ein paar Ausbesserungen vorgenommen. Hab mein Glück nochmal bei dem

Brandfleck im *Hub* versucht. Aber der geht einfach nicht weg.« Er schüttelte den Kopf.

»Also was ist mit Nina?«, fragte ich. »Könnten Norva und ich vielleicht ein bisschen Farbe bekommen und ihre Küche streichen?«

»Auf keinen Fall«, murmelte Norva.

»Nein, tut mir leid«, sagte Pap. »Diese Farbe verwalte ich und nur ich. Nina wird sich hinten anstellen müssen. Ich kann nicht jeden vorlassen. Da gibt es ein System und Regeln.«

Daher hatte ich das also.

Pap seufzte. »Ich kriege nur noch mehr Schwierigkeiten, wenn ich mich nicht daran halte.«

»Was für Schwierigkeiten? Was ist denn überhaupt los, Pap?«, fragte ich vorsichtig und umarmte ihn dabei. Norva machte Mittagessen, indem sie den Schinken auf Teller verteilte, anstatt ihn sich weiter in den Mund zu stopfen.

»Jeder – und ich meine wirklich jeder – redet über mich und Hugo.« Er seufzte. »Ich will ehrlich sein, er konnte ein echter Spinner sein. Und ich weiß, dass er Jane Geld schuldete, aber das hat er nicht verdient. So was hat niemand verdient. Niemals. Auf der Versammlung ging es heiß her, klar, aber wir haben uns wieder vertragen. Es war alles ausgeräumt. Oder wenigstens dachte ich das.«

»Du hast dich mit Hugo vertragen?«, fragte Norva.

»Ja, hab ihm eine Nachricht geschickt und mich entschuldigt. Er hat drauf geantwortet und die Entschuldigung angenommen.«

»Was für eine Nachricht?«, hakte ich nach.

»Eine E-Mail. Hab geschrieben, dass es mir leidtut. Dass ich unhöflich war. Für so ein Benehmen gibt es keine Ausrede.«

Ich griff nach meinem Handy.

Pap hat sich per E-Mail bei Hugo entschuldigt.

»Erinnerst du dich noch, wann genau das war?«, fragte ich.

»Wahrscheinlich so gegen halb zwölf.«

Ich aktualisierte unser File. Seine Wut auf Hugo war verraucht gewesen, aber das bedeutete nicht, dass er nicht mehr in Verdacht stand.

»Wo ist Hugo am Freitag nach der Versammlung hin? Hast du ihn gesehen?«, fragte Norva, während sie den Tisch deckte.

»Nee. Normalerweise habe ich ihn sonntags immer auf der Third Avenue getroffen. Auf dem Rückweg vom Bermuda's. Diesen Sonntag nicht, aus jetzt ersichtlichen Gründen.«

»Wir haben heute Serena besucht«, sagte ich. »Sie hat uns erzählt, dass Hugo eine Freundin hatte.«

Pap lachte schallend. »Haha! Niemals. Nein.« Er lachte wieder. »Das hat Serena gesagt? Hugo eine Freundin?«

»Das dachten wir auch. Wir dachten, er wäre schwul.«

Pap nickte.

»Aber Serena dachte, er würde sich mit Jane treffen.«

Pap hörte auf zu lachen. »Mit Jane? Wirklich? Also Hugo und Jane waren definitiv nicht zusammen. Jedenfalls soweit ich weiß. Da bin ich mir ziemlich sicher.«

»Wie kannst du dir da so sicher sein?«, fragte ich.

Pap schaute auf den Tisch. »Weil ich es einfach weiß.«

Ich warf Norva einen vielsagenden Blick zu. Ein angewiderter Ausdruck machte sich langsam auf ihrem Gesicht breit. Sie kam wohl zum gleichen Schluss wie ich.

Die Berührung am Arm.

Die Sandwiches.

Dass er sie im Dunkeln erkannt hatte.

Pap und Jane.

Na und? Er hatte nach Mum natürlich Freundinnen.

Aber sie? Jane?

Norva griff sich an die Kehle und tat, als müsse sie würgen. Ich schluckte schwer und suchte nach einem anderen Thema.

»Woher weißt du, dass Hugo ihr Geld schuldete?«, fragte ich.

»Ach, ich unterhalte mich mit Jane über vieles.« Norva tat, als müsse sie kotzen. Pap sah es. »Wegen der Tri-Angels. Ich setze deren Pläne doch in die Tat um«, beeilte er sich zu erklären.

»Oh«, machte ich nur. »Dann war sie das, mit der du telefoniert hast? Gestern, als wir dir das von Hugo gesagt haben?«

»Wegen der Tri-Angels?«, hakte Norva nach.

»Ja, irgend so was«, sagte er und wollte sichtlich nicht darüber sprechen. »Lasst uns jetzt was essen, okay?«

~~To-do: Pap nach seinem Telefonat und dem Humpeln fragen~~

Wir setzten uns.

»Hast du dann eigentlich eine Massage von Serena bekommen?«, fragte Norva.

»Wie bitte?«, rief Pap entsetzt und ließ die Gabel sinken.

Norva lächelte unschuldig. »Wegen deinem Bein. Sie meinte, sie hätte es wieder in Ordnung bringen können.«

»Oh, oh, richtig. Ja. Nein, ich hatte zu viel zu tun«, sagte er. »Mark und ich waren den ganzen Tag dort. Serena war die meiste Zeit am Telefon. Sie hat eine Menge geredet.«

»Habt ihr die Ameisen bekämpft?«

»Nein – das fällt nicht in meine Zuständigkeit. Aber ich habe bei der Schädlingsbekämpfung angerufen und einen Termin für sie vereinbart. Wir haben nur Hugos Schlafzimmer renoviert. Das stand schon ewig auf der Liste. Er hat das schon vor Monaten gebucht.«

»Hast du dabei seine Uhr gesehen?«, fragte Norva.

»Seine was?«, fragte Pap.

»Die Uhr«, sagte ich. »Das war eine von Hugos Lieblingssachen.«

Pap zuckte mit den Achseln. »Habt ihr gesehen, was für ein Chaos da herrscht? Man weiß gar nicht, was das überhaupt alles sein soll.«

Ich ging die Files auf meinem Handy durch.

»Pap. Mrs Kowalski sagt, ein Freund hätte ihr Freitagabend geholfen. Hast du irgendwen gesehen, als du … den Müll entsorgt hast?«

»Das hat die Kowalski gesagt?«, fragte er.

Ich nickte.

»Habt ihr es zusammen gemacht?«, fragte ich weiter.

Da schlug Pap mit der Faust auf den Tisch. Wir zuckten zusammen. Mein Saft fiel um und auf den Teller mit dem Schinken. Ringo fiepte. Er rannte aus der Küche und wahrscheinlich schnurstracks in mein Bett.

»Es zusammen gemacht?«, brüllte er. »Hugo umgebracht? Ist es das, was du meinst?«

»Nein, nein! Pap, das meinte ich nicht. Überhaupt nicht! Ich habe mich nur gefragt, ob du ihr beim Ausmisten geholfen hast. Das ist alles! Es tut mir leid!«

Pap stützte den Kopf in die Hände und rieb sich dann übers Gesicht.

»Tut mir leid, dass ich geschrien habe, Nik. Es tut mir wirklich leid.« Er streckte eine Hand nach mir aus und ich ergriff sie.

Dann starrte er aus dem Fenster.

»Ich bin einfach so angespannt. Jeder redet über mich. Jeder. Überall in *The Tri* wird über mich geflüstert. Ich kann die Blicke spüren – wo auch immer ich hingehe. Ich habe den Bericht in den Cloud News gesehen. Und gestern Abend, als ihr schon geschlafen habt, da war Katies Chefin hier. Ihr Team hat sich in meinem Büro ausgebreitet. Ich wurde von der Arbeit nach Hause geschickt. Das ist einfach zu viel.«

Er sah uns beide an.

»Und jetzt scheint ihr auch noch eure eigenen Ermittlungen anzustellen. Bitte macht das nicht. Lasst es. Ich muss wissen, dass euch nichts passiert!«

Dann nahm er sich eine Scheibe Schinken von seinem Teller und kaute nachdenklich.

Den Rest des Mittagessens aßen wir schweigend. Ich würgte meinen Kartoffelsalat runter. Pap konnte ich nicht ansehen und Norva auch nicht.

Ich wusste schon, dass ich in Kürze einiges von ihr zu hören kriegen würde.

35

»Das war aber mal unentspannt!«, sagte ich und lachte gekünstelt. Ich wusste nicht, was ich sonst sagen sollte.

Leise schloss ich unsere Zimmertür.

Norva drehte sich zu mir um und sah mich wütend an.

»Was treibst du da eigentlich?«, sagte sie und kniff die Lippen zusammen.

»Versuchen, den Fall zu lösen?«, sagte ich. Mein Herz klopfte heftig. »Fakten, Beweise, Schlussfolgerungen.«

»Ich kenne jemanden in dieser Familie, dem man mal was schlussfolgern sollte. Und das ist nicht Pap«, sagte Norva zwischen zusammengebissenen Zähnen.

Ihre Worte schmerzten mich. Mein ganzer Brustkorb tat weh. Meine Augen füllten sich mit Tränen.

»Norva, ich hab es doch nur gut gemeint. Ich denke –«

»Weißt du, was ich denke?«, fiel Norva mir ins Wort. »Ich denke, du hängst das Pap an. Du. Hörst. Einfach. Nicht. Auf. Was muss passieren, damit du es sein lässt? Das macht nicht nur einen schlechten Eindruck. Es ist widerlich. Du benimmst dich gerade widerlich.«

»Norva, ich will das Pap bestimmt nicht anhängen. Ich will doch nicht, dass er ins Gefängnis kommt!«

Dann fing ich an zu weinen.

»Für mich sieht das nicht so aus«, meinte Norva schnaubend.

»Ich versuche, ihn von den Verdächtigen auszuschließen! Was, wenn er am Freitag bei der Kowalski war, ihr Projekt oder was auch immer gemacht hat? Dann wäre er aus dem Spiel! Ich versuche doch zu helfen!«

Verzweifelt warf ich mich auf mein Bett und schluchzte ins Kissen.

»Ich gehe methodisch vor. Logisch. Wie die Kriminalbeamten im Fernsehen«, sagte ich, hauptsächlich zum Kissen.

Da setzte Norva sich an mein Bett und ich spürte ihre Hand auf meinem Rücken.

»Tut mir leid, Nik«, sagte sie. »Ich weiß. Aber das hier ist nicht Fernsehen, oder? Es ist das richtige Leben. Im wahrsten Sinne des Wortes eine Nah-Tod-Erfahrung. Auf Wikipedia könnten unsere Gesichter neben dem Eintrag stehen.«

Ich lachte und wischte mir über die Augen.

Norva stand auf und blickte aus dem Fenster. Sie starrte auf *The Tri* hinaus.

»Ich kapiere schon, was du machst«, sagte sie mit dem Rücken zu mir. »Und ich weiß, es wirkt, als würde ich versuchen, dich dran zu hindern. Das tue ich im Grunde genommen ja auch. Aber ich habe so eine Scheißangst. Innerlich brülle ich wie am Spieß. Seit wir Hugo gefunden haben. Glaub mir.«

»Deshalb müssen wir uns ja ansehen, was wir bis jetzt haben«, sagte ich. »Wir müssen es unter Kontrolle haben. Und weitermachen.«

Norva nickte.

Ich wischte mir nochmal übers Gesicht und griff nach meinem Handy. Hugos Vasendeckel war auch noch in meiner Tasche. Den hatte ich schon vergessen. Jetzt strich ich mit dem Daumen darüber, während ich unsere Notizen durchging.

»Pap sagt, er hat sich bei Hugo entschuldigt und Hugo hat ihm geantwortet. Wir müssen irgendwie an diese E-Mail kommen.« Norva nickte wieder.

»Da hast du recht. Ich werde nachher versuchen, mir Paps Handy zu schnappen. Das Timing dieser Mails wird wahnsinnig wichtig sein.«

»Wir können auch nachsehen, auf welchen Webseiten er vielleicht war, seinen Standort checken und gucken, wem er Nachrichten geschrieben hat.«

To-do: An Paps Handy kommen

»Ich glaube wir wissen, wem er geschrieben hat«, sagte Norva.

»Jane«, antwortete ich. »Das macht auch Sinn.« Ich wischte durch meine Fotos. »Schau mal, wie sie ihn am Montag anfasst.« Ich zeigte ihr das Bild, das ich vor dem Müllraum aufgenommen hatte. Sie erschauerte.

»Es erklärt auch, wie sie in unsere Wohnung kommen konnte, obwohl die Tür abgeschlossen war.«

»Aaargh, hat sie einen Schlüssel?«

Ich nickte. »Scheint so.«

»Wie lange geht das schon?«, jammerte sie. »Igitt, ekelhaft. Ich hasse es.«

»Ich kann auch nicht behaupten, dass ich begeistert bin. Aber jetzt wissen wir, warum er sich so sicher war, dass Hugo nicht mit ihr zusammen war. Weil er es selber war.«

»Pfui, pfui, pfui«, schimpfte Norva. »Ich bin so was von dagegen!«

»Jetzt weißt du, wie es mir mit dir und Mark geht«, sagte ich grinsend.

»Das ist nicht das Gleiche. Absolut nicht. Mark ist mürrisch, cool und stark.«

»Wie stark? Stark genug, um eine Leiche zu bewegen?«

Norva schwieg. Dann zuckte sie mit den Achseln. »Vielleicht. Lass uns wieder rausgehen.«

Ich stimmte zu und streckte den Arm nach meinen Turnschuhen aus. »Tut mir leid, das sagen zu müssen, aber Mark hat ein Motiv – er denkt, Hugo hätte Geld. Serena hat ihn vor den Wohnungen gesehen und –«

»Moment mal!«, sagte Norva plötzlich, schnitt mir das Wort ab und bückte sich, um durchs Teleskop zu schauen.

»Was? Wen siehst du da?«

Sie schwieg.

»Norva!«, drängte ich.

»Was machen die denn zusammen?«, zischte sie.

»Norva – von wem redest du da?« Ich stürzte zum Fenster und schob sie vom Teleskop weg. Dann stellte ich die Linse neu ein. Unten gingen gerade Mark und Serena über das Gelände von *The Tri.*

Mark nippte an einer Vitonica. Der Glückliche. Serena redete und hatte Mühe, mit ihm Schritt zu halten. Dabei lächelte sie zu ihm hoch.

Ich sah sie noch in der Eingangshalle zu Corner One verschwinden.

»Keine Ahnung, was das soll, aber es gefällt mir nicht. Überhaupt nicht«, sagte Norva und verschränkte die Arme vor der Brust.

36

»Über Mark bin ich hinweg, weißt du. Er lenkt mich nur ab, und ich muss mich konzentrieren. Damit bin ich fertig.«

»Hoffentlich«, erwiderte ich, denn ich wusste, dass sie seit gerade mal vier Stunden »fertig« war. Maximal.

»Es ist das Beste. Für ›Liebe‹ sind wir sowieso noch zu jung. Jetzt haben wir unsere Prioritäten richtig gesetzt.«

Wir nahmen Ringo an die Leine.

»Bye, Pap!«, rief ich im Flur. »Wir gehen mit Ringo spazieren, okay?«

Pap drehte sich zu uns um. »Absolut. Solange ihr versprecht, unter euch zu bleiben.«

Ich wagte es nicht, Norva anzusehen, und nickte nur.

»Klar, Pap«, sagte Norva. »Natürlich.«

Schon waren wir weg.

»Wenn Mark aus dem Lift steigt, übernehme ich das Reden«, sagte Norva. »Ich bin bereit, ihm Fragen zu stellen und richtig nachzubohren.«

»Klar bist du das«, antwortete ich.

Der Aufzug kam. Er war leer.

»Hmm«, machte Norva. »Vielleicht ist er dann bei Serena.«

Wir stiegen ein.

Die drei Wohnungen an der Third Avenue haben identische rote Türen. Ich klopfte bei Serena. Keine Antwort.

»Wo sind die denn hingegangen?«, fragte ich Norva. Ihre Augen wurden schmal. »Hierher jedenfalls nicht. Vielleicht zum *Hub*?«

Ich beugte mich über die Avenue und ließ den Blick über *The Tri* schweifen. Ein stiller Nachmittag. Und wieder war es heiß. 32 Grad.

»Wo stecken denn alle?«, fragte ich.

Norva zuckte mit den Schultern. »Das ist wahrscheinlich die Ruhe vor dem Sturm.«

Ich sah sie fragend an. »Was meinst du damit?«

»Keine Ahnung. Irgendwas tut sich in meinen Körperflüssigkeiten. Außerdem mag ich den Spruch. Ignorier mich einfach.«

Was für ein guter Rat. Den beherzigte ich.

Ich drehte mich zu den Wohnungen zurück. Drei rote Türen und ihre Fußmatten. Ich verdrehte die Augen über Georges.

»Welcome Bach«, schnaubte ich.

»Lass sie doch, wenigstens passt es zu ihnen«, sagte Norva.

Ich schaute genauer auf den Boden zwischen den Matten. Gelbe Schuhabdrücke.

»Norva, schau mal.« Ich zeigte darauf. Dann ging ich in die Hocke, um es mir aus der Nähe anzusehen. »Das ist mir vorher nicht aufgefallen.«

Die Abdrücke waren groß. Oder zumindest viel größer als unsere Füße. Und sie sahen frisch aus. Relativ. Ich berührte einen, und ein bisschen gelbe Farbe blieb an meiner Fingerspitze kleben.

»Leicht schmierig«, flüsterte ich.

»So wie du«, Norva lachte.

»Sehr witzig.« Ich schaute zu ihr hoch. »Dieses Profil kommt mir bekannt vor, Norva.«

»Darauf würde ich wetten«, sagte sie misstrauisch.

Ich griff nach meinem Handy und machte ein Foto. Dann sah ich mir noch mal das von Paps Arbeitsstiefeln an.

Es passte. Natürlich.

Ich hielt das Handy Norva unter die Nase. Sie schob meine Hand weg.

»Klar, das sind Paps. Na und? Er war am Samstag hier. Zum Streichen. Wussten wir schon. Kalter Kaffee.«

»Aber die Abdrücke hier sind frisch, Norva«, sagte ich.

»Er hat heute eben auch gestrichen«, erwiderte sie.

»Ja, aber im *Hub*. Nicht hier oben.«

Ich schwieg.

»Na schön, ich versteh, worauf du hinauswillst«, sagte sie. »Selbst wenn er gelogen hätte, was er nicht getan hat, was beweisen frische Abdrücke dann? Zu diesem Zeitpunkt?«

»Das weiß ich auch nicht, Norva«, sagte ich verzweifelt. »Aber die Polizei wird sie wahrscheinlich mit Paps abgleichen und dann falsche Schlüsse ziehen.«

Norva nickte. »Vielleicht.«

»Was, wenn jemand versucht, ihm das anzuhängen?«, fügte ich hinzu. »Das könnte eine gute Methode dafür sein.«

»Vielleicht. Lass uns mal sehen, wohin die Spuren führen.«

`To-do: Rauskriegen, warum Abdrücke von Paps Arbeitsstiefeln auf der Third Avenue sind`

Wir liefen zwischen den Wohnungstüren und der Müllrutsche hin und her. Vor und zurück. Die Abdrücke waren überall.

Wir folgten ihnen von Georges Tür zum Müllschacht. Von Serenas. Und von Janes.

»Was zum Teufel soll das?«, sagte Norva. »Das ist total verrückt! Ich wusste gar nicht, dass Pap so verdammt chaotisch ist. Das sieht ja aus wie der Kartoffeldruck von einem Kindergartenkind!«

»Er ist nicht chaotisch«, sagte ich. »Das kann nicht er gewesen sein. Er war doch heute Morgen bei dem Erste-Hilfe-Kurs. Was soll das hier?«

Wir kehrten noch mal zum Müllschlucker zurück. Der war natürlich gesperrt. Mit einem Absperrband und zugeklebt mit blau-weißem Polizeiklebeband. Wahrscheinlich Katies Werk.

»Stinkt immer noch übel, selbst jetzt, wo, du weißt schon, Hugo weg ist«, sagte Norva. »Und weil es Teil des Tatorts ist, wird das mindestens noch eine Woche lang nicht saubergemacht, schätze ich.«

»Oder bis sie jemanden verhaftet haben«, bemerkte ich.

Norva nickte. »Das ist das erste Mal, dass ich froh bin, die Rutsche nicht bei uns im 22. zu haben«. sagte sie. »Dieser Gestank würde mir den Rest geben.«

Es roch fürchterlich.

»Die Bewohner verdienen einen Mietnachlass«, sagte ich.

Norva lachte. »Keine Chance.«

Über der Avenue hing eine auf den Müllschlucker ausgerichtete Kamera.

Norva spähte hinauf. »Wie spät ist es Mr Wolf?«, rief sie mit Piepsstimme und starrte in die Kamera.

»14:37. Warum?«

Keine Antwort. Sie löste ihre Braids, warf sie einmal hin und her und machte ein Peace-Zeichen in die Kamera. Danach verzog sie den Mund noch zu einem idiotischen Duckface.

»Echt jetzt, Norva?«

»Schon gut, schon gut. Ich bin fertig, ich bin fertig«, sagte sie und hob beschwichtigend die Hände. »Zeitstrahl markiert.«

Sie duckte sich unter dem Absperrband durch und zog die Klappe auf. Als diese sich quietschend öffnete, waberte eine Wolke aus Gestank heraus.

»Hallo!«, schrie Norva hinunter. Dabei atmete sie den Mief ein und schnappte sofort nach Luft.

»Schlechte Idee«, keuchte sie und hustete.

Wir schauten in den Schacht und bis hinunter in den Müllraum.

»Hey!«, schrie Officer Burnett zu uns rauf. »Ihr verletzt offiziell eine Absperrung. Dies ist ein Tatort, und das wisst ihr genau.«

»Oh, sorry, Officer!«, rief Norva. »Unser Fehler!«

Ringo bellte, wie um Norva zu unterstützen.

Da meldete sich lautstark Officer Burnetts Funkgerät.

Die Stimme, die aus dem Gerät kam, hörten wir nur verzerrt, aber für ihn schien die Botschaft eindeutig zu sein.

»Verstanden. Over«, sagte er und entfernte sich mit schnellen Schritten. Wir rannten zum Aufzug.

37

Pap war vor *The Hub* mit Jane ins Gespräch vertieft.

»Würg«, sagte Norva. »Lass uns dieses hübsche Paar mal trennen. Ich werde ihn nach den Schuhabdrücken fragen.«

Wir liefen zu den beiden.

»... du musst es ihnen sagen, Jane. Was, wenn sie –«

Das Gespräch endete abrupt.

»Hey, Pap«, wandte sich Norva lächelnd an ihn. »Jane«, sagte sie kalt, musterte Jane von oben bis unten und verzog den Mund. »Team Alexander, Pap. Wir müssen reden. Klartext.«

»Na schön«, sagte er und sah Jane an. »Wir setzen diese Unterhaltung später fort, ja?«

Jane nickte und schien aufgebracht.

Dann entfernte sie sich.

»So ist's recht. Verzieh dich bloß«, murmelte Norva.

Pap drehte sich zu uns um. »Das ist tatsächlich gutes Timing«, sagte er. »Ich muss das wegen Freitag aufklä–«, fing er an.

Er beendete den Satz nicht mehr.

Eine ohrenbetäubende Sirene heulte auf. Blaulicht blinkte in der Nachmittagssonne. Die Polizei war zurück in *The Tri*. Und mit was für einem Auftritt.

Mit quietschenden Reifen blieb ein Wagen vor uns stehen. Vor drei Kaninchen im Blaulicht.

Die Autotür öffnete sich und Katie stieg aus. Sie setzte ihren Hut auf und strich sich die Uniform glatt. Dann kam sie mit geballten Fäusten auf uns zu. Sie biss sich auf die Lippe und ihre Augen waren gerötet.

Mir rutschte das Herz aus der Brust bis in den Magen.

»Katie«, flüsterte Norva ganz leise. »Nein. Tu das nicht. Bitte.«

»Joseph Alexander?«

»Äh, ja?«, antwortete Pap. Verwirrt und kurz auflachend. »Du kennst mich doch, Katie.«

Katie schloss die Augen. Eine Träne lief ihr übers Gesicht. Dann holte sie tief Luft und machte die Augen wieder auf. Sie schien sich zu konzentrieren.

»Joseph Alexander. Sie werden verhaftet wegen des Verdachts, Hugo Knightley-Webb ermordet zu haben. Sie haben das Recht zu schweigen. Alles, was Sie sagen, kann …«

Pap verzog das Gesicht.

Katies Stimme wurde immer leiser und in meinen Ohren rauschte es.

Mein Magen wollte nach oben. In meine Brust, meinen Hals, meinen Mund.

Norva fiel auf die Knie. Ihre Augen waren weit aufgerissen. Vor Schock und Entsetzen.

Alles um uns herum passierte wie in Zeitlupe. Leute lehnten sich aus den Fenstern. Andere kamen aus dem Bermuda's und Better Buy gerannt. Wir wurden umringt. Viele hielten ihre Handys in die Höhe, um nur keinen Augenblick zu verpassen.

Ich griff nach Norvas Hand und sie umklammerte meine.

Dann begann das Rufen.

»Joe – was treibst du da?«

»Hat er Hugo echt abgemurkst?«

»Nee, das glaub ich nicht! So was würde Joe nie machen!«

Von links: »Sag nix, Joe. Kein Wort. Wir stehen hinter dir!«

Von rechts: »Wusst ich's doch – Sasha, jetzt schuldest du mir was.«

Noch jemand anders: »Sissy hat's kommen sehen!«

Officer Burnett, der direkt neben Katie stand, trat vor. Er löste ein Paar Handschellen von seiner Uniform und ließ sie um Paps hingestreckte Handgelenke zuschnappen.

Pap schwieg. Schockiert und ernst.

Officer Burnett führte Pap zum Wagen, drückte seinen Kopf nach unten und schob ihn auf den Rücksitz.

»Ich bin unschuldig!«, schrie Pap auf einmal. »Ich bin unschuldig!«

Er trat gegen den Vordersitz.

»Joe, sag nichts und beruhig dich!«, rief da eine Stimme hinter uns. »Verärgere die Polizisten nicht!«

Sofort hörte Pap auf, sich zu wehren.

»Jane?« Er suchte die Menge mit den Augen ab.

»Jane!« Er hatte sie gefunden. »Kümmere dich um die Mädchen!«

Ich drehte mich um und sah Jane heftig nicken. Sie blinzelte geschockt und ängstlich.

»Mädchen – in meine Wohnung. Sofort.« Sie bahnte sich ihren Weg durch die Menge.

Officer Burnett knallte die hintere Autotür zu und setzte sich ans Steuer. Ringo sprang bis zum Fenster hoch. Seine Krallen zerkratzten den Lack.

Pap sah uns an und dann in seinen Schoß. Quietschend fuhr der Wagen davon.

Norva blieb am Boden. Ihr linkes Knie blutete ein bisschen. Locker hielt sie Ringos Leine, während der ihr besorgt übers Gesicht leckte. Sie schaute zu mir hoch.

»Ich hätte eher auf dich hören sollen«, sagte sie.

38

Alle Augen in *The Tri* waren auf Norva und mich gerichtet. Ich zog sie auf die Füße hoch.

»Wir müssen gehen. Sofort.«

Tränen liefen ihr übers Gesicht. Sie putzte ihr Kleid ab, wischte sich über die Augen und warf den Kopf in den Nacken.

»Du hast recht. So braucht mich keiner zu sehen.« Sie hielt die Nase hoch und den Rücken gerade. Die Menge teilte sich stumm. Ich drehte mich nach den Leuten um. Sie starrten uns nach und hielten ihre Handys in die Höhe.

May Burton tauchte mit ihrem Kamerateam auf.

»Kein Kommentar!«, schrie Norva sie an.

Jetzt nicht. Und überhaupt nie.

Ich schob Norva und Ringo in die Eingangshalle des Corner One. Mein Herz hämmerte. Dann brach ich in Tränen aus.

»Du hattest recht, Nik!«, sagte Norva.

Ich fuhr mir mit der Hand über die Augen.

»Damit, dass Pap der ›offensichtliche‹ Verdächtige ist? In Anbetracht der Beweise war das klar. Das wussten wir beide. Ich habe es wohl einfach akzeptiert.«

»Ich muss dich fragen – und sei absolut ehrlich zu mir –, glaubst du, dass er es getan hat?« Sie sah mir direkt in die Augen.

»Norva, hundertprozentig nicht«, sagte ich ohne ihrem Blick auszuweichen. »Pap würde so was nicht tun. Das wissen wir. Aber wir müssen es beweisen. Glauben reicht nicht.«

»Dann müssen wir jetzt also nicht nur Hugos Mörder finden, sondern auch noch unseren Vater retten«, sagte sie.

Ich nickte.

»Warum habe ich mir mehr Drama in meinem Leben gewünscht? Warum?« Sie schlug sich mit der flachen Hand gegen die Stirn. »Ich bin so blöd. Jetzt vermisse ich die unbeschwerten Tage .«

»Die sind schon lange vorbei, fürchte ich.«

»Ja, oder?«

Ich zeigte zu unserer Wohnung hinauf. Sie nickte. Zusammen gingen wir zum Lift.

»Ja, Officer Smyth, ich weiß.« Eine vertraute frostige Stimme war aus Paps Büro zu hören.

Ich zeigte nach links, zum Ermittlungsraum. Norva nickte und wir schlichen zur Bürotür.

Sie war nur angelehnt.

Detective Sharp stand mit dem Rücken zu uns.

Katie war im Profil zu sehen. Sie saß an Paps Schreibtisch.

Wir lauschten.

»Kathryn – wenn ich Sie so nennen darf. Sie sind eine … vollwertige Polizistin. Ihre Arbeit hier war durchschnittlich bis gut. Aber Sie geben Ihr Bestes. Das sehe ich.«

»Danke«, sagte Katie leise.

Norva und ich wechselten einen Blick. Das war nicht gerade ein Lob.

»Wir stecken hier so in der Klemme – das wissen Sie doch. Sie haben ja selbst kaum geschlafen. Die meisten Officer sind nach wie vor im Norden eingesetzt. Wir sind bei den Ermittlungen hier zu dritt. Nur zu dritt! Das ist unerhört. Geradezu kriminell.«

Katie schniefte. »Ich weiß.«

»Ich verstehe ja, dass Sie *diese Leute* hier kennen und mögen …«

Norva zog die Augenbrauen hoch und presste die Lippen zusammen.

»… und ich wollte, dass Sie mal eine Verhaftung miterleben. Aber das ändert alles nichts daran, dass wir binnen 24 Stunden einen glasklaren Beweis seiner Unschuld brauchen. Sonst wird Mr Alexander wegen Mordes angeklagt …«

Norva quiekte. Schnell schlug sie sich eine Hand vor den Mund.

Zu spät.

»… Sie wissen doch ganz genau, dass wir einen Verdächtigen nur 24 Stunden festhalten dürfen. Deshalb müssen wir das hier zum Abschluss bringen.«

Katie schluchzte.

Auch meine Augen füllten sich mit Tränen.

»Er hat dem Opfer Gewalt angedroht – vor zahlreichen Zeugen. Wir haben das auf Video. Er hat ein Motiv – die Reparaturen statt des Denkmals. Sein wichtigster Zeuge – nachdem er endlich zugegeben hat, wo er sich am Freitag rumgetrieben hat – will ihm kein Alibi geben. Nehmen Sie dazu noch die Farbdose, die Überwachungskamera, diese

Stiefelabdrücke … Er braucht ein Alibi, Officer Smyth, und zwar ein überzeugendes.«

Katie meldete sich zu Wort. »Es ergibt nur einfach keinen Sinn. Das würde er nicht tun. Joseph würde so etwas einfach nicht tun«, protestierte sie. »Das würde er nicht.«

Ich hatte genug gehört. Also trat ich einen Schritt zurück und drückte auf den Knopf des Aufzugs. Die Tür ging sofort auf.

Norva streckte die Zunge raus und schlenkerte ihre Braids für die Kamera über uns.

»Schon wieder? Jetzt?«, flüsterte ich. »Ausgerechnet jetzt?«

»Nein, das ist wichtig«, sagte sie.

Wir stiegen ein und Norva drückte den Knopf mit der 21 drauf. Der Lift war heiß und langsam.

Als ich in meine Tasche griff, streiften meine Finger den Deckel von Hugos Vase.

Da musste ich weinen. Laut schluchzend. Norva umarmte mich.

»Wir sind offizielle Prä-Waisen«, sagte sie und brach auch in Tränen aus.

39

Janes Tür stand offen. »Jane?«, rief Norva in den Flur.

»Kommt rein, Mädchen«, hörte man Jane atemlos aus der Wohnung. Dann kam sie angeschlurft. »Geht's euch einigermaßen? Wo übernachtet ihr denn heute? Hier?«

Auf keinen Fall. Ich wollte nicht bei Jane bleiben. Sie streckte die Arme nach uns aus und versuchte eine Umarmung hinzukriegen.

Wir wichen zurück, und da trat sie enttäuscht ebenfalls einen Schritt von uns weg.

»Nein, Serena kommt zu uns«, sagte Norva.

Ich warf ihr einen fragenden Blick zu, woraufhin sie mich mit dem Ellbogen in die Rippen stieß.

Jane winkte uns, reinzukommen. Im Flur standen ihre Schuhe in einer ordentlichen Reihe an der Wand.

Sie räusperte sich und zeigte darauf. Als Reaktion zog ich meine Turnschuhe aus und stellte sie neben ihre Schuhe. Norva streifte ihre Sandalen ab und ließ sie einfach unordentlich liegen.

Janes Wohnzimmer war nett. Genau wie sie. So wie das Haus einer Oma nett ist. Ordentlich. Mit Spitzendeckchen. Tischwäsche. Gelb gestrichen natürlich. Nach Lavendel duftend. Eben nett.

Zu sehen waren:

- zwölf gerahmte Urkunden an der Wand, die sie für ihre Spendensammlungen auszeichneten
- fünfzehn Fotos, ebenfalls gerahmt, von Jane und irgendwelchen vage bekannten Menschen, die große Schecks in der Hand hielten
- ein etwas glamouröses und verschwommenes Porträt von Jane, als sie noch jünger war, ungefähr aus dem Jahr 1987

So gesehen strahlte uns Janes Gesicht von allen Seiten an. Norva zeigte auf das Porträt und unterdrückte ein Kichern.

»Möchtet ihr ein Glas Wasser, Mädchen?«, fragte Jane. Mit Blick auf mich sagte sie: »Ich habe leider nichts von diesem Saft. Den finde ich ekelhaft süß – ein bisschen wie seine Herstellerin.«

Norva schielte zu mir.

»Ja, bitte«, antwortete ich. »Wasser wäre toll, danke.«

Wir folgten ihr durchs Wohnzimmer in die Küche.

»Das ist schrecklich, das mit Joe – ich meine, mit eurem Dad. Tut mir so leid. Während ich auf euch gewartet habe, habe ich mir einen Plan überlegt. Sie zeigte auf einen Block, der auf dem Tisch lag.

»Also, hört mal. Ich kann Geld abzweigen, das die Tri-Angels für Mothers on The Moon gesammelt haben. Damit können wir anfangen, eine juristische Verteidigung zu organisieren. Es ist nicht viel, aber ein Anfang. Das plus Ersparnisse, dann können wir, denke ich, einen anständigen Anwalt engagieren. Nicht den besten, aber wir können es versuchen. Ich habe schon begonnen, im Internet zu recherchieren und …«

Ich hörte zwar, was sie sagte, aber mein Blick wanderte inzwischen durch ihre Küche. Die roch nach Farbe. Der Schnitt war genauso wie bei uns – nur ordentlicher, heller und frischer. Jane hatte sogar sauber gebügelte und gefaltete Geschirrtücher auf einem Bord. Was es nicht alles gab.

Unter dem Spülbecken entdeckte ich einen Stiefel. Dann noch einen. Ein Paar Arbeitsstiefel. Groß. Vielleicht Paps? Sie waren voll mit gelber Farbe. Definitiv Paps.

Ich stupste Norva an. Ihre Augen wurden schmal. Wie konnten die hier stehen, nachdem wir sie vorhin noch zu Hause gesehen hatten?

Ich griff nach meinem Handy und sah die Fotos darauf durch. Die Schuhe waren gleich. Ganz sicher. Ob es zwei Paar von diesen Stiefeln gab? Oder noch mehr?

Eigentlich wollte ich heimlich ein Foto machen, aber mein tolles Spionage-Handy gab ein verräterisches Geräusch von sich. Wie von einer altmodischen Kamera mit Auslöser.

»Was war das?«, fragte Jane alarmiert. »Machst du hier Fotos? Warum? Und von was?«, fragte sie und kam auf uns zu. Wir wichen beide zurück.

»Nein, nein«, stotterte ich.

»Das ist nur ihr komischer Benachrichtigungston«, kam Norva mir zu Hilfe. »Ich hab dir doch gesagt, der ist öde, aber nervig, stimmt's?«

Ich nickte.

Jane lachte und hob theatralisch die Hände.

»Ihr jungen Dinger und eure Technik, da komm ich nicht mehr mit!« Ihre Miene wurde wieder freundlicher. »Also, wie schon gesagt: Sobald die Überweisung eingegangen ist, sollten wir eine Kaution zahlen können – falls es so weit kommt. Hoffentlich nicht. Natürlich.«

»Das ist sehr nett von dir, Jane«, sagte Norva. »Und vielleicht nicht ganz legal, aber egal … Du bist ja immer so großzügig mit deinem Geld.«

Jane lächelte. »Nun ja, es ist ja nicht *mein* Geld – es ist Tri-Geld. Und schließlich handelt es sich hier um ein Tri-saster.«

Ich stöhnte auf.

»Tut mir leid, ich kann nicht anders«, sagte sie.

»Leihen die Tri-Angels oft Leuten in Not Geld?«, fragte ich.

»Manchmal – je nach Situation.«

»Und schuldet auch jemand den Tri-Angels Geld?«

Sie senkte den Blick. »Niemand ›schuldet‹ uns Geld. Wir rechneten mit einer beträchtlichen Spende. 250 Pfund. Aber dazu wird es jetzt nicht mehr kommen.«

»Warum nicht?«, fragte ich.

»Weil es nicht mehr verfügbar ist«, sagte sie seufzend.

»Das ist so ein trauriger Zufall«, sagte Norva.

»Was denn?«, fragte Jane und schaute wieder hoch.

»Wir haben gestern einen auf die Tri-Angels ausgestellten Scheck gesehen. Über genau diese Summe. Er war aber nicht unterschrieben.«

»Tatsächlich?«, sagte sie überrascht und verwirrt mit ganz hoher Stimme.

Wir nickten. Da erst begriff sie.

»Oh!«, flüsterte sie. »Er hat den Scheck wirklich ausgestellt?« Sie sprach jetzt leise. »Wow, Hugo, dann hast du das ernst gemeint?« Sie weinte ein bisschen. »Du hast Wort gehalten.«

»Wieso Wort gehalten?«, fragte ich.

Jane seufzte. »Hugo hat den Tri-Angels freundlicherweise 250 Pfund versprochen. Nicht speziell für irgendein Denkmal. Er meinte, er würde bald eine Menge Geld machen – eine lebensverändernde Summe. Deshalb wollte er der Community dieses Versprechen geben.«

Ihre Augen standen voller Tränen.

»So großzügig.« Sie sah mir direkt in die Augen. »Aber das zählt jetzt nicht mehr. Nicht für Hugo, nicht für mich oder für Joe.«

»Hast du Hugo vertraut?«, fragte ich.

»Ja, das habe ich«, antwortete sie und tupfte sich die Augen. »Er war für meinen Geschmack ein bisschen pseudokünstlerisch drauf. Immer hat er meine Plakate für Tri-Angels kritisiert.« Sie lachte. »Aber er war toll. Ich mochte ihn sehr.«

»Mögen wie ›lieben‹?«, fragte Norva.

Jane lachte wieder. »Nein.«

»Oh, dann müssen wir das falsch verstanden haben, *sorry*!«, erwiderte Norva.

Jane hörte abrupt auf zu lachen. »Was meinst du mit ›falsch verstanden haben‹?«

»Ach, wir haben nur gehört, dass du und Hugo sich nahestanden. Also richtig nahe«, sagte Norva und zwinkerte mir verstohlen zu.

Jane wurde ernst. »Er hat solche Lügen verbreitet?«

»Sind es denn Lügen?«, fragte Norva.

»Ja. Das sind es. Ich …«, sie senkte den Blick. »Ich liebe jemand anderen.«

Norva erschauerte, fuhr zurück und streckte angeekelt die Zunge raus.

»Also, wer hat euch das erzählt?«, fragte Jane und hob den Kopf wieder. »Sagt es mir!«

»Serena«, sagte ich. »Das war Serena.«

Janes Gesicht wurde hart. »Typisch.«

»Wieso typisch?«, fragte ich.

»Ich habe das Gefühl, Serena mag mich – oder die Tri-Angels – nicht besonders. Sie hält uns wohl alle für ein bisschen unfein. Gewöhnlich.«

»Dann warst du am Freitagabend nach der Versammlung nicht mit Hugo zusammen?«, fragte ich nur zur Sicherheit.

Tränen liefen aus Janes Augen. »Ich war nicht mit Hugo zusammen! Nein. Ich habe das Gleiche getan wie jetzt: geweint. Alleine geweint.« Sie warf die Hände in die Luft. »Das ist ein solches Durcheinander!«

Dann sah sie uns an. »Hört mal, ich weiß, was ihr vorhabt. Ich war es aber nicht.«

»Warum hast du am Freitagabend geweint?«, fragte ich.

»Ich habe auf einen Besucher gewartet. Doch der kam nicht.«

40

Wir erzählten Jane, wir würden bei Serena schlafen, schlichen aber dann nach Hause. Zwar wollten wir an diesem Abend nicht wirklich allein sein, aber uns blieb keine Wahl. Es gab keinen, dem wir absolut vertrauen konnten – außer uns.

»Hier treiben sich potenzielle Mörder rum. Überall. Da ist Zuhause der sicherste Ort«, sagte Norva. Sie steckte ihren Schlüssel ins Schloss.

Ding! Ding!

Eine Nachricht von Serena.

Girls, ich habe das von eurem Dad gehört. Wer kümmert sich heute Abend um euch? Kommt und übernachtet bei mir!

Norva antwortete.

Alles OK! Schlafen bei Jane!

Wir schalteten jede Lampe in der Wohnung ein und zogen die Vorhänge zu, obwohl die Sonne gerade erst unterging. Dann kletterten wir in Paps Bett. Ringo legte sich zwischen uns.

»Pap fände das schrecklich. Wir brechen alle seine Regeln«, sagte ich.

»Regeln, pah«, schnaubte Norva. »Regeln sind tot. *The Tri* ist das Hauptquartier der Anarchie.«

»Das kann man wohl sagen«, erwiderte ich. »So viel ist

heute passiert. Zu viel. Und uns bleiben nur ungefähr 23 Stunden, bevor es zu spät ist.« Ich erschauerte.

»Genau. Ich fange mal von hinten an«, meinte Norva. Ich nickte und hatte mein Handy schon griffbereit.

»Jane und Hugo sind anscheinend kein Thema.«

»Offensichtlich.«

»Das bedeutet, Serenas Instinkt ist total durcheinander.«

Ich nickte. »Was man verstehen kann. Sie hat einiges durchgemacht.«

»Jane ist in Pap verliebt«, sagte Norva und schüttelte sich. »Und nach allem, was wir jetzt wissen, hätte er Freitagabend bei ihr sein sollen.«

»*Yep.*«

»Denkst du, sie versucht, unsere Stiefmutter zu werden?«, fragte Norva. »Vor allem jetzt?«

»Das hoffe ich echt nicht«, sagte ich. »Aber er ist nicht zu ihr gegangen – deshalb hat sie geweint. Also wo war er? Du hast doch gehört, wie Detective Sharp gesagt hat, der Zeuge von Freitagabend weigert sich, ihm ein Alibi zu geben. Warum?«

Norva zuckte mit den Achseln. »Das ist der Schlüssel zu dem ganzen Chaos. Pap ist sicher Mrs Kowalskis ›Freund‹.«

»Ziemlich sicher.«

»Warum sollen wir davon nicht einfach ausgehen? Das ist doch keine große Sache!«

»Ich schätze, es hängt davon ab, was für ein Projekt das war …« Ich verstummte.

Norva starrte mich an. »Als Erstes müssen wir diese Info aus ihr rauskriegen.«

Ich nickte. »Paps Stiefel in Janes Wohnung«, sagte ich und wechselte das Thema. »Wie viele Paare gibt es überhaupt davon?«

»Ja! Sie muss diejenige gewesen sein, die die Abdrücke gemacht hat. Wenn ja, warum? Was steckt dahinter?«

»Das ist noch offen. Mark und Serena«, sagte ich. »Warum sind die zusammen über *The Tri* gelaufen. Wo wollten sie hin?«

Norva schloss die Augen. »Mark«, seufzte sie. »Was treibst du nur, mein Liebster?«

»Mein Liebster? Ich dachte, über den wärst du hinweg?«

Ich schaute auf mein Handy. Drei Stunden und dreißig Minuten. Durchschnitt für Norva.

»Wir müssen mit ihm reden. Er ist die einzige Person, mit der wir noch nicht ausführlich gesprochen haben.«

»Ich weiß nicht, ob ich das aushalte«, sagte Norva.

»Du musst es aushalten und zwar pronto. Jetzt wo Pap weg ist und wir wissen, dass er es nicht war, müssen wir uns auf Mark konzentrieren.«

Norva schluckte. »Du hast ja recht, du hast ja recht«, sagte sie leise. »Was haben wir sonst noch zu tun?«

Ich ging unser File durch. »Andere Dinge, die noch rauszukriegen sind: Serenas Zettel.«

»Und die Uhr«, sagte Norva. »Das Motiv.«

»Das Motiv«, wiederholte ich.

Wir starrten an die Decke. Ringo gähnte.

»Vielleicht müssen wir irgendwelche neuen Dokumente anlegen«, sagte ich und drehte mich auf die Seite, um sie anzusehen. »Wir könnten neue Checklisten machen. Die uns helfen, da besser durchzukommen. Und gründlicher zu sein.«

»Okay. Wie wär's damit?« Norva setzte sich auf. »Titel: Hilfe! Dein Dad soll wegen Mordes angeklagt werden.

Punkt eins: Ausflippen. Erledigt.

Punkt zwei: Niemandem mehr trauen. Erledigt.

Punkt drei: Die Sache aufklären. Läuft noch.

Punkt vier: Dad freibekommen. Möglicherweise.

Punkt fünf: Ein tolles Leben führen. Unsicher.«

»Ich hab das wirklich ernst gemeint, Norva. Das ist kein Witz.«

»Sehe ich aus, als würde ich lachen?«

Tat sie nicht.

Es klopfte laut an der Wohnungstür.

Ringo bellte uns aufgeregt in die Gesichter. Schnell hielt Norva ihm die Schnauze zu.

»Komm runter, Baby«, sagte sie zu ihm. »Wer zum Teufel ist das jetzt?«, sagte sie zu mir.

Sie schnalzte mit der Zunge. »Das Beste am Leben in einem Hochhaus ist die Gemeinschaft. Das Schlimmste am Leben in einem Hochhaus ist die Gemeinschaft.«

Wir gingen zusammen zur Tür.

Ich schaute durch den Spion.

»Es ist Katie«, seufzte ich erleichtert.

Ich schob den Riegel zurück und schloss die Tür auf. Wie sie so im Türrahmen stand, sprang Ringo sie an und versah ihre schwarze Uniform sofort mit weißem Fell. Sie schloss uns in die Arme.

»Es tut mir leid, es tut mir so leid«, sagte sie.

Wir drückten sie genauso fest. Ich wollte nicht sagen, dass schon alles okay war, denn das war es ja absolut nicht. Sie hatte Pap verhaftet. Eigentlich sollten wir sie hassen, aber das taten wir natürlich nicht. Sie trat einen Schritt zurück und wischte sich über die Augen.

»Ich wollte ihn nicht verhaften. Wirklich nicht. Sharp – die Inspektorin – hat mich gezwungen.«

»Ja, das wissen wir«, sagte Norva.

»Das wisst ihr?«, fragte sie zurück.

»Ja«, flüsterte Norva pathetisch. »Wir wissen alles.«

»Wir wissen auch, dass du es nicht tun wolltest«, fügte ich hinzu. »Wir haben es gehört.«

»Ich vermurkse diesen Fall echt so was von«, stöhnte Katie.

»Du tust dein Bestes«, sagte ich, auch wenn das ein bisschen gelogen war.

Katie sah Norva an. »Ich hab euch beide so lieb. Wie geht's euch? Habt ihr was zu essen? Habt ihr Geld? Wisst ihr, was ihr in einem Notfall tun müsst? Erinnert ihr euch noch an unseren Plan?«

Wir nickten. »Ja, wir werden schon überleben«, sagte ich.

»Aber Pap vielleicht nicht«, murmelte Norva.

Katie schaute an uns vorbei in die Wohnung. »Wer passt heute Abend auf euch auf?«, fragte sie.

Norva und ich antworteten exakt gleichzeitig.

»Jane.«

»Serena.«

Katies Augen wurden schmal.

»Wer denn nun?«

Diesmal schwieg ich.

»Jane, es ist Jane«, sagte Norva. »Sie hat uns gerade geschrieben, dass sie runterkommt.«

»Schwindelst du mich auch nicht an, Norva?«

»Niemals, Kitty Kat«, sagte Norva.

»Okay«, sagte Katie ein wenig besänftigt. »Hört zu, ich kann nicht lang bleiben, weil ich zu Burnett und Detective Sharp auf die Wache muss …« Sie blickte zu Boden. »Um die Ermittlungen fortzusetzen. Aber jetzt weiß ich wenigstens, dass ihr gehört habt, was sie gesagt hat …«

Wir nickten.

»… und was ich geantwortet habe.«

Wir nickten wieder.

»Ihr müsst mir vertrauen, und ich sage es noch mal: Ich glaube eurem Dad. 100-prozentig. Wir wissen, dass er das nicht getan hat.« Sie griff in ihre Tasche. »Hier sind meine Dienstnummern – mobil und Festnetz. Schreibt oder ruft mich an. Wegen was auch immer. Wann auch immer. Ich komme später noch mal.«

Dann küsste sie uns beide auf die Stirn, lächelte todtraurig und schloss die Wohnungstür hinter sich.

41

Norva lehnte sich gegen die Wohnungstür. »Katie ist fürs Leben als Polizistin irgendwie nicht gemacht, oder?«, fragte sie und trommelte mit den Fingerspitzen auf ihre Lippen.

»Wieso?«

»Nik. Überleg doch mal. Sie kommt hier rauf und erzählt uns, dass die ganze Truppe der Polizisten, die an diesem Fall arbeiten, auf der Wache ist, obwohl sie uns kennt. Ich hab sie echt lieb, aber das ist doch das kleine Einmaleins, oder?« Sie schüttelte den Kopf. »Zieh deine Schuhe an. Die Luft ist rein.«

Ich band die Schnürsenkel an meinem linken Turnschuh.

»Oh, warte mal«, sagte Norva. »Wir können das auf die harte Tour machen, die natürlich mehr Spaß bringt, oder auf die einfache. Lass mich was nachschauen.«

Norva lief den Flur runter, während ich meinen rechten Schuh zuband.

Ich hörte, wie sie Schubladen aufzog und darin wühlte. Dann kam sie mit den Schlüsseln zurück.

»Wie ich schon sagte, immer in der Küche!« Triumphierend hielt sie sie mir vors Gesicht.

»Sollte nicht die Polizei diese Schlüssel haben? War es nicht Aufgabe von Officer Burnett, den Ermittlungsraum vorzubereiten?«

»Absolut.«

Sie schloss die Tür.

»Ich habe die Zeitschiene markiert und auf meine Gelegenheit gewartet. Und diese Gelegenheit ist jetzt.«

Sie sperrte die Wohnungstür ab.

Wir fuhren mit dem Aufzug hinunter in die Eingangshalle.

Norva drückte die Klinke zu Paps Büro runter. Es war nicht abgeschlossen. Die Tür schwang auf.

»Katie, Katie«, sagte Norva. »Echt jetzt? Das ist ja noch schlimmer, als ich dachte. Außer …«

»Außer was?«

»Außer sie war absichtlich nachlässig, um uns zu helfen. Hat ein Schlupfloch für uns offen gelassen.«

Sie sahen einander an.

»Nee«, sagten wir im Chor.

Dann betrat Norva mit dem Rücken zuerst den Raum.

»Tadaa!«, sagte sie lächelnd. »Jetzt brauche ich deine Fähigkeiten. Also setz dich an den Schreibtisch.«

Ich sah mich noch mal vorsichtig in der Eingangshalle um und trat ein. Der Mordermittlungsraum war – zumindest in seiner früheren Funktion als Paps Büro – wahrscheinlich mein liebster Ort in *The Tri*.

Im Alter zwischen fünf und zehn tat ich immer so, als

wäre das mein Kontrollzentrum, über das ich Leute aus *The Tri* ins Weltall schicken konnte. Das Büro enthielt Folgendes:

- zehn Bildschirme von Überwachungskameras
- zwei Schreibtische
- zwei alte PCs
- zwei Drehstühle

Früher hatte Pap eine Vollzeitassistentin. Eine nette Dame. Pamela Costner. Portugiesin. Hübsch. Mollig. Als sie starb, besetzte der Beirat ihre Stelle nicht nach. Pap blieb allein.

Die Polizei hatte ihre Laptops mitgenommen, aber die an die Wand gepinnten Fotos dagelassen. Ich achtete genau darauf, nicht auf das Bild von Hugos Arm zu schauen.

Stattdessen blickte ich in die Ecke des Raums, wo der Gitterschrank stand. Er war abgeschlossen. Neun 20-Liter-Dosen Farbe standen darin aufeinandergestapelt.

Ich hatte diese Farbe so satt. Ich hasste sie.

Dann setzte ich mich.

»Bist du bereit, Nik?«

»Bereit wofür?«

»Du musst den Hauptrechner hacken.«

Ich sah sie ratlos an. »Den Hauptrechner hacken …?«

»Du weißt schon, reinkommen«, sie zeigte auf Paps Computer.

»Du meinst, einloggen?«

»Klar, was auch immer – knack ihn. Wir brauchen Informationen, müssen da rein.«

Ich bewegte die Maus und der Computer wachte auf. Auf

dem Bildschirm tauchte das Eingabefenster auf. Paps Username stand da, JA-02, aber das Kästchen für das Passwort blieb leer.

Ich hatte keine Ahnung, was das sein mochte.

»Norva, ich probiere jetzt ein paar Passwörter aus und schreibe sie mir auch auf, damit ich es mit ihnen nicht noch mal versuche und Zeit verschwende.«

»Okay, fertig und los!«

1111: Das Fensterchen wackelte.

JosephAlexander: Das Fensterchen wackelte.

NikNorva1113: Das Fensterchen wackelte.

»Ach, schade, dass es das nicht war«, sagte Norva.

JoeNorvNik: Das Fensterchen wackelte.

»Schau dich hier um«, sagte ich. »Vielleicht gibt es einen Hinweis. Wenn ich es zu oft probiere, ist er irgendwann gesperrt. Ich hoffe, ich kriege noch einen Hinweis.«

Norva sah sich um und auf Paps Schreibtisch.

»Wie wär's mit Corner1222?«, schlug sie vor.

Ich versuchte es. Das Fensterchen wackelte.

»Hinweis?«, erschien auf dem Display. Endlich.

»Norva, wir kriegen einen Hinweis!« Ich klickte darauf.

Hinweis: FamMotto

»O mein Gott, wie basic kann man sein, Pap? Das ist ja wie im Grundkurs ›Sicherheit im Netz‹«, sagte Norva und verdrehte die Augen.

Ich schrieb `TeamAlexander` in das Fenster und wir waren drin.

Paps Computer öffnete sein E-Mail-Programm. Eine Flut von Nachrichten.

»Goldmine!«, flüsterte Norva.

Ganz oben auf der Liste stand eine E-Mail von Daniel Bartlett aus dem Beirat.

Datum: Di 25.07. 12:32
Betreff: Entschuldigung

Mr Alexander,

im Namen des Beirats möchte ich mich heute bei Ihnen für das Benehmen von Donald DeVos entschuldigen. Sein Ausbruch und die Anschuldigungen geben weder die Ansichten des Beirats wieder, noch basieren unsere Überzeugungen auf den Berichten der *Cloud Nine News*.

Sobald der tragische Vorfall in The Triangle aufgeklärt ist, werden wir eine neue Anhörung anberaumen.

Mit freundlichen Grüßen
Daniel Bartlett, Beiratsvorsitzender

»Donald DeVos klingt wie ein Idiot«, sagte Norva.

Ich nickte. »Aber worum ging's bei dieser Anhörung? Was hat Pap getan?«

Ich sah mir anderen Mails von Daniel Bartlett an.

Datum: Fr 20.07. 11:07
Betreff: Anhörungsdatum

Mr Alexander,

bezüglich der Anschuldigung(en) gegen Sie wegen Verfehlungen durch unfaire und unvernünftige Terminierung von Reparaturen in The Triangle und Ihrer offiziellen Verwarnung möchte der Beirat sie zu einer Anhörung mit mir, Donald DeVos, Beiratsdirektor, und Betsy Müller, Personalchefin, einladen.

Bitte bestätigen Sie, dass Sie am Dienstag, den 25. Juli um 10.00 verfügbar sind. Ich hoffe sehr, dass der Termin zustande kommt. Er liegt direkt nach dem Erste-Hilfe-Training, an dem teilzunehmen Sie verpflichtet sind.

Mit freundlichen Grüßen
Daniel Bartlett, Beiratsvorsitzender

Ich machte ein Foto vom Bildschirm.

Ausdrucke waren was für alte, geduldige Leute, die Freude an Lärm und Herzschmerz hatten.

»Gegen Pap wurde ermittelt, Norva«, sagte ich. »Der Termin mit denen war heute. Ich seh mir jetzt noch die anderen Mails von Freitag an.«

Ich scrollte die Liste runter.

Es gab einen Thread zwischen Mrs K und Pap. Sie verlangte Reparaturen an ihrer Wohnung.

Pap hatte geantwortet.

Datum: Fr 20.07. 13:08
Betreff: Re: Reparaturen, wann?

Vielen Dank noch mal für die vielen Piroggen, Mrs K, aber ich kann Sie auf der Liste für die Instandhaltungen wirklich nicht weiter nach oben schieben. Diesmal nicht. Ich bespreche das heute Abend nach der Versammlung noch mal mit Ihnen.

Joe.

Ich las Norva die Mail vor.

»Also hatte Pap Angst, der Polizei die ganze Wahrheit zu erzählen, weil er von seiner Arbeit aus schon eine Untersuchung am Hals hatte?«, sagte Norva. »Eine Untersuchung, weil er Leuten geholfen hatte? Wie ist denn dieser Beirat drauf?«

»Na ja, da gibt es Systeme und Wartelisten, Norva«, sagte ich. »Du kannst nicht einfach die Regeln umgehen. Aber ja, es wirkt schon, als hätten sie überreagiert. Er hatte Angst, dass er gefeuert wird, glaube ich. Vielleicht dachte er – und wahrscheinlich zu Recht –, dass wir dann hätten ausziehen müssen.«

»Guter Punkt«, sagte Norva. »Aber Mord ist doch ungefähr eine Million Mal schlimmer, als die Wohnung einer alten Dame anzustreichen. Warum ist Kowalski also nicht einfach mit der Wahrheit rausgerückt?«

»Keine Ahnung.« Ich zuckte mit den Achseln. Das war sehr seltsam.

Ich machte noch ein Foto vom Bildschirm.

Es gab noch andere E-Mails vom Freitagnachmittag. Von Jane. Eine lange Reihe von Mails. Hin und her. Den ganzen Tag lang.

Ich klickte die oberste an.

Datum: Fr 20.07. 15:42
Betreff: Re: re: re: re: re: später

Hahahaha! Ja, also, wir haben gleich große Füße. Das ist ein Zeichen, Liebling. Kann's kaum erwarten, dass diese Versammlung vorbei ist und ich heute Abend bei dir bin. Xoxoxoxoxo

»Eklig! Löschen! Ungesehen, ungeschehen machen, abmelden!«, rief Norva und schlug sich eine Hand vor die Brust.

»Es ist nicht schön, aber es bestätigt ihren ›Status‹«, sagte ich. »Und die Schuhe – gleich große Füße? Sie benutzt seine Schuhe, aber warum? Was macht sie damit?«

»Sie soll sich eigene Schuhe kaufen.« Norva schnalzte missbilligend mit der Zunge.

Ich machte ein weiteres Foto vom Bildschirm.

Es gab noch andere Mails. Beschwerden über Lärm. Hinweise auf den kaputten Lift in Corner Two. Eine Mahnung für eine unbezahlte Rechnung. Ich scrollte weiter und weiter, bis ich fand, was wir eigentlich gesucht hatten.

»Gefunden, Norv«, sagte ich. Ich klickte auf den Mailwechsel.

Datum: Fr 20.07. 23:05
Betreff: Entschuldigung

Joseph,
das war hitzig heute Abend. Ich möchte mich für mein Benehmen entschuldigen. Du und ich, wir sind temperamentvolle Men-

schen. Ich hoffe, wir können das hinter uns lassen und als Freunde und Nachbarn weitermachen.
HK-W

Datum: Sa 21.07 00:31
Betreff: Re: Entschuldigung

Hugo – ich muss mich entschuldigen. Es war hitzig und ich war unhöflich. Wir werden das hinkriegen! Morgen früh mache ich deine Wohnung schön. Wenn wir uns nicht sehen, viel Spaß auf dem Markt. Joe

»Dann haben sie sich also vertragen!«, rief Norva. »Das ist krass! Wir knacken diesen Fall ja wie Pistazien.«

»Es verkleinert das Zeitfenster für den Todeszeitpunkt, von 22.30 auf 23.05«, erwiderte ich.

Ich schaute auf den Computer.

»Das ist toll, aber wir brauchen noch mehr. Wenn man annimmt, dass Pap der Mörder war – dann hätte er diese Mails irgendwie faken können.«

Norva schwieg.

»Du hast recht. Warum musst du mir so auf die Pommes spucken?«

»Ich bin doch nur –«

»Gründlich. Ja, ich weiß«, sagte sie mürrisch.

Ich machte wieder ein Foto vom Bildschirm.

42

Ich stand auf.

»Äh, wo willst du hin?«, sagte Norva, die immer noch an der Tür stand. »Du musst auf die Überwachungskameras gehen. Zugang, bitte.«

Ich setzte mich wieder an den Tisch, wusste aber wirklich nicht, wo ich suchen sollte. Ich klickte auf den Server des Beirats. Der war quälend langsam. Die Ordner tauchten einer nach dem anderen auf. Sortiert nach dem Datum des letzten Zugriffs.

```
Rechnungen
Vorfälle
Unfälle
Kameras
```

Der letzte war einen Versuch wert. Mit Sicherheit. Im Ordner befanden sich Unterordner für jedes Corner. Darin gab es wieder Video-Files für jede Kamera an jedem der letzten sieben Tage.

Ich stieß auf vier Folder für jede Kamera in Corner One.

- Aufzug in der Eingangshalle
- Müllschlucker an der First Avenue
- Müllschlucker an der Second Avenue
- Müllschlucker an der Third Avenue – wo George, Hugo und Serena und Jane wohnen.

Im Stillen war ich vom System und der Struktur beeindruckt. Nicht beeindruckt war ich von der Anzahl der Kameras.

»Ich hab die Files gefunden, Norva!«, rief ich. »Vielleicht finden wir da tatsächlich was.«

»Ja, das weiß ich schon – oder warum glaubst du, bin ich vor den Kameras rumgehampelt?«, fragte sie. »Ich habe dir da schon beim Hacken jetzt geholfen.«

»Womit sollen wir anfangen?«

»Such die Files für den Lift. Fang heute an, um zu sehen, ob es funktioniert hat. Wir waren gegen drei heute Nachtmittag am Lift, stimmt's?«

»Ich bin mir nicht sicher, ob die Aufnahmen von heute da schon drin sind«, sagte ich, »aber schauen wir mal.«

Ich fand einen Ordner mit der Bezeichnung C1_Lift. Der enthielt Files aus den letzten fünf Tagen. Ich klickte auf den mit dem heutigen Datum und dann auf das jüngste File.

C1_Lift_2507_6

Ein schwarzweißes, ziemlich unscharfes Video war zu sehen. Aber das war eindeutig Corner One und eindeutig der Aufzug.

Am unteren Rand stand, wie zum Beweis, »C1 Lift« und die Zeit. 15:00.

Das Video hatte eine Laufzeit von drei Stunden.

»Ja!« Ich drehte mich zu Norva. »Scheint so, dass das Video automatisch alle acht Stunden auf diesen Server geladen wird.«

Lächelnd wandte ich mich wieder dem Bildschirm zu. »Dieses System ist schon ganz gut«, sagte ich beeindruckt.

C1_Lift_2507_6 15:00

Die Polizei und Katie tauchen auf.

Ich spulte vor.

Cl_Lift_2507_6 15:05

Norva und ich tauchen auf. Ich sah, wie ich den Aufzug rufe.

Die Türen öffnen sich und Norva schaut direkt in die Kamera. Sie streckt die Zunge raus und dreht ihre Braids zusammen. Ich schaue verärgert.

»Ha, jawohl! Da bin ich. Jetzt wissen wir, dass das heute war. Das Video von Freitagabend, bitte.«

»Okay!«, rief ich. »Das krieg ich hin!«

Norva lächelte mich an. »Ich weiß, dass du das hinkriegst.«

Ich klickte mich durch die Ordner bis zum Freitag zurück. Das aktuellste Video stand ganz oben.

Cl_Lift_2007_8

Die Zeitangabe lautete 21:00.

Ich spulte bis zu 22:25. Leute drückten auf den Liftknopf. Dann fuchtelten sie mit den Händen und gingen weg.

»Das stimmt. Der Aufzug war kaputt«, murmelte ich. »Und erst Montagmorgen wieder repariert«, fügte Norva hinzu.

Cl_Lift_2007_8 22:32

Pap erscheint am Lift. Wütend drückt er mehrmals auf den Knopf, schaut an den Türen rauf und runter. Er tritt sogar dagegen. Dann dreht er sich um.

Jane taucht auf. Sie legt eine Hand auf seine Schulter und versucht, seine Hand zu halten.

»Lass das, Jane!«, ruft Norva.

Sie warten. Unterhalten sich. Es scheint eine hitzige Diskussion zu sein. Sie fuchteln mit den Armen. Gestikulieren.

Dann verschwindet Pap Richtung Treppenhaus. Jane geht zum *Hub*.

C1_Lift_2007_8 22:35

Hugo und Serena warten am Lift. Hugo ist wackelig auf den Beinen. Er stolpert.

»Er sieht fertig aus«, sagte Norva.

»Hitzschlag?«, fragte ich.

Hugo lehnt sich gegen die Wand und wedelt hektisch mit den Händen. Serena legt einen Arm um ihn und berührt sanft seine Locken.

Barry kommt zum Aufzug und zeigt darauf.

Hugo und Serena gehen zum Treppenhaus. Barry verschwindet Richtung *The Hub*.

Schnell spulte ich das Video noch mal zurück und filmte es mit meinem Handy ab.

»Okay, Zeit für einen Ortswechsel«, sagte Norva. »Corner One, Third Avenue, Freitagabend. Ich will sehen, ob Hugo es nach Hause geschafft hat.

C1_3AVE_2007_8

Ich scrollte bis 22:50. Die Kamera befand sich auf der Mitte der Avenue und war auf den Müllschacht gerichtet.

C1_3AVE_2007_8_22:50

Die Tür vom Treppenhaus geht auf. Serena erscheint als Erste. Sie hält Hugos Hand. Er beugt sich neben dem Müllschlucker über die Avenue. Sie schauen hinunter auf *The Tri*. Ihre Hand liegt auf seinem Rücken.

»Er verschnauft«, sagte ich.

»Das überrascht mich nicht«, sagte Norva. »Zwanzig Stockwerke raufläufen, wenn du dich nicht gut fühlst, das ist nicht ohne.«

Hugo und Serena verschwinden aus dem Winkel der Kamera.

»Na gut«, sagte Norva. »Samstagmorgen, ab 0 Uhr 15. Lass mal sehen.«

Ich hielt den Atem an.

C1_3AVE_2107_1

Ich startete das Video um 00:10. Nur für alle Fälle.

Keine Bewegung. Ich spule bis 00:15 vor.

Der Rücken von jemandem taucht auf.

»Schau, Norva!«

C1_3AVE_2107_8_00:15

Eine Person ganz in Schwarz schleppt einen sehr großen Tri-Sack hinter sich her. Sie öffnet den Müllschlucker, geht in die Hocke, hebt den Sack langsam an und schiebt ihn in den Schacht.

Dann verschwindet sie die Treppe hinunter.

»O mein Gott, wer ist das? Das in dem Sack muss Hugo sein!«, sagte Norva.

Ich spulte noch mal zurück und filmte die Szene ab.

»Ich glaube, das ist es«, sagte ich zu Norva. Ich drehte mich zu ihr um. »Ich glaube, wir haben es.«

Sie starrte auf den Bildschirm.

»Was machen wir jetzt?«, fragte ich.

»Du hast das Material, ja? Dann lass uns verschwinden, und es in Ruhe noch mal genau ansehen.«

Ich schaute wieder auf den Bildschirm. 00:17.

»Norva, warte! Da ist noch jemand!«

Ich spulte zurück. Mein Handy bereit zum Aufnehmen.

C1_3AVE_2107_8_00:17

Eine schwarz gekleidete Person steht am Müllschlucker. Sie hält einen sehr großen Tri-Sack in einer Hand und eine Dose mit Tri-Farbe in der anderen. Dann öffnet sie die Klappe.

Die Person wirft die Farbdose in den Schacht. Dann geht sie in die Hocke und bugsiert auch den Sack in den Müllschlucker. Danach geht sie die Avenue hinunter zu den Wohnungen. Doch sie scheint ihre Meinung zu ändern, dreht sich um und verschwindet die Treppe hinunter.

Verwirrt lehnte ich mich auf dem Stuhl zurück.

»Hugo steckt in einem dieser Säcke, Nik, aber in welchem?«, sagte Norva. »Und Pap ist eine von den beiden Personen, aber welche? Keiner humpelt.«

In der Eingangshalle öffneten sich die Aufzugtüren.

»Heiliger Strohsack, da kommt jemand!«, zischte Norva. »O mein Gott, o mein Gott! Schnell! Beweg dich!«

Ich erstarrte auf der Stelle.

»Das ist das Gegenteil von bewegen!«, rief Norva.

Da streckte ich die Hand aus und schaltete den PC aus, ohne ihn runterzufahren. Stumm bat ich die Computergötter um Vergebung meiner Sünde. Ich tastete mich ab, um sicherzugehen, dass ich mein Telefon und den Vasendeckel hatte. Hatte ich.

Gerade in dem Moment, als Officer Burnett reinkam, sprang ich hinaus. Keuchend blieb ich an der Tür stehen.

»Was zum Teufel ist hier los? Was bewegt sich nicht?« Seine Stimme wurde lauter. »Warum seid ihr im Ermittlungsraum? Das ist eine Straftat!«, brüllte er. »Das ist widerrechtliches Betreten!«

Er griff nach seinem Funkgerät.

»Officer Smyth, kommen Sie rein. Over«, schrie er in sein Gerät. »Officer Smyth, Sie haben den Ermittlungsraum gefährdet. Ihre Schoßhündchen sind hier drin. Over.«

Das Funkgerät brummte, aber es kam keine Antwort.

»Officer, Officer«, sagte Norva. »Wir wussten gar nicht, dass das Ihr – wie haben Sie das gesagt? – Ermittlungsraum war. Das ist doch einfach nur das Büro von unserem Dad.«

»Ihr zwei«, sagte Officer Burnett schleppend. »Spielt keine Spielchen mit mir. Ich weiß, dass ihr nicht blöd seid. Schaut euch doch die Wände an.«

Ich konnte sie mir nicht anschauen. Ich wollte es nicht sehen.

»Ah, jetzt verstehe ich. Tut mir leid«, sagte Norva und blickte um sich. »Das ist ein wirklich toller Ort für so einen Raum«, sagte sie süßlich. »Warum haben Sie sich den ausgesucht? Sie haben ihn doch am Montag eingerichtet, als Katie – ich meine, Officer Smyth – herkam. Nicht wahr? Stimmt doch, Nik, oder?«

Sie wirbelte zu mir herum.

Ich nickte.

Officer Burnett trat von einem Fuß auf den anderen.

»Zu dem Zeitpunkt ergab das Sinn.«

»Ergab es Sinn? Ein Ermittlungsraum mit sensiblen Informationen an einem Platz, wo viele Menschen – auch potenzielle Verdächtige – vorbeigehen? Regelmäßig? Anscheinend.«

»Tja, Detective Sharp hat das so abgesegnet …«

»Ergab das Sinn in einem Raum, für den es mehrere Schlüsselsätze gibt?«

Er schaute zu Boden.

»Ich wusste doch nicht, dass ihr hierher Zugang habt! Ich dachte, ich hätte alle Schlüssel konfisziert. Ich hatte das so gefordert von …«

»Vom Hausmeister, Ihrem Hauptverdächtigen, unserem Dad?«, fragte Norva. »Ah, das ist jetzt ein bisschen peinlich, oder? Mein Fehler! Ich hätte wissen müssen, dass ich sie Ihnen gleich übergeben sollte. Irgendwie. Offensichtlich«, sagte Norva. »Ja, sobald Detective Sharp zurückkommt, werde ich mich bei ihr entschuldigen. Persönlich. Ich werde ihr meinen Fehler gestehen. Meinen fehlenden Weitblick.«

Norva lächelte ihn unschuldig an.

»Nein, nein«, protestierte er. »Das musst du nicht.« Er hüstelte. »Nicht nötig, nicht nötig …«

Officer Burnetts Funkgerät meldete sich knackend zurück.

»Officer Burnett, hier ist Officer Smyth«, seufzte eine erschöpfte Katie. »Wie kann ich helfen? Over.«

Wir starrten ihn an und er uns.

»Situation schon geklärt, Officer Smyth. Mein Fehler. Ende.«

43

»Musste vorhin etwas für Katie tun. Sie hat auch mal eine Pause verdient, was meinst du?«

»Absolut.«

Ich holte den Lift und die Türen öffneten sich rumpelnd. Norva stieg ein und grinste.

»Wie auch immer, Ablenkung ist vorbei und – gelobt sei Beyoncé – der Lift auch schon da. Ich platze nämlich gleich! Lass uns sofort mit der Auswertung beginnen. Denn – o mein Gott!« Sie klatschte vor Begeisterung in die Hände. »Wir haben eine Rekordernte an Beweisen eingefahren und jetzt ist es an der Zeit, die zu sichten. Mach. Das. Dokument. Auf. Und zeig's mir, zeig's mir!«

Voller Vorfreude rieb sie sich die Hände.

»Okay.« Ich atmete tief ein und aus. »Legen wir los. Und fangen wir mit Hugo an.«

»Auf geht's!«, sagte Norva und drückte den Knopf mit der 22. Der Aufzug fuhr los.

»Wir wissen, dass Hugo um fünf nach elf noch am Leben war, weil er da Pap eine Mail geschrieben hat«, sagte ich. »Vorausgesetzt, er hat sie selbst abgeschickt natürlich.«

»Yep – und das müssen wir vorläufig voraussetzen«, fügte Norva hinzu. »Hugo steckte definitiv in einem der schwarzen Säcke, die wir im Müllschlucker haben verschwinden sehen. Um 15 oder 17 Minuten nach zwölf. Beide Säcke sahen extrem schwer aus!«

»Denken wir das mal durch. Nutzen wir Fakten und Beweise für Schlussfolgerungen.«

Norva verdrehte die Augen.

»Wir wissen, wie schwer und unhandlich die gefakte Leiche –«

»Hugo Zwei«, warf Norva ein.

»– die gefakte Leiche gestern war«, fuhr ich fort. »Es ist einfach unmöglich, dass jemand eine Leiche und eine große Farbdose gleichzeitig tragen kann.« Ich schüttelte den Kopf. »Ausgeschlossen.«

»Ja, da hast du recht. Außer einer ist Superman oder so was.« Sie drehte sich zu mir. »Aber Superman existiert ja definitiv nicht, oder?«

»Selbst wenn, hätte er kein Motiv für diesen Mord, Norva.«

Norva nickte. »Dann bedeutet das, wer auch immer die erste Person um Viertel nach zwölf war, sie muss die Leiche getragen haben. Sie ist der Mörder.«

»Und die Person um 00.17 Uhr …«, fing Norva an.

Ich spielte das Video auf meinem Handy ab. Norva beugte sich über meine Schulter, um es zu sehen.

»Die Person um 17 nach trägt eine Dose Tri-Farbe – siehst du, da. Pap sagt, er ist der Einzige, der Zugang dazu hat. Also ist die Person um 17 nach …«

»Das ist Pap! Dann hat er's nicht getan, oder?«, rief Norva. »Er war's nicht! Er war's nicht«, sang sie.

»Und schau mal hier, Norva«, sagte ich. »0 Uhr 17 geht auch zuerst Richtung Wohnungen und dreht dann wieder um.«

»Vielleicht wollte er Jane besuchen und dachte sich, ›ach nee, ist schon so spät. Brauch den Stress jetzt nicht‹.«

»Genau«, sagte ich aufgeregt.

Norva drückte mich ganz fest.

»Wir haben es, verdammt nochmal, hingekriegt, nicht

wahr?«, schrie sie. Dann sprang sie im Lift auf und ab. Der wackelte und stöhnte.

»Hör auf zu springen, Norva. Wir sind noch nicht fertig. Zurück zu den Fakten. Das grenzt den Todeszeitpunkt offiziell auf den Zeitraum zwischen fünf nach elf und Viertel nach zwölf ein. Aber wenn wir unser Experiment berücksichtigen – man braucht ja einige Zeit, um die Leiche zu verpacken –, dann würde ich sagen, muss die Tat spätestens um fünf nach zwölf passiert sein.« Ich zuckte mit den Achseln. »Was meinst du?«

»Klingt logisch.« Norva strahlte mich an, aber ihr Lächeln verblasste schnell. »Das heißt, Mark ist die Person um 0 Uhr 15, oder, Nik?« Sie seufzte. »Ich kann es nicht glauben. So eine Enttäuschung – milde ausgedrückt.«

Der Aufzug blieb stehen und die Türen öffneten sich langsam. Mrs Kowalski kam zum Vorschein.

»Perfekt! Lass uns mal sehen, wie das jetzt läuft«, flüsterte Norva mir zu.

44

Mrs Kowalski trug diesmal gar nichts ums Handgelenk. Es war seltsam, sie so unbeladen und ungeschmückt zu sehen.

Sie sah uns beim Aussteigen zu, stieg aber selbst nicht ein, sondern blieb neben uns stehen.

»Kinder, ich habe das von eurem Papa gehört!«, sagte sie aufgeregt. »Ich habe euch gesucht, um euch Essen zu geben und zu gestehen.«

»Wir sind nicht hungrig«, sagte ich.

»Du vielleicht nicht«, sagte Norva. »Uns geht es den Umständen entsprechend. Und Ihnen, Mrs K?«

Mrs K schaute zu Boden. »Ich fühle mich nicht so gut. Ich habe die Lage verschlimmert.«

»Wie denn?«, fragte ich.

Das würden wir uns jetzt anhören. Aus erster Hand.

»Ich habe nicht die Wahrheit gesagt, und jetzt gibt es noch mehr Ärger.« Ihre Oberlippe war feucht. Sie leckte sich den Schweiß ab. Ich drehte mich weg und verzog das Gesicht.

»Noch mehr Ärger?«, fragte Norva in unschuldigem Ton.

»Ja, ich hatte Geheimnisse.«

»Was für welche?«, fragte ich.

»Geheimnisse über alles. Über euren Papa. Wo er abends hingeht. Er war ungezogen.«

»Sie meinen mit Jane?«, fragte Norva unbeeindruckt. »Das wissen wir schon.«

»Ach, nein, das ist kein Geheimnis«, sagte sie. »Weiß doch jeder.«

Ich sah Norva an.

Echt jetzt?, fragte ich stumm.

Norva täuschte ein Würgen vor und zuckte mit den Schultern.

»Ich meine Freitagabend«, sagte Mrs K.

»Waren Sie da nicht mit Ihrem Freund zusammen? Um an Ihrem Projekt zu arbeiten?«, fragte Norva.

»Ja«, sagte sie.

»Ist Pap Ihr ›Freund‹?«, fragte ich.

»Ja!«, sagte sie etwas lauter.

»Betrügt Pap Jane mit Ihnen?«, fragte Norva.

»Norva, das ist geschmacklos.«

»Warum geschmacklos?«, fragte Mrs Kowalski. »Ich bin alt, aber nicht tot! Aber nein, er hat mir bei meinem Projekt geholfen, aber das habe ich der Polizei nicht gesagt.«

»Warum denn nicht?«, sagte ich.

»Er meinte, seien Sie still, sonst würde er gefeuert. Also hab ich es so gemacht. Nichts gesagt. Aber ich hasse die Polizei«, fauchte sie. »Ist nicht auf unserer Seite. Als wir in Nord-London ankamen, 1968, schlugen sie Mr K zusammen. Schlimm. Auge kaputt, Nase kaputt, Bein kaputt.«

Ich erschauerte. »Tut mir leid, das zu hören.«

»Und jetzt machen die wieder so was«, fuhr sie fort. »Ich sagte nichts. Aber diesmal hätte ich reden sollen. Diese Sharp kam zu mir und fragte: ›Was wissen Sie?‹ Ich hab ihr nichts erzählt. Dann sehe ich, euer Papa verhaftet! Ich muss das in Ordnung bringen! Tut mir leid, Kinder!«

»Sie können es jetzt in Ordnung bringen«, sagte Norva. »Wollen Sie?«

Mrs K nickte.

Ich zückte mein Handy. »Erzählen Sie uns Ihre Version der Wahrheit, Mrs Kowalski«, sagte Norva.

Ich hielt mein Handy auf Mrs K gerichtet.

»Halt die Kamera anders bitte. Sonst sehe ich ja wie ein Gespenst aus«, sagte sie.

Mrs K griff in ihre Tasche und holte einen staubigen, eingetrockneten Lippenstift hervor. Damit schmierte sie einmal um ihren Mund herum. Das meiste landete auf ihren Zähnen. Sie holte tief Luft und schaute dann in die Kamera.

»Nimmt es auf?«, fragte sie.

Ich nickte.

Da holte sie noch mal tief Luft.

»Joseph Alexander war am Freitagabend bei mir, Ksenia Kowalski. Er hat meine Wohnung, Nummer 222, renoviert. Er ist genau um 0 Uhr 15 gegangen. Das weiß ich so genau, weil ich um die Zeit immer meine Zähne rausnehme. Er brachte einen großen Sack mit Müll, alter Tapete, alten Kleidern und eine Farbdose zum Müllschacht. Er wird Schwierigkeiten bekommen, weil er mir geholfen hat. Dem Beirat gefällt das nicht. Aber er ist kein Mörder. Nicht Joe.«

Ich steckte das Handy wieder ein.

Norva umarmte Mrs Kowalski fest.

»Sie sind sagenhaft, Mrs K. Eine echte Heilige. Passen Sie gut auf sich auf, ja?«

»Ja, ja, Girls. Das werde ich«, sagte sie und winkte uns. »Und ihr auf euch. Da läuft immer noch ein Mörder frei rum.«

Ich erschauerte und sah Norva an. »Das wissen wir«, sagte ich düster.

»Wollt ihr bei mir übernachten?«

Wir schüttelten die Köpfe. »Wir pennen bei George«, sagte Norva.

Da wollte Mrs Kowalski sich schon auf den Weg machen.

»Einen Moment, Mrs K, was war eigentlich Ihr Projekt?«, fragte ich.

Mrs K seufzte. »Es ist jetzt vier Jahre, dass ich meinen Mann verloren habe. Vier Jahre. Bevor er starb, musste ich versprechen –«

Sie sprach mit der Stimme eines alten Manns weiter: » – versprich mir! Versprich, dass du das freie Zimmer renovierst und wieder Kunst machst. Versprich! Ich hab es ihm versprochen, aber nicht gemacht. Als es jetzt so warm wurde, wusste ich, es war Zeit zu renovieren. Ich kann nicht noch ein Jahr warten. Ich wollte es zum Todestag von Mr K fertig haben. Und jetzt ist es so. Auf Wiedersehen, ihr zwei. Haltet ihr mich auf dem Laufenden?«

»Natürlich«, sagte ich leise.

Sie verschwand in ihrer Wohnung.

»Wow«, sagte Norva und rieb sich die Augen. »Einfach, wow. Da haben wir Paps Alibi.«

Wir umarmten einander. Fest.

»Ich hab dir doch gesagt, er war's nicht«, meinte Norva.

»Und ich hab dir gesagt, wir brauchen einen Beweis dafür«, erwiderte ich lächelnd.

Wir hielten uns an den Händen.

»Bevor wir irgendwas anderes tun, lass uns das Video in die Welt schicken. Lad das Baby gleich hoch.«

Das machte ich. Direkt auf YouTube. Den Link kopierte ich in eine neue Nachricht. An die hängte ich noch Fotos der E-Mails an und schickte das Ganze an Katie.

»Pap wird frei kommen«, sagte ich mit einem strahlenden Lächeln. »Ich freu mich so!«, seufzte ich.

»Sei nicht zu überschwänglich«, sagte Norva leise. »Das wissen wir schon, aber Mrs K hat recht mit dem Mörder, der frei rumläuft. Und wir wissen auch nicht, wie er es getan hat.«

Mein Lächeln verblasste.

»Was meinst du damit, Norva?«

»Überleg doch mal.«

Ich zerbrach mir den Kopf. Denk nach, Nik. Denk nach. Ich dachte an das Video. Das Timing. Die Farbdose.

Tatwaffe: Farbdose

»Norva!«, flüsterte ich. »Wenn Mark Mr 0-Uhr-15 war, dann lag Hugo schon im Müllcontainer, als Pap zum Müllschlucker kam. Zuerst warf er die Farbdose rein. Direkt auf Hugo. Die Farbdose ist also nicht die Tatwaffe, stimmt's?«

Norva nickte.

»Ich bin dir weit voraus.«

»Wie ist er dann gestorben, Norva?«

45

Norva steckte den Schlüssel in unsere Wohnungstür. Sie schwang sofort auf. Jemand war in unserer Wohnung.

Schon wieder.

Der Flur war dämmrig, denn draußen war es schon fast dunkel. Ich hielt den Atem an und griff nach Norvas Hand. Mein Herz schlug so heftig, dass ich es durch mein T-Shirt sah. Oder wenigstens kam es mir so vor.

»Bleib hinter mir«, flüsterte sie. »Ich pass auf dich auf.«

»Hallo?«, rief Norva. »Wer zum Teufel ist da?«

»Ich, Mädchen!«, rief eine Stimme aus dem Wohnzimmer.

Jane. Schon wieder.

Wir seufzten. 5-prozentige Erleichterung.

Wir sahen einander an.

»Was willst du?«, rief Norva. »Warum machst du das mit dem Reinschleichen im Dunkeln?«

»Oh, tut mir leid!«, sagte sie. »Ich will nur mit euch reden.«

Im Wohnzimmer ging ein Licht an.

Wir tappten zögernd und in kleinen Schritten durch den Flur. Jane saß stumm auf dem Sofa. Ringo, der Verräter, hatte sich schon auf ihrem Schoß zusammengerollt. Sie streichelte ihn behutsam und starrte vor sich hin. Wir blieben reglos stehen.

Ich drückte Norvas Hand.

»Hallo, Mädchen«, sagte Jane leise. Eine Träne lief ihr übers Gesicht.

»Wie bist du hier reingekommen?«, fragte Norva.

»Es war nicht abgeschlossen«, antwortete sie.

Gelogen.

»Ach ja, Jane? Ich weiß, dass ich abgeschlossen habe. Vor allem jetzt, wo Pap … nicht da ist.«

»Ich wusste, dass ihr nicht zu Serena gehen würdet«, sagte sie. »Ich … ich habe mir Sorgen um euch gemacht.«

»Wenn du dir Sorgen um uns gemacht hast, warum sitzt du dann hier im Dunkeln?«, warf ich ein. »Das bringt ja nichts.«

»Ja, wir wissen sowieso, dass du einen Schlüssel hast«, spottete Norva.

»A-ach so?«, sagte Jane, sichtlich überrumpelt.

»Natürlich. Wie solltest du sonst reinkommen? Dein Gaslighting funktioniert bei uns nicht«, sagte Norva.

»Gaslighting?«

»Ja, so nennt man das, wenn man Leuten absichtlich das Gefühl gibt, sie würden verrückt, obwohl das gar nicht stimmt.«

Jane weinte. »Ich schwöre, dass ich das nicht vorhabe! Es gibt nur etwas, das ich euch sagen muss. Es ist wirklich wichtig, und ich wollte es eigentlich nicht. Nicht so.«

Noch mehr Tränen. Schluchzer sogar.

»Was ist es?«, fragte Norva. »Dass du was mit unserem Dad hast? Jane, das ist uns schon zu Ohren gekommen.«

Jane drehte sich auf dem Sofa ruckartig um.

Ringo fiel dabei von ihrem Schoß und auf den Boden.

»Ihr *wisst* das?«, sagte sie laut und starrte uns an. Sie wischte sich energisch über die Augen. »Ihr wisst es schon!? Ich bin hergekommen, um es euch zu sagen. Damit ihr mein Verhalten der letzten Stunden versteht.«

»Ja, ja, wir wissen schon alles darüber«, sagte Norva. »Wir haben eure E-Mails gesehen.«

»Ihr habt unsere Mails gelesen? Alle? Bitte nicht!«

Sie riss die Augen auf und wurde dunkelrot im Gesicht. Dann vergrub sie den Kopf in ihren Händen.

»So hab ich das nicht gewollt. Absolut nicht.«

»Also worum geht's?«, fragte Norva. »Wie lange läuft«, sie wedelte mit der Hand in Janes Richtung, »das hier schon?«

»Inzwischen ungefähr ein Jahr«, sagte sie und schaute auf ihre Hände.

»*EIN JAHR!*«, riefen wir im Chor.

Norva und ich starrten einander an.

Wie hatten wir das übersehen können? Was für Detektivinnen waren wir bloß? Wer waren wir überhaupt? Was war unser Leben?

Ich stellte den Kern unseres Daseins infrage.

»Wir waren sehr diskret. Sehr diskret. Wir wollten euch nicht verunsichern.«

»Wart ihr …« Norva erschauerte. »… in dieser Wohnung?«, fragte sie.

»Ob wir in eurer Wohnung waren? Ich bin ja gerade hier …«

Norva hob vielsagend die Augenbrauen.

»O nein!«, rief Jane, weil sie Norva endlich verstanden hatte. »Ich bin nie über Nacht hiergeblieben. Niemals. Nein, nein, nein.«

Norva entspannte sich. Ein bisschen.

»Seid ihr jetzt böse auf mich?«, fragte Jane mitleiderregend.

»Ich bin ziemlich angepisst, ja«, sagte Norva.

Ich nickte zustimmend. »Das ist nicht gerade toll.«

»Ich meine, das ist so eklig. So krass. Es ist echt zu viel.« Norva steigerte sich richtig rein. »Und wir trauen dir nicht. Kein bisschen.«

»Verstehe«, sagte Jane und griff nach ihrer Tasche.

»Aber jetzt gerade«, sagte Norva sanfter, »ist das unsere geringste Sorge. Wir haben Wichtigeres zu tun. Wir alle. Zumindest solange du nicht versuchst, irgendwelche albernen Stiefmutter-Aktionen bei uns abzuziehen. Okay?«

»Ja«, fügte ich hinzu. »Jetzt nicht. Und eigentlich überhaupt nicht. Wir brauchen all unsere Energie für Pap. Nicht für dich.«

Jane nickte und wischte sich übers Gesicht. »Okay, Mädchen. Das ist wunderbar. Eure großzügige Einstellung und grundsätzliche Reife sind außergewöhnlich. Ihr macht eurem Dad alle Ehre.«

Norva winkte ab. »Ja, ja, ja.«

Dann ließ sie meine Hand los, ging zum Sofa und setzte sich entschieden neben Jane.

»Nachdem du dir nun schon mal Zugang zu unserer Wohnung verschafft und uns die Wahrheit gesagt hast, können wir dir ja auch ein paar Fragen stellen. *Deal?*«

»*Deal.*«

46

Norva winkte mich zu sich und so quetschten wir uns alle aufs Sofa. Jane saß in der Mitte. Ringo blieb auf den Boden verbannt.

»Ich fang mit einer leichten Frage an«, sagte Norva. »Unser Schlüssel. Hast du den von Pap?«

Jane senkte den Blick und nickte.

»Wie lange hast du ihn schon?«, fragte ich.

»Eine Weile.«

Norva beugte sich vor, um mich anzusehen. Sie schüttelte den Kopf und machte: »Ts ts ts.«

»Ich bin noch mal dran. Noch eine leichte«, sagte ich und kam mir mutig vor. »Du hast am Freitagabend auf ihn gewartet?«

»Ja.« Sie beugte sich vor und stützte den Kopf in die Hände. »Ich habe solche Angst, Mädchen. Ich weiß, dass viele Leute über ihn geredet haben – und das immer noch tun. Ich will nicht, dass jeder sich in unsere Angelegenheiten mischt, aber ich kann ihm nicht mal ein Alibi für Freitagabend geben. Das fühlt sich schrecklich an.«

»Das Alibi braucht er nicht«, sagte ich. »Wir haben eine Lösung gefunden.«

»Wie meinst du das?«, fragte Jane laut. Dabei drehte sie den Kopf zwischen mir und Norva hin und her.

»Er hat jemandem aus der Nachbarschaft geholfen, und als er damit fertig war, kam er nach Hause«, sagte ich. »Er hat sogar noch überlegt, dich zu besuchen, aber sich dann dagegen entschieden.«

»Woher weißt du das?«, fragte sie schockiert. Sie saß jetzt kerzengerade da. »Stimmt das?« Sie sah Norva an.

Die nickte langsam. »Ungelogen. Und ich weiß, du bist erschüttert, aber wir werden dir unsere Quellen nicht verraten. Noch nicht jedenfalls. Also versuch's erst gar nicht.«

»Hat er denn keine Erklärung dafür genannt? Nicht im Lauf des Wochenendes oder am Montag?«, fragte ich.

Jane schüttelte den Kopf. »Das ist es ja, worauf ich keine klare Antwort bekommen konnte. Er sagte, er hätte irgendwas aufräumen müssen. Daher das Humpeln.«

»Dann traut er dir anscheinend doch nicht so besonders«, sagte Norva und ein Lächeln umspielte ihre Lippen.

Jane sah total enttäuscht aus. »Vielleicht. Sagt ihr mir, wer aus der Nachbarschaft das war?«

Wir schüttelten die Köpfe.

»Irgendwas war in letzter Zeit eindeutig mit ihm los. Für eine Weile war das alles toll – die Heimlichtuerei. Es hat Spaß gemacht. War aufregend ...«

Ich schaute zu Norva, die innerlich bestimmt tausend Tode starb.

»... aber in letzter Zeit wurde er immer distanzierter. Vielleicht steht er einfach nicht mehr so auf mich und wollte es deshalb nicht bekannt machen.« Jane seufzte. »Hört mal, sagt es mir ganz ehrlich – war er bei Serena? Ich weiß ja, dass sie auf ihn steht. Glaubt ihr, dass er sie mag? Ich glaube, er mag sie.«

»Mögen im Sinne von so richtig mögen?«, fragte Norva. »Wie kommst du darauf?«

Jane lehnte sich zurück und schloss die Augen. »Keine Ahnung, vielleicht bin ich nur verunsichert, aber sie fasst ihn dauernd an und ist so übertrieben freundlich. Und ich weiß, dass sie mich nicht mag.«

»Hmm«, machte Norva, »vielleicht.« Sie drehte sich zu mir. »Die beiden wären ein süßes Paar, stimmt's? Serena und Pap?«

Dann sah Norva Jane an, die traurig auf den Boden starrte.

Ich schüttelte den Kopf.

»Nicht so süß wie ich und Mark natürlich«, sagte Norva. »Wir sind supersüß.«

Jane blickte auf und sah sie an. »Mark? Nein, nein, Norva. Er meint es gut, aber er ist –«

Ding! Ding!

Mein Handy. Ich setzte mich gerade hin und zog das Handy aus der Tasche meiner Shorts. Norva sah mich erwartungsvoll an.

»Ist es Katie?«

Das hoffte ich auch. Sie war es nicht.

Der Sommer schreit nach neuen Sandalen! Du hast sie dir verdient! Gönn sie dir, Girl! Hier findest du einen Store in deiner Nähe.

»Ist sie nicht.«

Ich zeigte Jane die Nachricht. »Reduzierte Sandalen, Jane? Interessiert?«

»Nicht wirklich«, sagte sie und sah Norva an.

Die musterte mich verwirrt.

»Nur weil du ja anscheinend auch Schuhe nimmst, die dir nicht gehören.«

Jetzt verstand Norva, was ich im Sinn hatte.

»Ja! Und dann eine Sauerei damit anstellst!«

Jane sah erst verwirrt aus, dann begriff sie.

»Ihr wisst von den Arbeitsstiefeln? Ah!«, rief sie, als es ihr dämmerte. »Die habt ihr in meiner Küche fotografiert, oder? Ihr spioniert mich aus?«

Wir sahen sie einfach nur an, bis sie weitersprach.

»Okay, okay, ja, ja. Ich hab mir sein Ersatzpaar geliehen, heute Morgen. Wir haben dieselbe Schuhgröße, wisst ihr?«, sagte sie fröhlich.

Norvas Augen wurden schmal. »Ja, wissen wir.«

Jane sah sie fragend an, bis es ihr dämmerte, woher wir das wussten. Dann hüstelte sie verlegen.

»Ach ja, die E-Mails. Okay. Ich hab sie mir heute Morgen geliehen. Da war diese verblasste Stelle an meiner Küchenwand. Die wollte ich übermalen. Eine Kleinigkeit.«

»Hat es deshalb heute bei dir so nach Farbe gerochen?«, fragte ich.

»Ja!«, sagte sie. »Joe hat mir ein bisschen Farbe abgefüllt, nachdem er von der Versammlung kam. Er meinte, er kümmere sich nicht mehr um die Warteliste. Ich könnte also was von der Farbe haben. Wäre doch egal. Die Arbeit habe ich selbst erledigt, aber schlecht. Seine Schuhe waren danach voller Farbe. Ich wollte den Rest wegschmeißen und danach die Schuhe saubermachen. Aber natürlich war der Müllschlucker als Tatort abgesperrt. Also bin ich total genervt auf der Avenue herumgegangen.«

»Die Schuhabdrücke dort sind also alle von dir?«

»Ja, ja, sind sie.«

Das beruhigte mich. Denn Pap ist nicht so schlampig. Könnte ihm nie passieren.

~~To-do: Rauskriegen, warum Abdrücke von Paps Arbeitsstiefeln auf der Third Avenue sind~~

»Darüber habe ich mit ihm geredet, bevor er verhaftet wurde. Er hat gedrängt, das müsse ich Detective Sharp sagen. Damit sie nicht glaubt, er hätte versucht, die Ermittlungen zu behindern oder irgendwas zu verschleiern …«

»Das ist dir gelungen«, sagte Norva trocken. »Toll gemacht.«

Ding! Ding!

Ich griff nach meinem Handy. Katie? Aber das war gar nicht mein Telefon gewesen, sondern Norvas.

»Es ist George. Schreibt, er müsse noch kurz zu Better Buy, dann sollen wir zum Abendessen runterkommen. Treffen wir ihn doch gleich im Laden. Da sehen wir vielleicht auch Mark.«

Ich stand auf.

Jane griff wieder nach ihrer Tasche.

»Hör mal, Jane«, sagte Norva und stand auch auf. »Wir müssen los, aber bleib, wenn du willst. Ich glaube, wir können dir vertrauen. Ein bisschen.«

Jane sah mich fragend an. Ich nickte.

»Geh aber nicht zu freizügig mit dem Schlüssel um«, meinte Norva. »Du gehörst nicht zur Familie. Und das wird auch so bleiben.«

47

»Warum hat Katie noch nicht auf meine Nachricht geantwortet?«, jammerte ich, bevor ich den Aufzug rief. »Und warum ist Pap nicht schon wieder zu Hause?«

»So einfach ist das nicht«, sagte Norva. »Da liefern nicht – plopp – deine Girls die Belege und – zack – spazierst du raus, Pap. Ab in die Freiheit. Da gibt es feste Abläufe. Das weißt du doch. Fakten und Beweise.«

»Wie sieht jetzt die Zeitschiene aus?«, flüsterte sie. »Ich klinge wie du und du wie ich!«

Ich lächelte. »Ein bisschen.«

»Das ist wie bei Hunden und ihren Besitzern, oder?«

»Ich bin aber nicht dein Hund, Norva.«

Der Lift kam. Ohne George.

»Er muss schon weg sein – lass uns doch mal sehen, ob wir ihn dazu bringen können, uns ein paar Chips zu kaufen oder irgendwas in der Art, ja?«

Die Aufzugtür schloss sich.

»Dieser Aufzug ist unser wahres Büro, stimmt's?«, sagte Norva. »Miss Alexander, bitte fassen Sie den aktuellen Stand zusammen.«

»Okay. Jane scheidet aus.«

Norva nickte. »Sie kann nicht mal einen Fleck in ihrer Küche überstreichen, ohne dass die ganze Avenue drüber Bescheid weiß. Total indiskret.«

»Dann bleibt nur noch Mark übrig«, sagte ich. »Serena hat die Erpresserbotschaft bekommen – und ist außer sich.«

Norva holte scharf Luft. »Mark«, seufzte sie. »Warum liegt mir immer noch so viel an dir?« Sie schaute an die Decke des

Aufzugs. »Dann rekapitulieren wir am besten und setzen die Puzzleteile zusammen.«

»Nach allem, was wir auf den Überwachungsvideos und durch unser Experiment gesehen haben, ist klar, dass Hugo in seiner Wohnung gestorben sein muss. Er wurde nicht die Treppen hochgeschleppt und nirgendwo anders hingetragen.«

»Stimmt«, sagte sie. »Also was hat Mark da getan? Wie ist er überhaupt reingekommen?«

»Das ist noch offen. Und unsere nächste Priorität. Die Farbdose ist auch raus. Wir müssen uns ziemlich schnell einen neuen Tathergang einfallen lassen.«

»Definitiv. Lass uns später noch mal das Video von Hugo im *Hub* ansehen.«

»Das Motiv ist Geld. Also diese wertvolle Uhr von Hugo. Jane hat gesagt, er sollte bald zu Geld kommen, genau wie Timothy heute Morgen auf dem Markt.«

»Und dann noch das Uhrsymbol in seinem Kalender«, fügte Norva hinzu.

»Ja«, sagte ich. »Wir müssen rauskriegen, welche Uhr das ist, und sie finden. Ich sollte eigentlich mehr darüber wissen, aber dafür brauche ich Zeit zum Nachdenken!«, sagte ich entnervt.

»Die anonyme Nachricht an Serena passt auch zu all dem«, sagte Norva. »Und alle Zeichen zeigen auf meinen Jungen, oder?«

Ich nickte.

»Es sieht nicht gut aus, Norva«, meinte ich. »Wir wissen, dass er pleite ist – deshalb jobbt er ja auch bei Pap, wann immer er kann. Er war Montagnachmittag bei Serena. Sie hat gesagt, er wäre da rumgehangen. Wir haben ihn über *The Tri* laufen gesehen, Jane ist unbeeindruckt –«

»Nicht dass ich auf ihr Wort viel geben würde, aber Serena und Mark haben sehr vertraulich miteinander geredet, als Hugos Leiche entdeckt wurde. Du weißt schon, offiziell, von der Polizei.«

»Was, wenn Mark Serena erpresst?«, fragte ich. »Ich glaube, er hat den Zettel geschrieben. Wäre das möglich?«

»Alles ist möglich«, sagte Norva traurig.

»Es ergibt Sinn, Norva«, sagte ich. »Wenn Pap weg ist, hilft ihm das auch, mehr Jobs hier in *The Tri* zu bekommen. Diese Motive hängen miteinander zusammen.«

Ich sah Norva direkt in die Augen.

»Wir müssen Serena helfen, Norva. Wir müssen sie beschützen. Und Mark von ihr fernhalten. Zum Besten von uns allen.«

George wartete in der Eingangshalle auf uns.

»Hey, n-Quadrat!«, rief er. »Alles klar? Was Neues von Big Joe?«

»Er war's nicht«, sagte ich. »Wir haben den Beweis gefunden und an Katie geschickt.«

»Echt jetzt? Das habt ihr schon hingekriegt? Ich verbeuge mich vor euch. Wann kommt er nach Hause?«

»Wissen wir noch nicht«, sagte ich.

»Diese Dinge brauchen Zeit, weißt du, George, das geht nicht so, zack, hier sind die Belege …«

Norva lächelte mich an.

»Okay, keine Ahnung, wie die Polizei das so handelt. Ich hoffe, das erfahr ich auch nie, wenn ihr versteht, was ich meine.«

»George«, sagte Norva feierlich. »Wir haben noch andere, persönlich familiäre Neuigkeiten. Aber das muss ganz unter uns bleiben, klar?«

»Ehrenwort, Ladys. Ich erzähl's keiner Seele.«

Norva holte tief Luft und schloss die Augen.

»Pap hat was mit Jane«, sagte sie.

Sie öffnete ihr linkes Auge, um seine Reaktion zu sehen.

George schloss die Augen und lachte dröhnend. Als er sie wieder aufmachte, sagte er: »Ja, offensichtlich.«

Dann hatte er es auch gewusst?

»Das sind ja mal uralte Neuigkeiten. Ist das euer Ernst? Wusstet ihr das nicht?«

Er lachte. »Wo ihr beiden dauernd so beschäftigt damit seid, alle anderen auszuspionieren. Und in eurer eigenen Wohnung habt ihr nichts mitgekriegt? Wow!«

»Ist schon gut, George. Wir haben's kapiert. Du kannst aufhören, dich kaputtzulachen«, sagte Norva und schnalzte missbilligend mit der Zunge.

»Okay, okay, lasst's gut sein.« Er wischte sich die Lachtränen ab. »Ihr beiden macht mich echt fertig.« Wir machten uns auf den Weg zu Better Buy. »Ich kann's kaum erwarten, dass Big Joe zurückkommt, und es den ganzen Hatern reinreibt«, sagte George. »Ihr wisst ja, dass alle denken, er war's, oder?«

»Ja, aber danke für die Erinnerung, George«, sagte ich.

»Schon gut, Giftzwerg. Krieg dich wieder ein. Ich glaub ja auch nicht, dass er's war. Big Joe ist cool. Kein Mörder. Definitiv nicht. Nee. Ich glaube, das hat jemand von langer Hand geplant. Jemand mit irgendwelchen richtig hinterhältigen Gründen.«

48

»Lasst mich noch schnell Ghee und Senf für meine Mutter holen.«

Wir standen im Dunkeln am Eingang zum Better Buy.

»Kommt ihr nicht mit rein?«, fragte George.

»Wir warten hier, danke«, sagte Norva kurz angebunden. »Wir sind auf Sissy gerade nicht so gut zu sprechen.«

George zuckte mit den Schultern. »Schluss mit dem ganzen Beef!«, rief er uns noch zu, bevor er im Laden verschwand.

Norva rief ihm hinterher: »Bring mir ein paar Chips mit, ja?«

»Und kann ich vielleicht eine Vitonica haben?«, meldete ich mich zu Wort.

»Eine Vitonica?«, schrie er zurück. »Weißt du, was das Zeug hier kostet?«

Sissy lehnte sich an ihrem Ventilator vorbei und winkte uns verhalten zu. Norva drehte ihr sofort den Rücken zu. Ich hob nur den Kopf ein wenig. Mir blieb nichts anderes übrig. Ich saß sozusagen in der Falle.

Hugos Lieferwagen parkte immer noch vor dem Better Buy. Ein alter, langer, schmutzig weißer Kastenwagen mit Reifen, die dringend Luft gebraucht hätten. Keine Absperrung. Kein Polizeibeamter. Und er war seit Beginn der Ermittlungen anscheinend nicht mehr bewegt worden.

Norva näherte sich dem Wagen.

Dann schrieb sie mit dem Finger RIP Hugo N^2 in die Schmutzschicht auf der Fahrertür.

Ich sah sie streng an.

Da malte sie noch ein Herz rundherum und sah mich mit großen unschuldigen Augen an. »Besser?«, fragte sie.

»5-prozentige Verbesserung«, antwortete ich.

»Kann nicht glauben, dass der Lieferwagen immer noch hier ist«, sagte Norva. »Diese Ermittlung ist echt schockierend.«

Wir spähten durch die Windschutzscheibe.

Dann holte sie ihr Handy raus und machte die Taschenlampe darauf an. Zerknitterte Essensverpackungen, eine Zeitschrift, ein Buch, das irgendwas von A–Z hieß, auf dem Armaturenbrett. »Ein Stadtplan aus Papier«, sagte Norva.

Ein ausgeblichener – wie ich vermutete – einst duftender Baum aus Karton am Rückspiegel. Ein mit Goldfäden durchzogenes Stück Stoff war über den Beifahrersitz geworfen. Ich holte mein Handy raus und machte ein Foto.

Wir schauten durch die Fenster am hinteren Ende. Durcheinander. Chaos. Der Wagen sah durchwühlt aus.

Oben auf den Stapeln aus offenen, wackelig gestapelten Kartons lagen noch mehr Verpackungen von Fast Food. Mindestens fünfzehn zusammengeknüllte Papierbälle.

Das war anders.

Ich scrollte auf meinem Handy die Bilder durch.

»Schau mal, Norva«, sagte ich. »Diese Kartons waren gestern noch nicht da drin. Was ist hier los? Und diese Verpackungen. Glaubst du, Mark war hier? Er ist ein Burger-Esser. Serena ist, glaube ich, kein Fan von Fast Food. Stammen die aus ihrer Wohnung?«

Norva hörte mir nicht zu.

»Da drin lebt es. Eklig«, sagte sie.

»Wie meinst du das?«, fragte ich, als ich die Verpackungen fertig durchgezählt hatte.

»Schau mal genau hin«, sagte sie.

Ich schob mein Gesicht noch näher an die Scheibe.

Sie hatte recht. Da waren Fliegen. Überall. In verschiedenen Stadien ihres Lebenszyklus'. Tot und lebendig.

Auf den ersten Blick war mir das nicht aufgefallen. Sie schienen von einer großen flachen Box angezogen zu werden.

Eine Box mit fauligem und faulendem Obst.

Fünf schmutzige Mixer.

»Warum ist Serenas Zeug hier drin?«, fragte Norva. »Sie hat doch gesagt, sie hätte die Schlüssel zum Lieferwagen nicht.«

»Hat vielleicht Mark die? Serena hat auch gesagt, sie hätte nur einen Mixer. Die hier müssen kaputt sein. Ihr Unternehmen ist doch größer als wir dachten.«

Ich zückte mein Handy, um ein Foto zu machen, als eine fröhliche Stimme hinter uns im Dunkeln ertönte.

»Hey, Girls!«, trällerte Serena.

Wir machten sofort beide einen Schritt weg vom Wagen. George stand neben ihr und schlenkerte eine blaue Plastiktüte. Große Nachbarschaftsharmonie.

»Habt ihr gesehen, in was für einem Zustand der Lieferwagen ist? Echte Kampfzone.« Serena kicherte. »Die Fruchtfliegen vermehren sich wie verrückt.«

»Und gehen auch überall rein«, sagte Norva.

»Ja«, sagte Serena. »Mark hat den Schlüssel gefunden, nachdem ihr weg wart. Also miste ich ein bisschen aus. Gute Sache. Ich musste wegräumen, optimieren und minimieren, ihr Lieben. Wegen der negativen Energie, versteht ihr?«

George griff in seine Tüte und warf Norva ein Tütchen Chips zu. Mir gab er eine Vitonica.

»Die geht auf Serena«, sagte er, »nicht auf mich, Girl.«

»Vielen, vielen Dank!«, sagte ich begeistert. Schnell schraubte ich den Verschluss ab und kippte den Saft in mich rein.

Ich trank ohne abzusetzen aus.

»Gluck, gluck, gluck!« Norva lachte, während der Saft mich erfrischte und neu belebte.

George schüttelte den Kopf. »Girl, du treibst es wild. Musst mit deinem Zuckerkonsum aber aufpassen«, sagte er. »Davon kannst du krank werden.«

49

»Oh, ich bin so froh, dass ihr heute bei Georgie übernachtet«, sagte Serena und klatschte in die Hände. »Ich glaube, es ist für euch alle gut, zusammen zu sein. Lasst euch nicht unterkriegen!«

Der Aufzug kam einem für vier Leute viel zu klein vor.

»Ihr pennt bei uns?«, fragte George. »Ich –«

Norva trat ihm dezent gegen den Knöchel, um ihn zum Schweigen zu bringen.

»Yay, die Kumpel alle zusammen!«, meinte Norva fröhlich und hakte sich bei George unter. »Jane ist nicht so lustig wie unser Freund hier.«

»Ja, da hast du recht«, sagte Serena lachend. »Ich traue ihr ja nicht so ganz.«

Ich sah Norva an.

»Du traust Jane nicht?«, fragte Norva. »In welcher Beziehung?«

»Ach, ich denke nur, sie ist beim Spendensammeln

nicht besonders kreativ. Dabei könnte sie dieses Geld richtig arbeiten lassen, es investieren und den Gewinn maximieren.«

»Investierst du denn, Serena?«, fragte ich.

»Ja, maximierst du deine Gewinne aus Vitonica, Dog Walking und Yoga-Unterricht?«, fragte Norva eine Spur sarkastisch.

Serena sah ihr direkt in die Augen. »Tue ich nicht.« Dann wurde sie etwas sanfter. »Aber wenn ich Zugang zu Janes Geld hätte, dann wäre ich besser dran – *The Tri* wäre dann deutlich reicher. Sie ist einfach ein bisschen zu bieder und wohltätig.«

»Vielleicht mochte Hugo genau das an Jane?«

»Hugo und Jane?« George begann zu lachen.

Norva trat ihm gegen den Knöchel, damit er den Mund hielt.

Diesmal ein bisschen fester.

Serena sah ihn fragend an. Dann lachte sie auch. »Ja, vielleicht habe ich mich da geirrt.«

»Könntest gar nicht weiter daneben liegen«, sagte George schnaubend.

Ding! Ding!

Mein Handy vibrierte in der Hosentasche.

»Ist das?«, fragte Norva angespannt.

Eine Nachricht von Katie.

Hab's bekommen. Bin dran. Passt auf euch auf – und bleibt vom Ermittlungsraum weg!

Ich nickte. Norva quiekte leise vor Freude.

Ich lächelte zurück und schob das Handy zurück in meine Shortstasche. Zum Vasendeckel.

»Yo!«, sagte George. »Ist es das, was ich denke, dass es ist? Big Joe wieder auf freiem Fuß? Zurück auf dem Spielfeld?«

Diesmal trat Norva ihm richtig fest gegen den Knöchel.

»Was?«, fragte Serena mit schriller Stimme. »Joe wurde freigelassen? Das ist hervorragend! Wusste ich's doch, dass er unschuldig ist!«

Die Aufzugtür öffnete sich zur Third Avenue, und wir gingen auf Georges Wohnung zu.

Da ging Serenas Tür auf und Mark kam heraus.

Norva und ich fassten einander reflexartig bei der Hand.

»Serena …«, sagte ich leise.

Mark schien überrascht, uns zu sehen. Er trat zurück in Serenas Wohnung.

»Hi, Mark!«, rief Serena fröhlich und ließ mich nicht zu Wort kommen. »In der Wohnung alles fertig?«

Mark sah Serena an. Sein Mund stand offen und er fixierte uns aus schmalen Augen. Dann nickte er.

Sie drehte sich zu uns.

»Mark hat mir mit Hugos Sachen geholfen. Er ist doch ein richtiger Schatz, stimmt's? So lustig. Du munterst mich richtig auf, was?«

Serena hielt ihn am Arm gepackt und lächelte. Mark schaute weg.

»Er ist schon okay«, murmelte Norva mit zusammengebissenen Zähnen. »Ich hoffe, du findest, was du gesucht hast, Mark«, sagte sie, während sie ihn von oben bis unten musterte und dann Serena noch einen Blick zuwarf.

Mark schaute nur noch auf den Boden.

Unbehaglich und nervös.

Als wollte er einfach im Boden verschwinden.

Norvas Augen klebten an Mark. Aber das war ja nichts Ungewöhnliches, sondern in seiner Gegenwart normal.

»Ich hol nur noch die paar Sachen für dich, Serena. Bin gleich wieder da«, sagte Mark und machte seinen Arm aus ihrem Griff los.

»Serena«, sagte ich leise, kaum dass Mark im Treppenhaus verschwunden war, »bitte sei in seiner Anwesenheit vorsichtig.«

»Wie meinst du das?«, fragte sie und ihr Lächeln verblasste.

»Ich glaube, er hat –«

Da ging die Wohnungstür neben uns auf.

»Ich dachte, ich hätte euch gehört!«, sagte Nina fröhlich. »Kommt rein, das Abendessen ist fertig.«

»Ja, Mum!«, sagte George und schob uns in seine Wohnung.

Ich warf noch einen Blick auf Serena, die wie angewurzelt dastand und ins Leere schaute.

50

Nina hatte groß aufgetischt.

»Guckt euch das an«, sagte George. »Kaum was zu essen für die Alexander-Sisters!«

Wir setzten uns und aßen Samosas, Pakoras und Jalebi. Es war unglaublich.

»Sie verstehen echt was vom Kochen, Ms Khan, das ist mal sicher«, sagte Norva zwischen zwei Bissen.

»Das ist mehr als köstlich. Kompliment!« Norva küsste ihre eigenen Fingerspitzen.

»Vielen Dank«, sagte ich, »das ist wirklich wundervoll. Und sehr nett von Ihnen.«

»Mach ich doch gern«, sagte sie. »Und genau das, was ihr gerade braucht.«

Das stimmte. Absolut.

Nach dem Festmahl ließ Norva sich auf Georges Bett fallen.

»George. Wasser. Trinken. Jetzt.«

»In Ordnung, Eure Hoheit. Nik, du auch?«

»Ja, bitte.«

Ich schaute mich in Georges Zimmer um. Ich sage Zimmer, aber es war eher ein Tonstudio. Oder etwas, das ein Tonstudio werden wollte, wenn es mal groß war.

Ein Einzelbett war in eine Ecke gequetscht. Auf dem Schreibtisch befanden sich zwei Monitore, Kopfhörer und Mikrofon. Auf einem Tisch daneben ein Keyboard. George liebte sein Handwerk wirklich. Ich war beeindruckt. Vielleicht würde ich seine SoundCloud doch mal abchecken.

Norva setzt sich auf. »Er war's, Nik. Meine Körperflüssigkeiten sagen es mir deutlich. Er erpresst sie.«

»Es ist das wahrscheinlichste Szenario«, sagte ich.

»Serena verdächtigt ihn offenbar weder wegen des Mordes noch wegen des Drohbriefs. Hast du gesehen, wie sie nach seinem Arm gegriffen hat?«

Ich nickte.

»Benimmt man sich so, wenn man Angst vor jemandem hat?«

»Nein, sicher nicht.«

»Und hast du gesehen, wie Mark in ihrer Wohnung ein und aus geht? Er ist da, sie aber nicht. Dann hilft er ihr mit Hugos Sachen.«

Oder sucht wohl eher nach der besagten Uhr.

Norva legte sich wieder hin. »Männer sind so was von enttäuschend«, sagte sie.

»Doch nicht alle, vielen herzlichen Dank auch«, sagte George, der gerade mit zwei Wassergläsern zurück ins Zimmer kam.

»Doch, du gehörst auch zu der Truppe, Kumpel«, sagte sie, »mit deinem losen Mundwerk vorhin im Lift. Wir wollen nicht, dass schon jemand von Paps Entlassung weiß. Das ist zu gefährlich. Und glaub bloß nicht, ich hätte deine Faxen backstage mit TrojKat schon vergessen.«

»Ganz ruhig, Mädchen, trink erst mal einen Schluck Wasser.« Er gab ihr ein Glas.

Ich wechselte das Thema.

»Du hast ein tolles Zimmer, George. Deine Ausrüstung sieht echt interessant aus.«

»Ist sie auch, Nik! Das ist irre. Dieses Zeug, dazu mein Handy und mein Talent, da kann mich nichts aufhalten. Das sage ich euch. Ich werde noch ganz groß rauskommen.«

Plötzlich setzte Norva sich ruckartig auf. »Zeig uns mal, wie das funktioniert«, sagte sie.

George rieb sich die Hände. Er öffnete seine Software und schloss das Mikro an.

»Ganz einfach. Du brauchst nur hier reinrappen.« Er zeigte aufs Mikrofon.

»Das wird da aufgenommen.« Er deutete auf den Computer.

Während er sprach, oszillierten die Audiowellen wie wild.

»Hallo, hallo, hallo!«, sagte ich von der anderen Seite des Raums.

Die Wellen zuckten und schlugen aus. Ich war beeindruckt. Das war interessant – und möglicherweise auch sehr nützlich.

»Wie viel Speicherplatz hast du eigentlich, George?«, fragte ich.

»Massen. Terabytes für jeden von uns.«

»Nimm doch mal über Nacht auf, ja?«, sagte Norva. »Ich will dein Schnarchen hören. Daraus könnten wir doch eine witzigen Track mixen.« Sie zog die Schultern hoch und machte George nach. »Weißt du, das Internet wird es lieben, Bro. Kommt im Netz groß raus.«

»Sehr witzig«, antwortete er. »Aber, ja, mach ich mal. Ist echt 'ne gute Idee, Norv.«

Norva verbeugte sich übertrieben.

Wie auf Kommando hörten wir eine laute Explosion.

Dann Schreie.

51

Wir rannten aus Georges Zimmer, aus der Wohnung und in den Verbindungsgang. Schwarze Rauchwolken stiegen von einem Feuer unten auf. Wir beugten uns über die Brüstung und reckten die Hälse, um besser sehen zu können.

Hugos Lieferwagen stand in Flammen. Ein Inferno. Ohne unser Teleskop war das nicht so gut zu erkennen, aber die

Fensterscheiben waren sicherlich zerbrochen und die Türen hinten standen offen.

`Zwischenfall! Hugos Lieferwagen explodiert Di 24/07 21:32`

Leute lehnten sich aus den Fenstern und drängten sich auf den Avenues.

Andere kamen aus dem Bermuda's und aus Better Buy gerannt. Viele reckten ihre Handys hoch in die Luft, um auch ja jeden Moment festzuhalten.

In der Ferne hörte man Sirenen.

»Norva!«, rief ich mit heftigem Herzklopfen. »Schau nach, ob das irgendwer live streamt. Schnell!«

Norva nestelte nach ihrem Handy, aber das war schon nicht mehr nötig.

Eine von hier oben winzige Serena rannte Richtung Better Buy. Obwohl sie so klein aussah, schallte ihre Stimme laut.

»Das ist alles, was mir noch geblieben war! Alles, was ich von seinen Sachen noch hatte!«, kreischte sie hysterisch.

»Ich dachte, ihr würdet mich mögen?! Mich wirklich mögen?!«

Ihre Stimme hallte zwischen den Gebäuden von *The Tri* wider.

»Ich dachte, wir wären wie eine Familie hier!! Aber ihr seid alle falsch! Fake! Ihr habt gewonnen! Ich gehe, okay? Ihr habt gewonnen. Erst mein Bruder, jetzt ich!«

Sie schluchzte.

Serena tat mir so leid.

Sissy kam zu ihr gerollt, um sie in den Arm zu nehmen, aber Serena schlug ihre Hände weg.

Norva lachte. »Das geschieht Sissy recht!«

Das Feuer roch natürlich nach Diesel, aber auch nach erhitztem Obst. Wie nach Apfelkuchen. Das war fast lecker.

»Wo ist er? Wo ist er? Wo ist er?«, sagte Norva. Unsere Augen scannten das Gelände von *The Tri*.

»Wer?«, fragte George aufgeregt. »Wer war das?«

Wir schwiegen.

»Da«, sagte ich und zeigte hin.

Mark stand im Garten, neben The Rec. Schwer atmend lehnte er an einem Kirschbaum. So, als wäre er gerade vor irgendwas weggerannt.

»Wie gerufen«, sagte Norva tonlos. Ihre Stimme klang emotionslos, aber sie wandte sich von der Avenue ab.

»Ihr denkt, Mark steckt hinter allem?«, rief George. »Wow. WOW! Der Typ ist doch hohl. Seid ihr euch echt sicher?«

Wir sagten wieder nichts. Ein loses Mundwerk kann ja bekanntermaßen viel Schaden anrichten. Gerade in Mordermittlungen.

»Ach. Du. Scheiße«, meinte George, während wir in sein Zimmer zurückgingen. »*The Tri* ist diese Woche der Hammer – und dabei haben wir erst Dienstag. Brutal.« Er schüttelte den Kopf. »Passiert das gerade echt?«

»Kommt einem nicht so vor, was?«, fragte ich zurück.

»Lass uns rausgehen«, forderte Norva mich auf.

Sie beugte sich rüber zu Georges Mikro und schob es so nah wie möglich an die Wand, die an Serenas Wohnung grenzte.

»Lass es an. Die ganze Nacht lang«, flüsterte sie.

52

»Komm schon, komm schon!«, murmelte Norva und drückte immer wieder auf den Knopf des Aufzugs. »Das ist doch lächerlich.«

»Alle wollen nach der Explosion wieder nach Hause. Was hast du da erwartet?«, sagte ich.

»Ich hab erwartet, dass sie verdammt nochmal zu Fuß gehen!« Sie haute nochmal auf den Knopf und schnalzte mit der Zunge.

»Das sollten wir machen!«, sagte ich und warf die Hände in die Luft. »Lass uns einfach die Treppe nehmen – wir vergeuden hier nur Zeit.«

Schon zog ich die Tür zum Treppenhaus auf.

Sie ließ die Schultern hängen. »Na schön. Machen wir das«, sagte sie leise.

Wir sprangen die Treppe hinunter, immer zwei Stufen auf einmal.

Im achtzehnten Stock streckte Norva den Arm aus, um mich aufzuhalten.

»Lass mich hier kurz verschnaufen«, sagte sie.

»Was haben wir denn überhaupt vor?«, fragte ich zwischen zwei tiefen Atemzügen von der nach Urin stinkenden Luft. »Was wollen wir da unten machen?«

Ich beugte mich vor und stützte die Hände auf die Knie.

Norva lehnte sich an die Wand.

»Es ist an der Zeit, dass wir einen Gang hochschalten. Wir müssen stark sein, ein paar ordentliche Lügen erzählen und eine Prise Chaos in die ganze Sache bringen, um den Fall zu lösen.«

»Das machen wir?«

Sie nickte. »Weiter geht's.«

Im dreizehnten Stock hörten wir Schritte. Daraufhin verlangsamten wir unser Tempo und schlichen nur noch. Dieselgeruch kam uns entgegen.

Wir sahen ihn, bevor er uns sah. Marks Haare tauchten zuerst auf.

Ich hielt den Atem an.

Norva schaute zu mir und nickte. Ich nickte zurück.

Wir waren bereit. Ich schluckte.

Mark blieb stehen, um Luft zu holen. Dabei blickte er nach oben. Unsere Blicke begegneten sich. Er fluchte leise.

»Alles okay, Mark?«, fragte ich mit falscher Besorgnis.

»Ja, ja, bestens«, keuchte er im Näherkommen.

»Sicher? Du siehst nicht gerade bestens aus«, sagte Norva.

»Ach, ich war nur schnell eine Runde laufen«, sagte er.

Ich musterte ihn von oben bis unten.

»Laufen? Im Dunkeln? In Jeans?« Ich ließ ihn nicht aus den Augen.

»Er tut leidenschaftlich viel für seine Fitness«, sagte Norva und schaute mich an. Dann schnüffelte sie. »Du riechst nach Diesel, Mark.« Sie schlug die Hand vor den Mund. »Du bist doch nicht zu nah an der Explosion vorbeigelaufen, oder?«

»Nee, kein bisschen. Ganz woanders«, sagte er und starrte auf den Boden. »Hab's nicht mal gesehen. Hört mal, ich muss weiter. Mum braucht mich.«

Er schob sich an uns vorbei.

»Mark?«, rief Norva ihm nach.

»Ja?«, sagte er genervt. »Was?«

»Weißt du von der Uhr, die Serena sucht?«, fragte sie.

Ich starrte sie an.

Mark stand wie angewurzelt da.

»Ja?«, sagte er und kam die Stufen herunter wieder zu uns zurück.

Allerdings blieb er eine Stufe über Norva stehen. Sein Gesicht dicht über ihrem. In einer anderen Dimension hätte sie das geliebt.

»Was weißt du darüber? Hast du die gesehen?«, fragte er leise.

»Kann schon sein. Ich glaube, wir haben sie mal im *Hub* gesehen.«

Nein, hatten wir nicht. Mein Herz raste und meine Handflächen wurden ganz feucht.

»Dein Ernst?«, knurrte er.

Norva schluckte. »Yeah – doch. Ich schwör. Stimmt's, Nik?« Lächelnd drehte sie sich zu mir um.

Ich nickte. »Ziemlich sicher«, sagte ich.

Wieder gelogen.

Er grinste breit. »Geil«, sagte er erleichtert. »Schöne Pleite!« Dann rannte er, immer zwei Stufen auf einmal nehmend, nach oben davon.

Bis wir beim Lieferwagen angekommen waren, hatte die Feuerwehr ihren Job gemacht. Weißer Rauch stieg aus dem verkohlten Fahrzeug auf.

Officer Burnett war vor Ort, um den Wagen hing ein labbriges Absperrband.

Bisschen wenig. Bisschen spät.

Unsere Blicke trafen sich. Norva nahm Haltung an und salutierte. Er schüttelte nur den Kopf und blieb auf seinem Posten.

»Ich hatte gehofft, Katie würde hier sein – mit Pap«, sagte ich.

Norva nickte. »Ich auch. Check mal dein Video. Ist es schon viral gegangen?«

Ich zog mein Handy aus der Tasche und sah nach.

Fünf Aufrufe. Ein Kommentar.

»Big Joe unschuldig!«

Von George.

»Nein«, antwortete ich.

»Na gut«, sagte Norva aufgedreht. »Dann lass uns weitermachen.«

53

»Zeit zum Observieren«, sagte Norva. »Bist du bereit?«

Ich nickte zögernd, denn das war ich nicht. Ich war müde. Aber wenn die Gerechtigkeit nicht schlief, würde ich das auch nicht tun.

»Du musst wach aussehen«, sagte sie. »Das könnte richtig ernst werden.«

Ich lehnte mich an die Wand und schob die Hände in die Taschen. Handy. Vasendeckel. Ich hatte alles, was ich brauchte.

»Mir geht's gut. Ich bin wach«, sagte ich.

Im *Hub* brannte kein Licht. Ich spähte durch die schmalen Fenster in der Tür.

Norva holte Paps Schlüssel aus ihrem Kleid.

»Ich schwör dir, die gebe ich nie her. Niemals. Pap müsste sie mir schon aus meinen kalten, toten Händen reißen.«

»Lass uns hoffen, dass es so weit nie kommt.«

»Yeah, das hoffe ich natürlich auch.«

Norva schloss auf und wir blieben mit dem Rücken zur Wand stehen. Hugos Schreibtisch direkt vor uns, rechts die Kammer mit den Stühlen.

Wir unterhielten uns nur flüsternd.

»Den Köder habe ich ausgelegt«, sagte Norva mit im Dunkeln glänzenden Augen. »Jetzt lass uns mal sehen, ob er anbeißt.«

Sie blickte sich im Zimmer um.

»Wenn er auch nur eine Spur Verstand hat, sucht er zuerst im Schreibtisch. Vielleicht schlitzt er sogar den Sessel auf.«

Ich zuckte zusammen.

»Hoffentlich nicht – Hugo hat den Sessel so geliebt.«

»Was habe ich dir über Kollateralschaden gesagt? Wenn er das macht, müssen wir es zulassen.«

»Ich will nur keine Gewalt. Das wäre so, als würde jemand Hugo noch mal umbringen«, sagte ich.

»Also, nicht wirklich. Das ist doch nur ein Sessel. Stell dich nicht so an.«

Ich zuckte mit den Achseln. »Na gut, okay.«

»Jetzt brauchen wir ein Versteck, von dem aus wir trotzdem alles sehen.«

Sie schaute zur Kammer. »Da drin ist es perfekt. Lass uns den Schreibtisch ein Stück verschieben, damit diese Plätze in der ersten Reihe sich auch lohnen!«

Wir fassten an beiden Enden an und rückten den Tisch Richtung Tür. Dabei scharrte er laut über den Boden.

»Verdammt!«, flüsterte Norva. »Bei dem Krach könnte es vorbei sein, bevor es überhaupt losgeht!«

Dann trat sie einen Schritt zurück, ging in die Hocke und machte aus ihren Daumen und Zeigefingern einen Rahmen.

»Ja, für mich sieht das gut aus. Ab in die Kammer!«

Sie zog die Doppeltüren auf.

Die Kammer war mit gestapelten Stühlen vollgepackt. Es war kalt und ein bisschen staubig da drin. Eine Spinne huschte über den Fußboden.

»Unser Zimmer für heute Nacht«, sagte Norva. Ich warf ihr einen genervten Blick zu.

»Es wird sich lohnen, das verspreche ich dir. Wir werden dabei so viel erfahren.«

Jetzt schoben wir erst einmal die Stühle weiter nach hinten und setzten uns auf den Boden.

»Ja, ich weiß. Und ich habe auch kapiert, dass wir hier unten wahrscheinlich mehr zu sehen kriegen werden.«

Ich griff nach meinem Handy. Das Licht fiel auf unsere Gesichter.

»Dimm die Taschenlampe! Und das Display!«, sagte Norva panisch. »Oder willst du, dass wir entdeckt werden?«

»Aber so kann ich kaum was erkennen!«, sagte ich. »Ich könnte die Zeit nutzen, um die Uhr und Marks Methode zu recherchieren«, sagte ich.

»Das wird warten müssen«, sagte sie und riss mir mein Telefon weg, sodass es auf den Boden fiel.

Schritte.

Ich tastete nach meinem Handy und hielt den Atem an. Mein Herz hämmerte.

Da schwang die Tür zum *Hub* auf.

Der Geruch nach Diesel erfüllte den Raum.

»Aber vielleicht nicht so lange«, flüsterte Norva.

Wir spähten durch den Türspalt der Abstellkammer.

54

Mark stand in der Mitte des *Hub*. Er hatte sich nicht umgezogen, sondern nur eine leichte Jacke übergezogen. In der rechten Hand hielt er eine Spraydose mit Farbe.

Er lief im Kreis durch den Raum, trat dann ans Fenster und blickte hinaus auf das dunkle Tri. Schließlich griff er nach seinem Handy und schrieb eine Nachricht.

Als er damit fertig war, setzte er sich in Hugos Sessel. Anscheinend gefiel ihm, wie bequem der war, denn er murmelte etwas in der Richtung. Dann stellte er die Spraydose auf den Tisch, lehnte sich zurück und schaute an die Decke.

Auf dem Drehstuhl sitzend schob Mark sich in die Mitte von *The Hub* und stieß sich dort immer wieder ab. Dazu lachte er in sich hinein.

Ding! Ding!

Eine Nachricht für Mark. Er schaute auf sein Handy und schrie: »Verdammte Kacke!« Seine Stimme hallte von den Wänden wider.

Als Nächstes stand er auf und schob den Sessel weg. Er ging zum Schreibtisch zurück und versperrte uns die Sicht darauf. Er schlüpfte aus seiner Jacke und warf sie achtlos vor der Abstellkammer auf den Boden. In unserer Reichweite.

Nun begann er, den Raum zu durchstöbern. Er riss die Schubladen polternd heraus und wühlte keuchend darin.

Norva schob sich langsam nach vorn, um seine Jacke zu angeln. Ihre Finger bewegten sich spinnengleich über den Boden. Dann hatte sie den Kragen und zog die Jacke zu sich, bis sie durch die Tür und in ihre Arme verschwand.

Norva schnüffelte gierig daran. Anscheinend spürte sie in der Dunkelheit meinen Blick.

»Es ist kompliziert!«, flüsterte sie.

Ich riss sie ihr aus der Hand und kontrollierte die Taschen.

»Nein!«, rief Mark hinter uns. Dann war zu hören, wie er Hugos Schreibtisch umwarf.

Ich fuhr zusammen.

Rasch nahm ich den Inhalt aus den Taschen und legte ihn hinter mich auf den Boden. Mit dem Rücken zur Tür und zu Norva benutzte ich mein Handy, um die Sachen zu beleuchten.

- Schlüssel
- Geldbörse
- eine kleine, sternförmige Silberbrosche, die mit Diamanten eingefasst war
- ein Döschen mit Tabletten

Hinter der Tür schüttelte Mark seine Spraydose. Man hörte, wie er den Deckel abnahm, dann zischte Farbe heraus.

Rasch machte ich noch ein Foto von den vor mir ausgebreiteten Sachen, bevor ich sie zurück in Marks Jackentaschen stopfte. Schließlich drehte ich mich wieder zu Norva um, die Mark beobachtete, wie er etwas an die Wand sprayte. Auf Barrys Brandfleck.

Vorsichtig warf ich die Jacke an den Platz vor der Abstellkammer zurück.

Wo iss sie?, schrieb Mark an die Wand. Leuchtendes Orange auf dem frischen Gelb. Pap würde nicht begeistert sein.

Mark wandte sich von der Wand ab, kam zurück zum Schreibtisch und trat nochmal kräftig dagegen. Dann blieb er vor unserer Abstellkammer stehen.

Wir hielten beide die Luft an und tasteten nach der Hand der jeweils anderen. Aber das war unnötig, denn er schaute nicht hinein. Stattdessen schnappte er sich seine Jacke und war auch schon verschwunden.

Norva und ich warteten, bis die Luft absolut rein war, bevor wir aus der Kammer krochen.

»Wo iss sie?«, sagte ich. »Seine Rechtschreibung ist schauderhaft.«

»Total! Sag mir nochmal, was stand in Serenas Drohbrief?«, fragte Norva.

Ich zückte mein Handy. »Hier, schau.«

Tick! Tack! Tick Tack!
Gib mir die verdamte Uhr
Deine Zeit läuft Freitag ab.

»Das passt«, sagte sie. »Also hat er den Zettel geschrieben?«

»Eindeutig«, sagte ich.

Ich sah mich um. Hugos Tisch lag umgekippt mitten im Raum. Ein Bein war abgebrochen. Die Schubladen lagen ausgekippt daneben.

»Ganz ehrlich, ich dachte, er würde gründlicher suchen«, sagte Norva. »Warum keine eingeworfenen Fensterscheiben und durch den Raum geworfenen Stühle? Warum hat er die Sitzfläche nicht aufgeschlitzt und da drin nach der Uhr gesucht?«

Hugo_Ende_2307.doc

Opfer: Hugo Knightley-Webb
Fundort der Leiche: Müllraum von Corner One
Datum und Uhrzeit: 23/07 14:27

Todeszeitpunkt: Zwischen Fr 20/07 ~~22:30~~ 23:05 und Sa 00:15 ~~06:30~~

Tatwaffe: Farbdose - höchstwahrscheinlich. Von Katie angedeutet: 24/07 09:02

Vielleicht auch nicht!

Motiv: Geld? Geld für die Uhr? Die Uhr. Hugo sollte zu Geld kommen

Zwischenfall! Hugos Lieferwagen explodiert Di 24/07 21:32

Hypothese: Wohnung 212 Ermordet in einer Wohnung in Corner One, 21. oder 22. Stockwerk, mit Farbdose, Müllrutsche runtergeworfen

~~To-do: Informationen über Versammlung besorgen~~
To-do: Rausfinden, wo Verdächtige nach Versammlung waren
~~To-do: Pap nach seinem Telefonat und dem Humpeln fragen~~
~~To-do: Hypothese Hugo/Rutsche testen~~
~~To-do: Pap wegen Farbe und Säcken fragen~~
~~To-do: Todeszeitpunkt eingrenzen~~
~~To-do: Whitford Markt besuchen~~

To-do: Rauskriegen, worüber Mark und Serena am 23/07 um 15:11 gesprochen haben
To-do: Mehr über die Uhr rausfinden!
To-do: Herausfinden, wer den Drohbrief an Serena geschrieben hat
To-do: An Paps Handy kommen
~~To-do: Rauskriegen, warum Paps Schuhabdrücke auf der Third Avenue sind~~

	221 ~~Pap~~ ~~Nik~~ ~~Norva~~ ~~Ringo~~	222 ~~Mrs Kowalski~~	223 Mark Walker ~~»Mutter Walker«~~	211 ~~George Shah~~ ~~Nina Shah~~	212 ~~Hugo KW~~ **Serena KW**	213 ~~»Charity«~~ ~~Jane~~
Alibi während des Todeszeitraums	Bis 01:27 unterwegs »üblen Müll loswerden« 23:30 Freitag. Pap hat sich per E-Mail bei Hugo entschuldigt. War bei Mrs K.	Arbeit mit »Unterstützung« an Projekt. bis 01:15 Die Unterstützung ist Pap.		GS: Backstage mit TrojKat NS: Bei Tante Geeta	Schlafend im Bett. Hat um 01:15 etwas gehört.	Weinte allein, wartete auf ihren Freund – wahrscheinlich Pap.
Bestätigt?	Bei Mrs K.	~~Nein, aber wir vermuten, wer ihre »Unterstützung« ist. Pap.~~		Y – Fotobeweise für beide Verdächtige.		Hugo schuldete ihr Geld.

Motiv?	Streit wegen Geld bei Versammlung am Freitag.					
Fragen?	Pap hat sich das Humpeln zwischen Fr 22:30 und Sa 08:00 zugezogen. Wie? Hast du am Samstag in der Wohnung von Hugo und Serena gestrichen? JA		Über was hast du mit Serena geredet?		Über was hast du mit Mark geredet? Ameisen (tot und lebendig in eurer Wohnung?) ~~Hast du einen Job?~~ Nicht wirklich.	~~Wie bist du in unsere Wohnung gekommen?~~ SCHLÜSSEL ~~Schuldet Hugo dir Geld?~~ NICHT WIRKLICH ~~Warum schuldet Hugo dir 250 Pfund?~~ EIN VERSPRECHEN ~~Warum hast du Paps Arbeitsstiefel?~~ GELIEHEN ~~Hast du die Abdrücke auf der Avenue hinterlassen?~~ JA

55

Der Duft von Gebratenem wehte gegen sieben Uhr durch unsere Tür.

Ich war schon wach und hatte kaum geschlafen, weil ich immer auf Pap gehorcht hatte.

Und auf Mark.

Jane klopfte an unsere Tür.

»Hab euch Frühstück gemacht«, zwitscherte sie fröhlich. »Ich weiß ja, dass ihr Frühaufsteherinnen seid.«

Norva erhob sich wie ein Vampir von ihrem Bett und rieb sich die Hände. Ihr Interesse war schon mal geweckt.

»Ja, Jane! Komm rein!«, rief sie heiser. »Ich bin so durstig«, meinte sie und hustete trocken.

Sie sah mich an und rieb sich wieder die Hände.

»Norva, nachdem wir jetzt ein bisschen geschlafen haben, lass uns alles noch mal durchgehen«, sagte ich. »Das mit der Uhr müssen wir jetzt an die erste Stelle setzen. Während du geschlafen hast, habe ich ein bisschen recherchiert. Die teuerste Uhr der Welt wurde für 6,8 Millionen Dollar verkauft.«

»Echt jetzt? Das ist Wahnsinn! Denkst du, diese Uhr könnte genauso viel wert sein?«

»Das ist genau der Punkt, Norva. Ich bin mir gar nicht mehr sicher, ob wir überhaupt nach einer Uhr suchen.«

»Wie meinst du das?«, sagte sie. »Serena hat doch von einer Uhr geredet.«

»Ich weiß, aber ich habe Hugo nie viel von Uhren sprechen gehört. Er mochte Architektur, Gemälde, Stoffe, Vasen …«

»Frühstück!«, trällerte Jane im Flur.

»Okay, lass uns erst mal was futtern und das danach klären«, sagte Norva.

»Na gut«, sagte ich.

Norva stieg aus dem Bett, riss unsere Tür auf und sprintete über den Flur.

Jane hatte sich ins Zeug gelegt. Auf dem Tisch stand das größte Frühstück, das ich je gesehen hatte – in echt, meine ich.

Das üppige Angebot bestand aus:

- Eiern, gebraten
- Speck
- Würstchen
- Tomaten, gebraten
- Bohnen
- Pilzen
- Toast
- Vitonica, für mich

Schnell schnappte ich mir die Flasche vom Tisch.

»Kartoffelpuffer auch noch?«, staunte Norva, als Jane noch einen Teller auf den Tisch stellte.

- Kartoffelpuffer

»Das ist Wahnsinn! Dankeschön!« Norva setzte sich und lud sich auch schon einen Teller voll. Und den Mund. »Weißt du noch, als ich gesagt habe, keine Stiefmutter-Aktionen, Jane? Das hier ist prima. Das habe ich nicht gemeint. Das ist voll in Ordnung.«

Jane lächelte. »Aber gerne!«

Ding! Ding!

Janes Handy. Sie schlug eine Hand vor ihren Mund.

»O nein!« Sie schnappte nach Luft. »*The Hub* wurde verwüstet!«

Ein schneller Blick zu Norva.

»O nein«, sagte Norva lahm und sah Jane an. »Das ist ja echt übel! Weiß man schon, wer das war?« Sie verrenkte sich den Hals, um auf Janes Display zu gucken.

Ich schaute auf meinen Teller.

»Nein, noch keine Details«, sagte Jane und stand vom Tisch auf. »Ich gehe mal runter. Vielleicht kann ich schon rein.«

Sie seufzte, als sie ihre Sandalen anzog. »Dabei habe ich an dem Raum so hart gearbeitet.«

Sie bückte sich nochmal, um Ringo zu streicheln, dann ging sie und machte die Tür hinter sich zu.

»Hätten wir ihn vielleicht daran hindern sollen?«, fragte ich.

»Nee«, antwortete Norva. »Kollateralschaden. Außerdem kannst du solchen Zeitabläufen nichts entgegensetzen. Und wer weiß, in welcher Dimension wir uns heute Morgen wiederfinden würden, wenn wir es versucht hätten.«

»Wahrscheinlich.«

Norva griff nach einem Würstchen.

»Dieses Zeug. Ist. So. Gut.« Nach jedem Wort schlug Norva mit der Hand auf den Tisch. Dann hielt sie sich am Tisch fest, lehnte sich aber zurück und verdrehte die Augen. »So gut«, flüsterte sie nochmal.

»Ach ja?«

Norva nahm sich einen Kartoffelpuffer. Fett tropfte von ihren Fingern.

»Stell mal deine Geschmacksknospen neu ein«, meinte sie.

Ich stocherte in einem Pilz rum.

»Hat mich gewundert, dass du vorhin so nett zu Jane warst, Norva.«

»Warum?«

Ich lachte. »Also ich traue ihr noch nicht 100-prozentig.«

»Tust du nicht?«

»*Nope*. Gestern ist sie noch im Dunkeln in unserer Wohnung gesessen. Hat dafür heimlich einen Schlüssel benutzt. Und mit ihren Schuhabrücken hat sie die Ermittlungen behindert.« Ich lächelte Norva an. »Und dann das ganze Essen hier? Was, wenn sie uns vergiften will, um Pap ganz für sich allein zu haben? Was, wenn sie Hugo aus falsch verstandener Solidarität mit Pap umgebracht hat?«

Norva ließ den Kartoffelpuffer fallen und starrte ins Leere. Ich hatte so was wie eine Betriebsstörung bei ihr ausgelöst.

»Spaß, Norva.« Ich wedelte mit einer Hand vor ihrem Gesicht herum. Keine Reaktion.

»Das war nur ein Spaß«, sagte ich leise.

Ding! Ding!

Norvas Handy störte die Stille und riss sie aus ihrer Trance.

»George«, sagte sie. Dann las sie mit verstellter George-Stimme vor: »Girl, du bist echt schlau!«

Norva sah mich an und wechselte wieder zu ihrer eigenen Stimme. »Weiß ich doch. Ich kenn mich ja.«

Dann weiter im George-Ton: »Die Aufnahme weiterlaufen zu lassen, war ein super Schachzug. Kann keine unbearbeiteten Tracks verschicken. Bringt Unglück. Also kommt runter. Sofort!«

Ding! Ding!

Noch eine Nachricht. Ich beugte mich über ihre Schulter, um was zu sehen.

Übrigens – verrücktes Durcheinander von nebenan heute Morgen! Da läuft was!

Norva schrieb zurück:

Kommen! Ein Tipp, bitte?

Ding! Ding!

Mark. Serena. Die Uhr.

Ich sprang auf. »Los, komm! Das Rätsel löst sich, Norva – jetzt lass uns gehen.«

Sie saß reglos da.

»Norva, was ist denn mit dir?«

Ich nahm einen Schluck von meiner Vitonica.

»Nik, ich glaube, wir haben die Sache von der falschen Seite betrachtet. Ich schätze –«

Es klopfte an der Tür.

Ringo fing laut an zu bellen.

56

Ich schaute durch den Spion.

Mark.

Er stand nervös vor der Tür und schlug wieder dagegen. Ich wich zurück.

Dann winkte ich Norva. Sie riss die Augen auf. Mein Herz raste.

Norva kam auf Zehenspitzen und duckte sich hinter mir. Ringo bellte weiter und kratzte an der Tür.

Mark hämmerte wieder dagegen. Ich zuckte zusammen.

»Warum versteckst du dich?«, flüsterte ich.

»Er darf mich so nicht sehen«, formten ihre Lippen stumm.

»Hallo!«, rief er jetzt. »Ich kann euch hören! Lasst mich rein! Ich weiß, dass ihr da seid!«

Ich legte die Kette vor und öffnete die Tür mit zitternden Händen einen Spalt breit.

»Ihr habt mich angelogen!«, zischte er. »Ich muss mit euch über die Uhr reden. Die war nicht da …«

»Ach, nicht?«, sagte ich. »Tut uns echt leid!«

Ich wollte die Tür wieder zumachen, aber er drückte mit seiner Handfläche dagegen.

»Hör mal«, sagte er sanft. »Ich brauche ein bisschen Hilfe. Wann kommt dein Dad zurück? Weißt du das?«

Norva stand lauschend hinter der Tür und atmete kaum.

»Das wissen wir nicht. Er ist immer noch in Gewahrsam.«

Wegen dir.

Mark fluchte halblaut.

»Ich muss wieder arbeiten – mit deinem Dad. Ich bin pleite. Hat er irgendwelche Jobs für mich hinterlassen? Hat er irgendwas gesagt?« Er sah angespannt aus.

Was für eine Frechheit.

»Mark, wir haben ehrlich gesagt überhaupt nicht an dich gedacht.«

Gelogen.

Hinter mir trat Norva gegen mein Bein. Ich beugte mich von Mark und dem Türspalt weg, um sie anzusehen. Sie machte ein flehendes Gesicht. Dann formte sie aus Daumen und Zeigefingern auch noch ein Herz.

Hatte sie jetzt komplett den Verstand verloren?

»Kann ich bitte für einen Moment reinkommen?«

Er konnte mein Gesicht nicht sehen, denn ich schaute Norva an. Sie formte stumm mit den Lippen ein Ja und nickte, bevor sie in unser Zimmer huschte. Ich konnte hören und riechen, wie sie sich mit Unmengen Deo einsprühte.

Ich machte die Tür ganz auf.

Mark trat ein und schnupperte. »Superfrisch hier drin«, sagte er. Dann marschierte er direkt ins Wohnzimmer. Ringo sprang an seinen Beinen hoch und bettelte darum, gestreichelt zu werden, aber Mark ignorierte ihn. Schließlich knallte er sein Handy auf den Couchtisch und ließ sich mit breit gespreizten Beinen ins Sofa fallen.

Ich blieb im Türrahmen stehen. Norva gesellte sich zu mir und roch wie ein Granatapfel. Sie begrüßte Mark mit einem Nicken. Er nickte zurück.

»Ja, also, tut mir leid, das mit eurem Dad. Sollt ihr wissen. Aber ich steck hier ohne ihn echt in der Scheiße. Kein Witz. Ich bin im Arsch.« Er sah geschlagen aus.

»Warum? Was hast du denn getan?«, fragte ich.

Er zählte die Gründe an seinen Fingern ab. »Ich bin pleite, Mum hat zu kämpfen – ihr geht's immer schlechter, ich muss mich von Ärger fernhalten, und das klappt nicht.« Er beugte sich vor und stützte den Kopf in die Hände. »Ohne euren Dad bin ich im Eimer, und ich muss diese Uhr finden. Dabei weiß ich nicht mal, warum die die wollen.«

»Die?«

»Wer ist ›die‹, Mark?«, fragte Norva.

»Die Typen, die hinter Serena her sind!«, flüsterte er. »Die Hugo umgebracht haben.«

Was?

Norva starrte mich an und ich Mark.

»Jemand versucht, Serena umzubringen?«, fragte ich.

Und das bist nicht du?, dachte ich bei mir.

»*Yeah!*«, sagte er. »Die haben ihr einen Drohbrief hinterlassen und alles. Ist echt übel.«

Ich griff nach meinem Handy. »Hier«, sagte ich, »ruf Katie an. Sie ist die Polizistin, die früher hier gewohnt hat. Erinnerst du dich? Sie wird dir helfen.«

»Nee«, sagte er, »ist zu spät dafür.«

Er wirkte am Boden zerstört.

Ich spürte einen winzigen Anflug von Mitleid mit ihm, aber den schüttelte ich ab. Er war kriminell.

Mark schaute hoch. »Kann ich mal euer Klo benutzen?«

War er nicht gerade eben erst aus seiner eigenen Wohnung gekommen?

Ich seufzte.

»Wenn's sein muss.« Dann zeigte ich den Flur runter.

Ding! Ding!

Marks Handy piepte und vibrierte auf dem Tisch. Eine Nachricht von jemandem namens ›SirIna‹.

Seine Rechtschreibung, also wirklich.

Nein, das kann ich nicht, Mark.

Norva zeigte auf das Handy. Ich zog schnell meins hervor und machte ein Foto.

Man hörte die Toilettenspülung.

»Wisst ihr was? Beim Pinkeln hab ich drüber …«

Zu viel Information.

»… nachgedacht. Dass ich hier bin. Macht ja gar keinen Sinn. Ihr könnt mir sowieso nicht helfen. Ihr seid zwei kleine Mädchen. Ohne euren Dad.«

Norva sah aus, als hätte ihr jemand die Luft rausgelassen.

Mark griff nach seinem Handy auf dem Tisch.

Da bemerkte er die Nachricht und sein Gesicht wurde noch ernster. »Ich geh dann mal lieber wieder. Hab noch was zu erledigen. Aber wenn ihr das nächste Mal mit ihm redet, sagt ihm, ich hätte gesagt, Kopf hoch.«

Mark ging zur Wohnungstür. »Joe war's nicht«, sagte er.

»Wissen wir«, sagte Norva leise.

Ich schloss die Tür.

»Norva, hast du das gehört? Mark hat gesagt –«, fing ich an.

Ding! Ding!

Norvas Handy. Eine Nachricht von George.

ÄHM WOLLT IHR'S JETZT WISSEN ODER NICHT? KOMMT RUNTER!

57

Norva klopfte behutsam an Georges Wohnungstür.

Wenig überraschend öffnete er nicht. Ich stieß mit dem Fuß gegen den Fußabstreifer mit dem Spruch »Welcome

Bach«, während Norva ihm von ihrem Handy eine Nachricht schickte.

George erschien sofort.

»Warum schreibst du denn? Klopf halt einfach richtig!«, sagte er laut.

Norva legte den Finger an ihre Lippen, machte »psst!« und schob ihn zurück in den Flur. Von da marschierte sie direkt in sein Zimmer.

»Was hast du für uns?«, flüsterte sie, nur Millimeter von seinem Gesicht entfernt. Dann zeigte sie auf die Wand, die an Serenas Wohnung grenzte.

George lachte, sagte aber auch mit leiser Stimme: »Immer für ein Drama gut. Ohne geht's nicht. Setz dich erst mal und Lauscher auf.«

Er setzte ihr ein paar Kopfhörer auf und spielte seine Aufnahme ab. Norva saß mit den Ellbogen auf den Tisch gestützt, hatte die Daumen unter dem Kinn und trommelte mit den Zeigefingern auf ihre Lippen. Sie schloss die Augen und schüttelte den Kopf über das, was sie da hörte.

Dann nahm sie den Kopfhörer ab, saß einen Moment reglos da und drehte sich anschließend auf seinem Stuhl zu uns.

»Genau, wie ich dachte«, sagte sie.

»Ich bin dran.« Ich schob sie vom Stuhl und setzte mich an Georges Schreibtisch. Er sprang in der Aufnahme zurück.

»Und los!«, sagte er.

Ich setzte rasch die Kopfhörer auf. Die Unterhaltung Wort für Wort.

Mark: »Danke für die Medizin, Serena, aber du kommst da nicht mehr raus. Das weißt du, oder? Das wird böse enden. Für dich.«

Serena: »Ich brauche dieses Teil - dringend ...«

Serena lacht oder weint, lässt sich nicht feststellen. »Das ist das Problem. Du hättest nicht tun sollen, was du getan hast.«

Mark: »Aber ich hab keine Ahnung, was diese Uhr sein soll. Das sieht für mich ja noch nicht mal nach einer Uhr aus. Von eurer schicken Welt verstehe ich nichts. Das ist mir zu viel. Ich will raus aus der Sache.«

Serena: »Das will ich auch. Aber dafür ist es zu spät. Wir stecken da jetzt beide drin.«

Ich nahm die Kopfhörer ab und sah zu Norva hin. Sie lehnte mit verschränkten Armen an der Wand.

»Mach mal deine Galerie auf, Nik. Zeig mir Marks Pillen von gestern«, bat Norva mich.

»Mark ist auf Drogen!?«, rief George und schlug sich eine Hand vor den Mund. »Das wird ja immer schlimmer!«, flüsterte er.

Ich zoomte auf das Foto und zeigte es Norva. »Okay, Niacin, Niacin, Niacin«, sagte sie. »Merkt euch das bitte.«

»Ich brauche deinen Computer und ein Glas Wasser – meine Kehle fühlt sich an wie die Sahara.«

Er lachte und nickte.

Norva googelte Niacin. »Das ist nur Vitamin B3«, sagte sie. »An Vitaminen stirbt niemand.«

»Hat das denn irgendwelche Nebenwirkungen?«, fragte ich.

Norva leierte sie runter. »Juckreiz, Herzklopfen, Verdauungsbeschwerden, Durchfall, Kotzerei. Gicht.«

»Gicht?«, fragte ich.

»Ja, das ist so eine Reiche-Leute-Krankheit«, sagte Norva und grinste mich ironisch an. »Passt zu Hugo, ist aber nicht tödlich.«

Sie las weiter. »Hautrötungen und dazu Schwindel.«

»Hautrötungen und Schwindel?«, sagte ich. »O nein, Norva. Erinnerst du dich, wie rot Hugo auf Georges Video aussah?«

»Wie ein Lachs«, sagte Norva und nickte.

George kam mit Wasser für Norva und einer Vitonica für mich zurück. »Mum hat die für dich eingekauft. Denk dran, dich nachher zu bedanken, ja?«

»Na klar«, sagte ich.

»George, zeig uns doch nochmal dein Video von Hugo bei der Versammlung«, forderte Norva ihn auf.

»Ich hab noch was Besseres für euch!«, sagte er. »Ich hab ein GIF draus gemacht.« George griff nach seinem Handy.

Hugo steht rot und auf wackeligen Beinen da. Er setzt sich. Serena streicht ihm über den Rücken. Sie gibt ihm eine Flasche Saft.

Dann fängt das GIF wieder von vorne an. Hugo ist wieder rot und wackelig auf den Beinen.

»Klasse, George«, sagte ich.

Er zuckte mit den Achseln. »Keine große Sache, Nik. Aber das hilft euch, oder? Dann lass gut sein.«

»Denkst du, Mark hat Hugo mit Niacin vergiftet, Norva?«, fragte ich. »Und ist Serena als Nächste dran?«

»Das bezweifle ich«, sagte Norva. »Dafür würde man das Zeug tonnenweise brauchen.«

Sie drehte uns den Rücken zu und schaute wieder in Georges Computer. »Ich suche jetzt mal nach Hugos Symptomen.

Hautrötung, Schwanken, Husten. Und ich wünschte, wir hätten das, verdammt nochmal, schon früher getan!«, rief sie und sah mich dabei an.

Dann tippte sie drauflos. Ich schaute zu George, der sich immer noch über sein GIF freute.

Norva schnappte nach Luft und schlug sich eine Hand vor den Mund.

»Zyanid!«, flüsterte sie.

58

»Was weißt du denn schon über Zyanid?!«, meinte George und machte einen Schritt weg von Norva.

Die wirbelte herum und sah mich an. »Nik, erinnerst du dich noch an den Abend, als Katie das Popcorn hat anbrennen lassen und die Wohnung ungefähr eine Woche lang danach stank?«

Ich nickte, auch wenn das damals höchstens drei Stunden gewesen waren.

»Da haben wir diesen alten Film gesehen, bei dem die Frau von dem Typen bei dem schicken Dinner vergiftet wird. ›Zwei Leichen beim Souper‹. Weißt du noch?«

Ich nickte. Dabei erinnerte ich mich ehrlich gesagt besser an das verbrannte Popcorn als an den Film.

George mischte sich ein. »Ja, coole Story, große Theorie, aber Zyanid gibt's nicht bei Amazon. Das ist echter Agatha-Christie-Stoff.«

Ich stimmte ihm zu. »Wir sind nicht in den 1920ern, Norva. Zyanid kann man nicht einfach so im Laden kaufen.«

»Offensichtlich«, sagte sie sarkastisch. »Aber hört doch

mal zu. Und dann sagt mir, ob das nicht das ist, womit wir hier zu tun haben.«

Sie fasste den Inhalt der Webseite zusammen: »Bei geringen Dosen leidet man unter Schwäche, Kopfschmerzen und Verwirrung, bevor man bewusstlos wird. Es wird einem schwindelig. Man kriegt Atemnot. Bla, bla, bla, dann stirbt man langsam an einem Herzanfall. Die Haut wird kirschrot. Kirsch. Rote. Haut«, sagte sie und schlug bei jedem Wort den Tisch.

»Ganz ruhig«, sagte George und hielt sein Mikro fest.

»Aber wo kriegst du Zyanid her? Such mal nach Quellen«, sagte ich.

Sie widmete sich wieder dem Computer.

Ich lachte. »Wenn jemand deine Internetsuche sieht, kommst du in den Knast, Norva.«

Ich nippte an meiner Vitonica.

»Warum glaubst du, benutze ich seinen Computer?« Sie zeigte mit dem Daumen auf George.

»Hey!«, rief er.

Im Chor machten wir »psst!«.

»Nik«, sagte Norva dann leise. »Quellen von Zyanid. Kann natürlich oder von Menschen gemacht sein. In natürlicher Form wird es von irgendwelchen Bakterien, Algen und Pilzen produziert. Auch in zahlreichen Lebensmitteln und Pflanzen, vor allem in Samen von Früchten, wie zum Beispiel Pfirsichen und Kirschen.«

Ich schnappte mir Georges Handy und sah mir das GIF noch mal an. Hugo immer noch rot und wackelig auf den Beinen. Er setzt sich. Serena streicht ihm wieder über den Rücken.

Sie gibt ihm einen Saft.

Sie gibt ihm einen Saft.
Pfirsich und Kirsche.
Kirsche und Pfirsich.
Sie gibt ihm einen Saft.

Ich ließ meine Vitonica-Flasche fallen.

59

»Vergesst Hugo. Mum wird dich dafür umbringen, dass du diesen Saft auf meinen Teppich gekippt hast«, rief George und rannte, um einen Lappen zu holen.

Aber das spielte keine Rolle. Norva und ich starrten einander schweigend an.

Ich sagte als Erste etwas. Mein Mund war ganz trocken.

»Serena mit Vitonica. Nicht Mark? Überhaupt nicht Mark. Die ganze Zeit?« Meine Kehle schnürte sich zu. »Werde ich sterben, Norva?« In Panik fing ich an zu weinen. »Ich hab so viel davon getrunken.«

Mein Magen brannte und ich spürte einen hämmernden Kopfschmerz.

Norva schüttelte den Kopf. »Nein, dir passiert nichts. Man muss auf einmal eine hohe Dosis zu sich nehmen. Und dann passiert es ganz schnell.«

»Ich kann nicht glauben, dass wir sie so oft übersehen haben, Norva. Brudermord? In *The Tri*? Wie konnte sie Hugo das antun?«

Sie legte eine Hand auf meinen Rücken.

»Was kommt als Nächstes? Was müssen wir tun?«, fragte ich.

Norva streichelte mir lächelnd die Schulter. »Das ist es, Nik. Das ist es!« sagte sie aufgeregt. »Wir haben den Fall tatsächlich gelöst. Von diesem Moment habe ich – sorry – haben wir geträumt. Hast du diese Checkliste noch? Erinner dich. Die, von der wir dachten, dass wir sie nie brauchen würden!«

Norva klatschte vor Begeisterung in die Hände.

»Ich glaube schon. Auch wenn sie inzwischen wahrscheinlich ein bisschen veraltet ist.« Ich suchte auf meinem Handy in den Files. Dann fand ich sie.

»Okay, Norva.«

`Konfrontation_Checkliste_v1.doc`

`Schritt 1. Schick eine Nachricht an deine Liebsten.`

Norva begann, eine Gruppennachricht zu schreiben.

An Pap, Katie, sich und mich.

»Tu Jane auch dazu«, sagte ich.

»Würg, na gut!«

Ich las mit, während sie mit den Daumen schrieb.

»An alle. Wir wissen, wer Hugo umgebracht hat. Nicht du, Pap, logisch – wo bist du? Katie, wir haben dir gestern Beweismaterial geschickt. Es war Serena mit ihren Säften wegen Geld für die Uhr.«

»Was kommt als Nächstes?«, fragte sie.

`Schritt 2. Ordne deine Geschichte.`

»Die ist kristallklar. Die Schwester, mit ihren Säften, in der Wohnung. Nach der Versammlung hat sie ihn vergiftet, dann eingepackt und um 0 Uhr 15 am Freitag in den Müllschlucker geworfen. Stark genug ist sie dafür. Was als Nächstes?«

Schritt 3. Klär das Motiv.

»Geld. Kaltes, hartes Bargeld«, sagte sie. »Okay. Nächster Schritt?«

»Mehr steht nicht auf der Liste, Norva.«

»Echt jetzt?«, sagte sie und klang enttäuscht. »Daran müssen wir arbeiten. Im Tagesverlauf heute Notizen machen.«

Norvas Handy vibrierte. Ein eingehender Anruf.

»Katie«, sagte sie und drückte auf »Ablehnen«. »Jetzt nicht.«

Ding! Ding!

Eine Nachricht von Katie.

Tut absolut NICHTS. Bleibt, wo ihr seid. Wir kommen schon.

»Klar, Katie! Wer kommt mit mir mit?«, sagte Norva und stand auf.

»Ich komme mit.« Schon sprang ich vom Bett.

Wir sahen George an. Der kniete noch auf dem Teppich und versuchte, die verschüttete Vitonica wegzuputzen. Jetzt zeigte er auf sein Mikro und griff sich die Kopfhörer.

»Ich nehme das Geständnis von hier aus auf – muss an den Track denken!«, sagte er und tippte sich an die Schläfe.

60

Norva hämmerte gegen Serenas Tür.

»Hör zu«, flüsterte sie. »So läuft das Spiel. Ich werde Mark den Wölfen zum Fraß vorwerfen. Ihn beschuldigen. Vielleicht kommen wir dann dahinter, wie er in diesen ganzen Mist verwickelt ist. Spiel einfach mit!«

»Norva –« Mein Herz schlug vor Schreck einen Salto. »Ich –«

»Hallo Girls!«, zwitscherte Serena. »Ihr erwischt mich gerade – beim Packen meiner letzten Sachen. Nach dem Lieferwagen gestern und *The Hub* heute Morgen ist es an der Zeit –«

»Wir erwischen dich gerade im richtigen Moment«, schnitt Norva ihr eiskalt das Wort ab. »Können wir reinkommen?«

»Sicher«, sagte Serena. »Ihr könnt mitanpacken! Je mehr, desto besser.«

Die Wohnung war bereits fast leer. Alle Sachen von Hugo eingepackt.

Die Antiquitäten, die Zeitschriften, das lächerlich kleine Sofa. Weg.

Mark war im Wohnzimmer. Er nickte uns zu, während er weiter mit finsterer Miene eine Kiste packte.

»Hast du sie gefunden?«, flüsterte ich.

Er schüttelte den Kopf und blickte zu Serena, die hinter uns stand und verzweifelt versuchte, Mark mit den Augen irgendwas mitzuteilen. Was ihr nicht gelang.

»Was zu trinken, Girls?«, fragte Serena. Mit Blick auf mich flötete sie: »Ich habe noch eine letzte Charge Vitonicas produziert!«

»Nie im Leben«, antwortete Norva für mich.

Da wandte Norva sich an Mark.

»Serena, ich glaube du musst vorsichtig sein, wenn du mit Mark allein bist«, sagte sie.

Er machte große Augen und wich schrittweise zurück.

»Das schon wieder, Girls?«, sagte Serena und sah mich an.

»Was? Wieso schon wieder? Was meinst du damit?«, rief er.

»Wir haben Grund zu der Annahme, dass er in den Mord an Hugo verwickelt ist«, sagte Norva.

»Was?«, kreischte er. »Warum? Wie kommt ihr da drauf?«

»Dein Drohbrief – und dieses Graffiti im *Hub*. Zeig's ihr, Nik.«

Ich zeigte ihr das Handyfoto. »Die Rechtschreibfehler«, sagte ich.

»Mark!«, rief sie, ging einen Schritt auf uns zu und gleichzeitig von ihm weg. »Das hast du doch nicht getan, oder? Das würdest du doch nicht tun!«

Norva und ich sahen einander an.

»Serena, was redest du denn? Du hast mir doch den Brief gezeigt, deshalb helfe ich dir ja! Und gestern Abend hast du mich angestiftet, in *The Hub* einzubrechen! Sag ihnen schon die Wahrheit!«

»Mark, ich kann nicht glauben, dass du mir das antust!« Serena brach in glaubwürdiges Schluchzen aus. »Girls, ich danke euch! Danke, dass ihr mir die Augen geöffnet habt.« Sie sah mich an. »Ich hätte früher auf dich hören sollen, Nik.«

Serena drehte sich zu Mark.

»Wie konntest du mir das antun? Ich hab dir vertraut!«, schrie sie und spuckte dabei ein bisschen. »Norva, kannst du eure Freundin bei der Polizei anrufen und diesen, diesen Mörder verhaften lassen?«

»Die sind schon unterwegs. Und sie kennen die ganze Geschichte«, sagte Norva.

»Die ganze Geschichte?«, fragte Serena gelassen.

»O ja, da steckt noch mehr dahinter, Serena«, sagte Norva.

»Noch mehr?«, sagte sie.

»Wir wissen, wie Hugo gestorben ist. Also wirklich gestorben«, sagte sie.

»Das wisst ihr?«, fragte Serena. »Was ist denn passiert?«

»Gift«, antwortete Norva tonlos.

Serena klammerte sich an die Küchentheke.

»Gift?«, flüsterte sie und schlug sich mit einer Hand an die Brust. »Woher wisst ihr das?«

»Timing«, sagte Norva. »Es passt sonst nicht zusammen.«

Serena war geradezu durchsichtig blass geworden. Als hätte sie gerade Hugos Geist gesehen.

»Moment mal, was?«, rief Mark dazwischen. »Hugo ist doch durch einen Schlag mit der Farbdose gestorben, oder nicht?«

Norva drehte sich kopfschüttelnd zu ihm um. Serena starrte Norva an.

»Du weißt, dass es so nicht war, Mark. Stimmt's? Warum hast du Hugo vergiftet? Mit Niacin?«

»Niacin!«, kreischte Serena. »Nein, Mark, nein! Nicht Niacin. Das hast du nicht getan, oder? Sag mir, dass sie lügen, Mark. Sag's mir!«, schrie sie und hatte dabei eindeutig eine Oscarnominierung als Beste Schauspielerin verdient.

Norva verdrehte die Augen.

»Moment mal! Woher wisst ihr, dass ich Niacin nehme?«, fragte Mark und reckte eine Hand in die Luft. »Das habe ich nie jemandem erzählt.«

»Haben wir in deinen Taschen gefunden. Gestern Abend«,

sagte Norva. »Als du gestern Abend im *Hub* die Jacke ausgezogen hast, Dummerchen.«

»Was? Ihr wart gestern Abend im *Hub*?«, fragte Serena erstaunt.

Wir nickten.

»*Yep*, wir haben alles gesehen«, sagte ich.

»Das nehm ich gegen Pickel, okay?«, sagte Mark. »Zufrieden?«

»Aber du hast doch gar keine Pickel …?«, sagte Norva und starrte ihm ins Gesicht. »Deine Haut ist so schön«, seufzte sie.

»Ja, weil ich dieses Zeug nehme, kapiert? Hat Serena mir empfohlen.« Er zeigte auf sie.

»Zieh sie da nicht mit rein, Mark!«, warnte Norva ihn. »Wir haben dich im Visier! Wir wissen, dass du es warst!«

Ich nickte. »Mark, du wirst für lange ins Gefängnis gehen«, sagte ich. »Mindestens fünfzehn Jahre.«

»Nein! Ich hab niemanden umgebracht! Alles, was ich getan habe, war *The Hub* … und der Lieferwagen.« Er zeigte auf Serena. »Um ihr das Leben zu retten!«

»Weil ihr beiden verliebt seid, oder was?«, fragte Norva nervös.

»VERLIEBT?«, schrie Mark. »Sie ist alt genug, um meine Mum zu sein. Nein. Eklig.«

Norva sah erleichtert und erfreut aus.

»Okay, was soll's?«, rief er. »Ich mache reinen Tisch. Weil ich bestimmt keine fünfzehn Jahre im Knast verbringe. Wegen nichts. – Also, nicht ›nichts‹. Ich hab was Schlimmes gemacht.« Mark schaute er seine Hände an, dann mich.

»Am Samstag hab ich eurem Dad geholfen. Sie«, er zeigte auf Serena, »hat ihm überhaupt keine Ruhe gelassen. Wollte ihn wegen seinem kaputten Bein in dem anderen Zimmer massieren. Da sah ich diese hübsche Brosche. Ich wusste, die würde meiner Mum gefallen. Genau ihr Geschmack.«

Er ließ den Kopf hängen.

»Sie hat bald Geburtstag. Außerdem sitzt sie seit ihrem Unfall, also schon eine gefühlte Ewigkeit, in unserer Wohnung fest. Also hab ich mir das Ding geschnappt und es in meine Tasche gesteckt. Ich hab nicht gemerkt, dass Serena hinter mir stand. Ich wollte sie ja zurückgeben, aber sie hat gesagt, behalt sie. Sie würde es nicht eurem Dad – oder den Cops – sagen, wenn ich ihr helfen würde, was zu finden …«

»Die Uhr«, sagte ich.

»*Yeah*. Sie hat mir den Erpresserbrief gezeigt. Deshalb hab ich *The Hub* durchwühlt. Aber ich kapiere immer noch nicht, warum ich den Lieferwagen anzünden sollte.«

»Alles Lüge, Mark!«, schrie Serena. »Es gibt keine Brosche – das ist nie passiert.«

»Doch, es stimmt!«

»Beschreib uns doch mal die Brosche, Mark«, sagte ich.

»Warum?«, schrie Serena. »Sie existiert nicht! Hugo hatte keine Broschen«, fauchte sie.

»Sie sieht aus wie ein Stern, mit Diamanten außen rum.«

Ich hielt mein Handy hoch, auf dem ein Foto von gestern Abend zu sehen war. »Die hier?«, fragte ich.

»Ja, das ist sie!«, rief Mark. »Das ist sie!«

»Danke, Mark. Mehr brauchen wir nicht zu wissen. Sorry, dass wir dich erschreckt haben«, sagte Norva. Sie legte ihm eine Hand auf die Schulter. »Kollateralschaden, wenn du verstehst.«

Er schüttelte den Kopf.

Wir drehten uns beide zu Serena um. Die verzog das Gesicht.

»Wir haben dich, Serena«, sagte Norva. »Du bist eine schreckliche Lügnerin – und Schauspielerin.« Sie musterte sie von oben bis unten. »Und du machst deinem Namen Schande. Die größte Tennisspielerin aller Zeiten hätte so was nie getan!«

Serena schwieg.

Da flog hinter uns krachend die Tür auf.

61

Katie, Detective Sharp und Officer Burnett kamen ins Zimmer gestürmt. Endlich reagierten sie also auf unsere Nachricht.

Katie schrie uns an: »Was hab ich euch beiden gesagt? Was hab ich gesagt?! Ich hab gesagt –«

Ein großer schwarzer Mann schob sich nach vorn und blieb neben ihr stehen.

Pap! Er war wieder frei. Na endlich.

»Pap!«, kreischten wir.

»TEAM ALEXANDER!«, schrie er zurück.

»Du bist wieder da! Du bist hier? Du bist frei?!«, rief Norva unter Tränen.

Pap zog uns in einer Familienumarmung an sich.

Hinter ihm schniefte Jane. »Das ist wundervoll«, sagte sie und tupfte sich die Augen.

Norva wischte sich die Tränen ab und schüttelte ihre Braids. »Okay, okay, wo waren wir stehen geblieben? Lasst mich das nur noch schnell abschließen.«

Jetzt fühlte sie sich sicher – und hatte ein Publikum. Sie war in ihrem Element.

»Für unsere Neuankömmlinge fange ich noch mal von vorne an«, sagte Norva und sah dabei Detective Sharp an. »Hugo starb nicht durch stumpfe Gewalteinwirkung mit einer Farbdose. Das war nur ein glücklicher Zufall, nicht wahr, Serena? Eine perfekte Täuschung.«

Serena schwieg.

Mark stand neben ihr und staunte mit offenem Mund über das, was sich da vor ihm abspielte.

»Du hast ihn mit Vitonica umgebracht, stimmt's? Oder besser: aus dem Abfall davon. Aus den Kernen, die bei der Produktion übrig blieben. Und dann hast du ihm das Gift gegeben. Deinem eigenen Bruder. Schöne Arbeit, Serena«, sagte Norva und applaudierte sarkastisch. »Wirklich. Gut gemacht. Erst alle in *The Tri* auf deine Seite bringen. Mit dem Saft, dem Dog Walking und dem Yoga-Unterricht. Perfekt. Schlau.«

Serena schwieg.

Mark konnte es anscheinend nicht glauben.

»Serena?«, flüsterte er. »Dann warst du nie …? Die Drohungen waren gelogen? Du hast mich ohne Grund da mit reingezogen?«

Serena schwieg.

Da meldete ich mich zu Wort. »Deshalb hattest du die Tupper-Box mit den Obstresten. Und die vielen Mixer im Wagen. Die harten Kerne haben sie ständig kaputt gehen lassen.«

Norva nickte. »Deshalb hast du dir dann diesen Dorftrottel geholt, um den Wagen abzufackeln und die Beweise verschwinden zu lassen. Hübsch.«

Mark schüttelte ungläubig den Kopf. »Vielleicht bin ich echt ein Idiot«, flüsterte er.

»Es gab keine Drohungen. Und den Erpresserbrief hast du selbst geschrieben – mit absichtlich übler Rechtschreibung, um den Verdacht auf ihn zu lenken. Stimmt's, Serena?«

»Erpresserbrief …?«, fragte Detective Sharp.

»Hat sie Ihnen den nicht gezeigt?«, fragte ich und begriff dann. »Ah – deshalb hatte sie ihn noch und er war kein offizieller Beweis. Wir hatten nur angenommen, Sie wären so gestresst gewesen, dass sie ihn vergessen haben.«

»Ich vergesse kein Beweismittel«, antwortete sie und ihr linkes Auge zuckte ein wenig.

»O mein Gott!«, rief Mark.

Serena schwieg.

Ein Murmeln ging durch den Raum.

»Pap und Mark haben den Tatort für dich gereinigt, wie Hugo das geplant hatte. Du und dein Obst haben die Ameisen hier raufgelockt und dein Zyanid hat sie umgebracht. Hugo wusste ja nicht, dass er seinen eigenen Mord verschleierte, als er diese Renovierung vor Monaten in Auftrag gab. Stimmt's Serena?«

Serena schwieg.

Norva sah alle anderen, vor allem aber Detective Sharp an.

»Es ist fast perfekt. Fast. Nur konntest du nicht finden, wonach du gesucht hast, oder? Die Uhr?«

Serena lachte.

»Fast perfekt, Girls.« Sie klatschte in die Hände. »Ihr habt recht. Fast perfekt.«

»Warum solltest du das deinem Bruder antun?«, sagte Jane. »Wegen einer Uhr? Das ist doch lächerlich.«

»Ihr seid alle so naiv. So schlicht.« Sie musterte Jane von

oben bis unten. »Deshalb bin ich so liebend gern hier«, meinte sie lachend. »Nein, nein. *The Clock* ist keine Uhr. Weder eine Stand- noch eine Armbanduhr. Es ist eine Vase von Alys Clockenstein – daher der Spitzname«, sagte Serena. »Das ist ein bahnbrechendes, einzigartiges Stück von ihr. Hugos Stolz und Freude. Ihre einzige Vase mit einem Deckel. Unbezahlbar. Oder nein, nicht unbezahlbar«, sie kicherte. »Aber ungefähr eine halbe Million wert.« Ihre Augen glänzten. »Eine lebensverändernde Summe.«

Daher hatte sie Hugos Leben verändert, um sie zu kriegen.

»Ich habe das Unterteil gefunden, aber den Deckel nicht. Und ohne den, tja, ist das Ding so gut wie wertlos.«

Sie kicherte.

Eine Vase mit einem Deckel.

Es überlief mich kalt, aber etwas brannte gleichzeitig fast ein Loch in meine Tasche.

Ich schaute zu Norva. Die schaute zurück zu mir und schien sich über meine Reaktion zu wundern.

Ich bekam weiche Knie und taumelte ein bisschen. Dann griff ich in meine Tasche.

Ich drehte den Deckel zwischen den Fingern und sah ihn mir zum ersten Mal genauer an.

1/1 Clockenstein stand auf der Innenseite.

Ich streckte ihn Serena auf meiner Handfläche hin.

»Meinst du den hier?«

Serena wurde weißer als fettarme Milch. Die Augen waren zwei schwarze Löcher in ihrem Gesicht. Sie stürzte sich auf mich. Wie ein wildes, wütendes Tier. Das war wohl ihr wahrer Charakter.

»Den hattest du die ganze Zeit?«, brüllte sie. »Die ganze Zeit!«

Pap sprang schnell zwischen uns, genau wie Detective Sharp und die anderen.

»Verhaftet sie!«, überschrie Norva alle. »Katie! Klär sie noch über ihre Rechte auf!«

Katie sah Detective Sharp an. Die nickte.

Da machte Katie einen Schritt nach vorn. Sie strahlte und richtete sich kerzengerade auf.

»Serena Jocasta Knightley-Webb, Sie können die Aussage verweigern. Alles, was Sie jetzt sagen, kann später vor Gericht gegen Sie verwendet werden.«

Dann ließ Katie die Handschellen um Serenas Handgelenke zuschnappen.

»Eindrucksvolle Arbeit«, sagte Detective Sharp zu Norva. Ihre Stimme klang kühl, aber ihre Augen blickten warm.

Norva quietschte vor Freude. »Ich gebe mir Mühe«, sagte sie und verbeugte sich.

Katie führte Serena zur Tür und auf den Gang hinaus. Die Menge, die sich unten versammelt hatte, buhte und das Klicken Hunderter Handykameras war zu hören. Hugos Wohnung begann sich zu leeren. Jane wandte sich an Pap. »Ich hab dich vor ihr gewarnt, oder nicht? Hab ich das nicht?«, sagte sie und gab ihm einen Klaps. Dann schloss sie ihn fest in die Arme. »Ich hab dich vermisst«, sagte sie an seinem Hals.

»Habt ihr kein Zuhause?«, beschwerte sich Norva und streckte die Zunge raus.

DAILY NEWS CHRONICLE

Nr. 57 896 | Beliebteste Zeitung des Viertels | Die Nachrichten des Tages

»Highrise Mystery« gelöst!

Mörder gefasst
Serena Knightley-Webb, Bewohnerin der Triangle-Anlage, wurde unter dem Verdacht festgenommen, ihren Mitbewohner und Bruder Hugo Knightley-Webb ermordet zu haben.

Investitionen erhöht
The Triangle erhält aufgrund von Untersuchungen des baulichen Zustands zusätzliche 800 000 £ von der Stadtverwaltung. Auslöser dafür waren die Ermittlungen zum Mord an Hugo Knightley-Webb.

Anzeige wegen Vandalismus
Mark Walker wurde wegen Vandalismus zu einer Bewährungsstrafe verurteilt.

62

Wir standen hinten in der Menge im Regen.

Tropfen liefen über meinen Nacken und unter mein T-Shirt. Ich erschauerte genüsslich.

Norva war weniger begeistert. Unter ihrem zerfetzten Schirm sah sie mich verärgert an. Als sie sich dann umdrehte, um mit mir zu reden, hätte mich eine lose Speiche fast ins Auge getroffen. Ich duckte mich.

»Ganz ehrlich, ich kann nicht glauben, dass du diese nasse Schweinerei magst. Was ist bloß los mit dir?«, knurrte sie.

»Was?« Ich lachte. »Ist doch erfrischend!«

Norva blickte zum Himmel. »Wettergötter!«, schnauzte sie. »Wir haben Mitte August! Tut mir so leid, dass ich geflucht habe. Ich bedaure es, okay? Ich nehm's zurück. Die Kampagne, um die Sonne zurückzuholen, läuft ab jetzt. Wie viele Unterschriften braucht ihr? Ich besorg sie!«

»Keine Sorge, nächste Woche wird es wieder sonnig«, tröstete ich sie. »Ich hab mir die Wettervorhersage angesehen.«

»Toll. Wem soll das was bringen? Dann hocken wir schon wieder in der Schule!«

Ich zuckte mit den Achseln.

Sissy rollte vorbei und unterhielt sich mit Barry.

»Ihr beiden solltet ganz vorne stehen«, sagte sie lächelnd und schob uns mit einer Hand vorwärts. »Das ist alles euch zu verdanken.«

»Besorgt mir das nächste Mal ein bisschen Geld fürs Bermuda's, ja?«, rief Barry. »Ich brauch 'ne Renovierung.«

»Ein nächstes Mal wird es nicht geben, Barry«, sagte ich. »Hoffentlich.«

Barry nickte.

Norva sah den beiden nach, als sie sich entfernten. »Weißt du, eigentlich haben sie recht. Komm mit. Ich habe versprochen, Georges Debüt live zu streamen«, sagte Norva.

George stand auf einer improvisierten Bühne vor dem Raum, der früher *The Hub* hieß.

»Die Nummer heißt *Justice Jam*«, rief er in sein Mikro. »*Featuring the one and only TrojKat!*«

Justice Jam war sein neuer Song mit seiner Heldin. Er bestand aus Worten und Sätzen von Serenas Geständnis, unterbrochen von TrojKat, die auf verschiedenste Weise »Justice« sagte.

»Hände in die Höhe, Tri-Gang!«, forderte er aufgekratzt.

Alle ließen ihre Arme hängen. Bis auf Norva.

»Das ist astreine Tanzmusik! Was ist denn los mit euch, Leute?«, rief sie, sprang mit ihrem Schirm und dem Handy auf und ab und sang laut mit.

»*Ungefähr eine halbe Million. Justice. Vase mit einem Deckel. Justice. Brosche? Brosche? Brosche? Justice.*«

Ich schützte meine Augen vor Norvas gefährlich schwingendem Schirm.

George entdeckte uns, zeigte auf uns und rief: »*N-Quadrat in the house!*«

Pap und Jane hielten neben dem Ellis Silvertöe gewidmeten Denkmal Händchen. Katie stand neben ihnen, rollte mit den Augen und lachte.

Dann war der Song zu Ende. Endlich.

»Bis später, Tri, du warst klasse! Schaut mal auf meine SoundCloud, okay?«, schrie George, bevor Pap ihn von der Bühne holte.

The Tri spendete einen bescheidenen Applaus. Vor allem wohl für Pap, weil er dem Lärm ein Ende machte.

Jane griff nach dem Mikrofon. »Hallo zusammen! Danke George und danke euch allen, dass ihr gekommen seid – bei diesem Wetter«, lachend blickte sie kurz zum Himmel, »zur Eröffnung des HKW Kunstzentrums.«

Das Publikum jubelte.

»Diese neue Einrichtung ersetzt *The Hub* und die früher leer stehenden, daran angrenzenden Räumlichkeiten. Dafür müssen wir so vielen Leuten danken. Wow, wo soll ich anfangen? Bei allen, die die Tri-Angels unterstütz haben, um das zu ermöglichen! Danke, Joe, Mark und den Freiwilligen, die beim Umbau geholfen haben!«

Die Menge tobte.

»Danke dem Kunstclub für seine wundervolle Collage. Danke an Mrs Kowalski für die vielen Stärkungen.«

»Die Piroggen waren heute besonders frisch«, sagte Norva. »Hat sie gut gemacht.«

»Aber vor allem möchte ich Norva und Anika Alexander danken.«

Die Leute drehten die Köpfe in unsere Richtung.

O nein. Ich hasse Aufmerksamkeit.

»Der heutige Tag wäre ohne sie einfach nicht möglich gewesen. Ohne ihre hartnäckige Entschlossenheit und ihren beachtlichen Mut.«

Janes Augen füllten sich mit Tränen. »Ich bin so stolz auf die beiden und weiß, Hugo wäre es auch!«

Da brach wilder Applaus los.

Vor allem von Pap. Er zwinkerte uns zu und strahlte vor Stolz.

»Kommt hier rauf, Nik und Norva. Eröffnet das HKW. Es gehört euch.«

Norva griff nach meiner Hand. »Zeit zu glänzen«, sagte sie und warf ihre Braids über die Schultern. »Das ist unser Augenblick!«

»Team Alexander«, erwiderte ich lächelnd.

Hugo_Ende_2307_FINAL.doc
FALL GELÖST!
Opfer: Hugo Knightley-Webb
Täterin: Serena Knightley-Webb
Fundort der Leiche: Müllraum von Corner One
Datum und Uhrzeit: 23/07 14:27

Todeszeitpunkt: Zwischen Fr 20/07 ~~22:30~~ 23:05 und Sa 00:15 ~~06:30~~
Tatwaffe: ~~Farbdose – höchstwahrscheinlich. Angedeutet von Katie: 24/07 09:02 Vielleicht auch nicht~~! Zyanid, aus Obstkernen gewonnen.

Motiv: ~~Geld? Geld für die Uhr? Die Uhr~~. The Clock. Hugo sollte zu Geld kommen

Zwischenfall! Hugos Lieferwagen explodiert Di 24/07 21:32

Hypothese: Wohnung 212 ~~Ermordet in einer Wohnung in Corner One, 21. oder 22. Stockwerk, mit Farbdose~~, Müllrutsche runtergeworfen << KORREKT

~~To-do: Informationen über Versammlung besorgen~~
To-do: Rausfinden, wo Verdächtige nach Versammlung waren
~~To-do: Pap nach seinem Telefonat und dem Humpeln fragen~~
~~To-do: Hypothese Hugo/Rutsche testen~~
~~To-do: Pap wegen Farbe und Säcken fragen~~
~~To-do: Todeszeitpunkt eingrenzen~~
~~To-do: Whitford Markt besuchen~~

~~To-do: Rauskriegen, worüber Mark und Serena am 23/07 um 15:11 gesprochen haben~~

~~To-do: Mehr über die Uhr rausfinden!~~

~~To-do: Herausfinden, wer den Drohbrief an Serena geschrieben hat~~

To-do: An Paps Handy kommen

~~To-do: Rauskriegen, warum Paps Schuhabdrücke auf der Third Avenue sind~~

	221 ~~Pap~~ ~~Nik~~ ~~Norva~~ ~~Ringo~~	222 ~~Mrs Kowalski~~	223 ~~Mark Walker~~ ~~»Mutter Walker«~~	211 ~~George Shah~~ ~~Nina Shah~~	212 ~~Hugo KW~~ **Serena KW**	213 ~~»Charity«~~ ~~Jane~~
Alibi während des Todeszeitraums	Bis 01:27 unterwegs »üblen Müll loswerden« 23:30 Freitag. Pap hat sich per E-Mail bei Hugo entschuldigt. War bei Mrs K.	Arbeit mit »Unterstützung« an Projekt. bis 01:15 Die Unterstützung ist Pap.		GS: Backstage mit TrojKat NS: Bei Tante Geeta	Schlafend im Bett. Hat um 01:15 etwas gehört. LÜGE!	Weinte allein, wartete auf ihren Freund – wahrscheinlich Pap.
Bestätigt?	Bei Mrs K.	~~Nein, aber wir vermuten, wer ihre »Unterstützung« ist. Pap.~~		Y – Fotobeweise für beide Verdächtige.		Hugo schuldete ihr Geld.

Motiv?	Streit wegen Geld bei Versammlung am Freitag.					
Fragen?	Pap hat sich das Humpeln zwischen Fr 22:30 und Sa 08:00 zugezogen. Wie? Hast du am Samstag in der Wohnung von Hugo und Serena gestrichen? JA		Über was hast du mit Serena geredet?		Über was hast du mit Mark geredet? Ameisen (tot und lebendig in eurer Wohnung?) ~~Hast du einen Job?~~ Nicht wirklich.	~~Wie bist du in unsere Wohnung gekommen?~~ SCHLÜSSEL ~~Schuldet Hugo dir Geld?~~ NICHT WIRKLICH ~~Warum schuldet Hugo dir 250 Pfund?~~ EIN VERSPRECHEN ~~Warum hast du Paps Arbeitsstiefel?~~ GELIEHEN ~~Hast du die Abdrücke auf der Avenue hinterlassen?~~ JA

Dank

So verlockend es auch sein mag, mich bei mir selbst zu bedanken … Es ist die absolute Wahrheit, dass ihr diese Danksagung in diesem Buch nicht lesen könntet, wenn die folgenden großartigen Menschen nicht gewesen wären.

Aimée Felone und **David Stevens:** Es ist eine absolute Ehre, Teil der »Knights Of«-Familie zu sein. Danke für eure Fürsorge, euer Engagement und die Chance, Nik und Norva mit der Welt zu teilen. #readtheonepercent

Hellie Ogden: Ich kann dir und deinem Team bei Janklow & Nesbit gar nicht genug danken. Du bist die perfekte Chefin.

Robin Stevens: Deine Fragen nach dem Motto »Was, wenn X Y wäre?« sorgten für ständige Veränderung – zum Besseren.

Rachel Mann: Deine Kommentare waren von unschätzbarem Wert. Danke!

Besonderer Dank gebührt **Marssaié Jordan** und **Wumi Olaosebikan**. Nicht nur für die ausgezeichnete kreative Leitung und das Design, sondern auch weil sie mich wegen der Schriftarten nicht gekillt haben.

Daniel Anthony: Danke für den Raum, die Unterstützung und unendlich viel Tee.

Joseph Jackson Anthony: Danke für deine Ideen, deine Post-It-Nachrichten und deine erschreckend vollständige Liste potenzieller Mordmethoden. Sollte ich mir Sorgen machen?

Margot Jackson Anthony: Wuff.

Lynda Hunter: Danke für die frühe Lektüre, dein Ohr und deinen Zitronenkuchen.

Lynsey Smyth und **Kate Booth** sind meine Lieblingsmenschen. Ich kann euch gar nicht genug danken für eure Freundschaft, die GIFs, den Gin und eure Unterstützung. Ihr fehlt mir.

Ein Dankesruf geht an **Steve Webb**, der nur etwa 70 Prozent davon versteht, was ich sage. Danke fürs geduldige Skizzieren von *The Tri* und dafür, dass du mir erklärt hast, was Hochhäuser sind.

Julian Jackson, Dean Jackson und **Leigh Jackson** bleiben einfach die Besten.

Danke und Entschuldigung an alle bei **Site Gallery** für die Tage, an denen ich nach einer durchgeschriebenen Nacht zombie-mäßig zur Arbeit erschien.

Anna Maria – du bist das schiffigste Schiff, das je verschifft wurde.

Und schließlich **Pamella Jackson**. Ich glaube, das hier hätte dir gefallen.

Sharna Jackson ist künstlerische Leiterin der Site Gallery in Sheffield, einem Ort für Videokunst, neue Medien und Performances. Als Kuratorin, Projektleiterin und Autorin, die sich auf Digitalinitiativen für Kinder und Jugendliche spezialisiert, arbeitet Sharna seit Jahrzehnten mit internationalen Institutionen zusammen, wie zum Beispiel der berühmten Tate Gallery, dem Science Museum London, dem The Broad Museum für zeitgenössische Kunst in Los Angeles sowie dem Museum of Childhood. Sie lebt in Sheffield und Rotterdam und twittert aktiv als @sharnajackson. *Highrise Mystery* ist ihr erster Kriminalroman für Kinder und bekam in Großbritannien gleich viel Aufmerksamkeit.

Titel der Originalausgabe: *Highrise Mystery*
Erschienen bei Knights Of Ltd, London, UK

Umschlagillustration: Wumzum [Wumi Olaosebikan]

Deutsche Erstausgabe

Ein Unternehmen der Média Participations

Projektleitung und Lektorat: Tatjana Kröll, Knesebeck Verlag
Übersetzung: Henriette Zeltner, München
Satz: VerlagsService Dietmar Schmitz GmbH, Heimstetten
Herstellung: Arnold & Domnick, Leipzig
Druck: PNB Ltd

FSC www.fsc.org
MIX
Papier aus verantwortungsvollen Quellen
FSC® C084698

ISBN 978-3-95728-368-9

www.knesebeck-verlag.de